Dieter Frieß Verlag

Über dieses Buch:

Jenny Sandau nimmt Abschied von Afrika. Vorher möchte sie einen Liebesurlaub mit Joseph auf Sansibar verbringen. Doch die Verabredung platzt. Jenny beginnt mit der Suche und kommt Menschenhändlern auf die Spur. Quer über die Insel beginnt eine dramatische Verfolgungsjagd.

Jenny muss sich über ihre Gefühle im Klaren werden. Wo beginnt ihr neues Leben.

Die Handlung und die Personen sind frei erfunden.

Über den Autor:

A. Wallis Lloyd wurde in den USA geboren und ging in Wales, England und Frankreich zur Schule. Er studierte Geschichte und Literatur an der Universität Tübingen und lebt seit 1991 als freischaffender Reise- und Romanschriftsteller und als Dolmetscher in Berlin.

Wenn er nicht gerade vor dem PC oder in der Dolmetscherkabine sitzt, greift er nach Rucksack und Notizbuch, und bricht zu einer neuen Reise auf: ins europäische Ausland, nach Nordamerika, nach Asien, Nahen Osten – und immer wieder nach Afrika.

Webseite: http://www.awallislloyd.de

A. Wallis Lloyd

Treffpunkt Sansibar

im Dieter Frieß Verlag

© 2010 bei Dieter Frieß Verlag
Laurentiusweg 1
D – 73340 Amstetten
http://www.dieter-friess-verlag.de
Alle Rechte vorbehalten
Foto-Kredits
brytta / Peeter Viisimaa @ istockphoto

Umschlaggestaltung: Kathrin Schüler
Herstellungsleitung: Schila Design, Dieter Frieß
Lektorat: Claudia Baier
http://www.vomWortzumBuch.de

Satzarbeiten/DTP/Druck
TZ-Verlag & Print GmbH
www.tz-verlag.de

1. Auflage Juli 2010
Printed in Germany
ISBN 978-3-941472-01-3

Prolog

Ich stelle es mir so vor: Die Schiebetür des Hangars rasselt ins Schloss, wie das Tor einer Festung. Joseph Tajomba zittert, als nun auch der Riegel eingefahren wird. Ein Geruch von ausgelaufenem Benzin und alten Triebwerken ätzt sich in seine Schleimhäute. Sonnenlicht dringt durch eine Lücke dicht unter dem hohen Wellblechdach und strahlt ihn an, sodass er sich wie im grellen Scheinwerferlicht vorkommt. Er blinzelt einmal, zweimal, kann aber kaum etwas in der Dunkelheit, die ihn umschließt erkennen.

Er stellt seine Reisetasche ab und zieht die blaue Windjacke fester um sich. Das weiße Hemd mit der roten Krawatte hebt sich von seinem dunkelbraunen Hals und Gesicht ab, wie der Schnee auf den Gipfeln der Berge, die die Stadt umsäumen.

Im Hangar zieht es. Hier in Zürich kommt es ihm fast wie im Winter vor, obwohl die Aprilsonne hoch am Himmel steht. Vielleicht hätte er seine warmen Sachen nicht alle bei seinem Vater in Straßburg zurücklassen sollen, obwohl er dort, wo er hin will, kaum Wintersachen brauchen wird. Aber wie hätte er ahnen können, dass er ausgerechnet hier einen Zwischenstopp einlegen würde?

„Treten Sie ruhig näher." Die Worte klingen kühl und resolut, wie die Stimme eines Offiziers. Joseph tastet die Dunkelheit mit seinen Augen ab. Eine Neonröhre an der Decke springt an, gefolgt von einer zweiten, dann einer dritten. Die düstere Welt um ihn nimmt Gestalt an. Wenige Meter von ihm entfernt, an einem einfachen Klapptisch mit einem Aktenordner und einem Notebook darauf, sitzt ein langer, schlanker weißer Mann in weißem Hemd mit schwarzem Schlips. Die spärlichen kurzen Haare betonen die braungegerbte Haut seines Kopfes und geben ihm den Anschein eines Totenschädels. Wässrige graue Augen schauen ihn mit einem Ausdruck tiefer Trauer an. Aber als Joseph sich nähert, verzieht der Mann seine schmalen Lippen zu einem breiten Lächeln. Er erhebt sich einen Augenblick und gibt ihm die

Hand. Joseph nimmt sie in seine. Sie strahlt eine Kälte aus, die ihn erneut zittern lässt. „Entschuldigen Sie mich, wenn ich Sie nicht zum Hinsetzen auffordere", sagt er.

„Es ist ja auch kein Stuhl da", stellt Joseph fest.

Der Mann am Tisch sagt nichts dazu, zieht seine Hand zurück und blättert im Aktenordner. „Heute ist Ihr Glückstag", sagt er, ohne aufzuschauen. „Meine Leute haben Sie schon länger im Auge." Er intoniert die Wörter auf französische Art, immer die letzte Silbe einer Vokabel, das letzte Worte eines Satzes betonend. „So, was haben wir denn hier ... Die besten Zeugnisse von ihrem Internat in Daressalam, die Vorbereitungsprüfung im vergangenen Monat in Paris. Und dann Ihre Schulnoten und die Einschätzungen Ihrer Arbeit im Forschungslabor in Straßburg – Ah, Sie haben die höchste Bewertung des Fachkollegiums erhalten."

„Das liegt alles nur an den Chancen, die mir das Projekt meines Vaters bietet, Herr ...?"

Der Mann schaut hoch. „Jacques. Nennen Sie mich einfach Jacques. Aber Sie werden sehen ... bei uns sind Namen unwichtig." Er lächelt noch breiter und lehnt sich im Stuhl zurück. „Nicht schlecht. Sie sind genau der Typ von jungem Mann, den wir suchen. Wenn Sie mein Mitarbeiter nicht rechtzeitig im Flieger abgefangen hätte, dann wären Sie mir womöglich für immer durch die Finger geschlüpft."

Und ich hätte meinen Verbindungsflug erreicht, und ich wäre schon auf dem Weg nach Hause, denkt Joseph. Er zittert wieder und hat für einen Augenblick das Gefühl, dass der Hangar sich unter seinen Füßen bewegt.

„Kommen wir endlich zur Sache", sagt der Mann. „Unsere Organisation braucht Ihr Talent und Engagement. Aber Sie brauchen auch uns! Wir bieten Ihnen anspruchsvolle Arbeit, Aufstiegschancen und absolute Geborgenheit. Sie sind doch ehrgeizig oder? Sie wollen doch etwas aus sich machen?"

„Das will doch jeder."

„Wenn Sie mir jetzt Ihre Unterschrift geben, dann haben Sie ausgesorgt. Es gibt keinen Grund zu zögern."

Joseph sieht den Mann genau an. Wie alt er wohl sein wird? Bei den *wazungu* – das heißt, bei den Weißen – kann man das nie genau sagen, aber dieser Jacques müsste um die sechzig sein. Aber irgendetwas an ihm wirkt älter. Kälter.
Toter.
„Aber ... ich weiß gar nicht, was Sie mir überhaupt anbieten wollen." Joseph lockert Kragen und Krawatte. Er zittert wieder und schwitzt nun wie unter der heißesten afrikanischen Sonne.
„Aber mein Mitarbeiter hat Ihnen doch alles dargelegt, oder?" Der Mann streicht sich über den blanken Schädel. „Unsere Organisation bietet den jungen Menschen von heute echte Herausforderung und Erfüllung an. Und zwar in allen erdenklichen Branchen. In Ihrem Fall habe ich allerdings etwas ganz Besonderes vor. Denn Sie, mein junger Freund, werden an einem bedeutenden Forschungsprojekt beteiligt sein. Sie haben die Chance, schon jetzt eine Schlüsselrolle einzunehmen."
„Aber eigentlich wollte ich nächsten Herbst an der Universität von Daressalam studieren", sagte Joseph. „Nach diesen Monaten in Straßburg ..."
Der Mann lacht. Er lehnt sich nach vorn und stützt sein Kinn auf die gefalteten Hände. „Junger Mann, darf ich Ihnen etwas sagen? Das war sicherlich ein angenehmer Aufenthalt für Sie im Elsaß. Reisen bildet, nicht wahr? Aber vergessen Sie Ihr Biologiestudium. Vergessen Sie Ihre Zugvögel. Solche Späße bringen Sie nicht weiter. Glauben Sie mir: Ich habe einen besseren Überblick als Sie. Bei uns können Sie sofort in eine Karriere einsteigen, die zu Ihnen passt."
„Aber die Biologie war immer mein Fach." Joseph wischt sich den Schweiß von der Stirn. „Ich wollte Umweltwissenschaften studieren."
„Und wer soll das bezahlen?" Der Mann verzieht das Gesicht zu einer Grimasse und schüttelt den Kopf. „Ihre Eltern haben kein Geld, Stipendien sind knapp. Ihr Interessengebiet ist eine Sackgasse! Daressalam ist ohne-

hin Schlusslicht, was die Wissenschaft betrifft. Sie leben in einer Traumwelt, mein Freund. Geben Sie es zu: Für junge Afrikaner wie Sie gibt es heutzutage kaum Chancen. Das wissen Sie besser als ich. Aber mit mir beginnt für Sie ein neues Leben. Das verspreche ich Ihnen."

„Aber ich muss doch an meine Mutter denken. Sie hat viel für mich geopfert. Sie wird sich Sorgen um mich machen."

„Ich kann mir vorstellen, dass sich Ihre Mutter schon seit achtzehn Jahren Sorgen um ihren Sohn macht. Geben Sie mir Ihre Unterschrift. Dann sind sowohl Sie als auch Ihre Mutter ihre Sorgen los. Hier." Der Mann nimmt ein gedrucktes Blatt Papier aus dem Ordner und legt es vor Joseph auf den Tisch. Dann nimmt er einen Füllfederhalter aus einem goldenen Etui und hält ihn wie einen Zauberstab hoch. „Machen Sie es nicht so spannend, junger Mann. Unser Flieger wartet."

„Aber das geht jetzt nicht – mein Cousin und seine Familie sollen mich in Daressalam abholen."

„Eben", sagt der Mann. „Deswegen müssen wir Sie schon hier rekrutieren. In Dar wäre es schon zu spät – zu spät für Sie, und zu spät für uns."

Joseph ringt nach Atem. Der riesige Hangar dreht sich auf einmal um ihn. Er greift nach dem Klapptisch, um nicht das Gleichgewicht zu verlieren. „Geht es Ihnen nicht gut?", fragt der Mann.

„Doch." Joseph richtet sich wieder auf. „Aber ... der Tee, den ich im Flugzeug getrunken habe ... Er ... Der hatte so einen merkwürdigen Beigeschmack. Seitdem habe ich ein Gefühl im Kopf…"

„Ach, Tee trinken Sie? Joseph, bei uns bekommen Sie alles zu trinken, was Sie möchten. Und nun dürfen Sie mich nicht länger warten lassen." Der Mann schiebt den Füller zwischen Josephs Finger. Er greift nach seiner Hand und zieht sie herunter auf das Papier.

Joseph zögert. „Es gibt noch etwas. Ein Mädchen."

„Was für ein Mädchen?"

Joseph nickt. „Sie wartet auf mich …"

Der Mann seufzt und blättert irritiert durch die Papiere vor sich. Dann schaut er wieder hoch. Ein Ausdruck tiefster Ironie breitet sich auf seinem Gesicht aus. „Also, ein Mädchen wartet auf Sie. Wie schön. Beneidenswert sogar." Er lehnt sich nach vorn und schaut Joseph direkt ins Gesicht. „Seien Sie vernünftig, junger Mann. Was ist ein Mädchen? Schließlich wartet die ganze Welt auf Sie. Für Sie wird es viele Mädchen geben. Aber nur eine Zukunft."

Ein Gesicht jagt durch Josephs Erinnerung. Lange blonde Haare, zwei funkelnde blaue Augen. Lange sanfte Finger. Ein Lächeln, das nur ihm gilt. Aber dann dreht sich der Hangar ein zweites Mal um ihn und das Gesicht verschwindet. Ohne zu überlegen, kritzelt Joseph seinen Namen an das Ende des Dokuments. „Sehr gut", sagt der Mann und nimmt das Papier wieder an sich. Er steckt es in eine Klarsichthülle, die er in den Ordner einheftet. „Und nun Ihr Handy." Mit einer geschickten Bewegung nimmt er es Joseph aus der Hand, zieht den Akku heraus und legt beides vor sich auf den Tisch. „Und nun gebe ich Ihnen Ihren Reisepass für den Flug nach Afrika."

Joseph nimmt den roten Pass mit dem britischen Staatswappen in die Hand. „Aber ich bin kein Engländer", protestiert er, als er ihn aufschlägt. „Und was soll dieser Name? Samuel Lucas ... Ich heiße aber Jo..."

„Wie ich Ihnen gesagt habe – Namen sind bei uns nicht wichtig. Der Pass wird die Formalitäten erleichtern." Joseph schweigt und schaut sich das unbekannte Dokument an. Schwindel ergreift ihn wieder und er denkt seine Frage nicht zu Ende. Er klappt den Pass zu und steckt ihn in die Brusttasche seines Hemdes. „Oh, und ein letztes Detail, bevor wir abfliegen", fährt der Mann fort. „Ziehen Sie doch bitte die Jacke aus und krempeln den linken Ärmel hoch."

„Warum?"

„Die Spritze. Es geht schnell. Sie werden nichts spüren."

„Aber wozu brauche ich eine Spritze?"

„Drei, um genau zu sein. Im Abstand von drei Tagen. Es

erleichtert die Anpassung. Sie werden sehen. Nach der dritten werden Sie ganz vergessen haben, dass Sie jemals woanders gelebt und gearbeitet haben." Er erhebt sich und stellt sich hinter Joseph. Er zieht ihm die Jacke aus und krempelt den Hemdärmel hoch. Ein anderer Weißer tritt aus den Schatten, mit einem Mulltupfer in der einen Hand und einer Einwegspritze in der anderen.

„Ich ... ich glaube nicht, dass ich das möchte", sagt Joseph.

„Mit mögen hat das nichts mehr zu tun. Sie haben mir Ihre Unterschrift gegeben." Der Mann lächelt nicht mehr. „Sie werden sehen ... so ist es gut. *Et voilà*! Ja, guter Junge, es ist schon geschehen. Nun werden Sie gar nichts mehr spüren."

Joseph greift nach seinem Arm. „Ich glaube ..." Joseph fühlt, wie er schwach wird, wie die Schwerkraft ihn zu Boden zieht. „Wenn ich mich fünf Minuten hinlegen dürfte, dann..."

„Das ist richtig", erwidert der Mann. Er winkt zwei weitere Männer herbei, die eine Trage bringen und vor Joseph auf der Erde abstellen. „Legen Sie sich ruhig hin und schlafen Sie sich aus. Ihre Sorgen haben ein Ende. Wenn wir morgen ankommen, dann wird alles, was Sie bisher im Leben erlebt und erlitten haben, nur noch ein böser Traum sein."

1

Kaum zu glauben, was sich in zwei Jahren alles ansammeln kann.

„Auf dem Boden sind noch zwei Kisten." Mama streicht sich einige blonde Haarsträhnen aus der Stirn und fährt fort, den schweren Lederkoffer mit Hosen und Blusen voll zu packen. Ich höre es schon an ihrer Stimme: Sie ist gestresst. Aber ich bin's doch auch. Sie und Daniel haben nur noch zwei Wochen, um alle unsere Sachen zu packen und unseren gesamten Haushalt hier in Zimmermann's Bend aufzulösen. Das ist schwer genug. Aber ich reise schon morgen ab. Wie soll ich bis dahin mein ganzes Leben hier auflösen?

„Bin gleich wieder da", sagt Daniel. Er steht auf und verschwindet in den Flur. Mama und ich bleiben im Wohnzimmer des Missionshauses und packen um die Wette. Tari, unser Golden Retriever, liegt vor dem Kamin ausgestreckt und schnarcht.

„Irgendwie habe ich ein ganz furchtbares Gefühl." Ich werfe meinen Kopf nach hinten und binde meine blonden Haare zu einem Zopf. „Es gab so viele Dinge, die wir irgendwann mal machen wollten. Und plötzlich ist ‚irgendwann mal' schon vorbei."

„Das sagst ausgerechnet du?" Mama legt den weißen Wollpullover, den sie gerade zusammengelegt hat, auf einen der vollen Pappkartons drauf. „Was du und dein Bruder in den letzten zwei Jahren alles angestellt habt, das wünsche ich keiner anderen Mutter. Schlimm genug, dass ich euch damals hierher nach Afrika mitgeschleppt habe. Meinst du nicht, dass es höchste Zeit ist, dass ihr wieder anfangt, in halbwegs geregelten Verhältnissen zu leben und wieder eine richtige Schule zu besuchen? Mit siebzehn beginnt doch der Ernst des Lebens."

„Das sagst ausgerechnet du?" Ich schmeiße den Haufen Socken, die ich gerade in meinen Händen halte, in die Luft. „Du und Will habt noch gar nichts geregelt, wie es mir scheint." Das hat gesessen. Nun guckt Mama nicht mehr so überlegen. Und dieses Mal hat sie keine Antwort parat. Wohl zum ersten Mal in ihrem Leben.

Was soll sie überhaupt dazu sagen? Zwar müssen wir das Missionshaus räumen, aber wir wissen immer noch nicht, wohin die Reise geht. Zunächst natürlich nach Berlin, wo wir uns erst mal den Rest des Aprils ausruhen werden. Soviel ist klar. Aber danach? Mama hat nämlich zwei Bewerbungen am Laufen – eine bei einer Klinik in Alaska, die andere in Bolivien. Bis Ende dieser Woche soll die Entscheidung fallen. Unser Stiefvater Will sieht das alles ganz gelassen. Denn egal, wo wir alle hinziehen, er wird seinen Flugdienst einfach mitnehmen und ihn dort wieder aufbauen. Er hat's gut. Aber ist es mir auch so egal, wo ich lande? Nein, das ist mir ganz und gar nicht egal. Aber ich muss erst mal ein paar andere Dinge in meinem Leben klären.

„Man wird uns schon irgendwo hinschicken", sagt Mama endlich. „Es wäre mir aber lieb, wenn ich wenigstens bis zu unserem Abschied wüsste, an welche Adresse ich unseren Container schicken soll. Das organisiere ich lieber selber. Aber wenn du Afrika gemeistert hast, wirst du keine Probleme in La Paz oder Anchorage haben."

Ausgerechnet ich soll Afrika gemeistert haben? Mama übertreibt ganz schön. Nein, Afrika hat mich gemeistert, es hat mich tausendmal auf den Kopf gestellt, sodass ich mir ein anderes Leben kaum noch vorstellen kann oder mir überhaupt wünsche. So schnell geht das! „Ich habe keine Angst vor einem Neubeginn, wenn du das meinst", sage ich. „Es sind nur die vielen Leute, die uns so viel bedeutet haben und die wir jetzt für immer verlieren werden. Das ist nicht so einfach."

„Wir verlieren sie nicht für immer", sagt Christine. „Wir kommen sie bestimmt wieder besuchen und inzwischen hat fast jeder hier eine E-Mail-Adresse. Es ist heute überhaupt kein Problem mehr, in Kontakt zu bleiben, egal wo man landet."

„Du weißt, dass es nicht dasselbe ist, Mom." Ich drehe mich zum Kamin hin, über dem eine lange, traurig dreinblickende Holzmaske hängt, die mir in die Seele hineinzuschauen scheint. Ich wische mir ein paar Tränen aus den Augen. Das braucht Mama aber nicht zu sehen.

Mama schmunzelt. „Vielleicht denkst du an einen ganz besonderen Menschen?"

Ein echtes Genie, meine Mutter. Sie sollte auf der Bühne auftreten. „Mama, du weißt doch, dass ich Joseph in der ganzen Zeit, die wir hier gelebt haben, kaum gesehen habe! Er hatte immer sein Internat in Daressalaam, und jetzt ist er fast die ganze Zeit bei seinem Vater in Frankreich! Denkst du wirklich, E-Mails können diese gesamte verlorene Zeit wieder gutmachen?"

„Ein paar elektronische Nachrichten als Ersatz für eine zarte Berührung und einen Blick in die Augen?" Mama streicht mir über die Wange, bis ihrem Zeigefinger eine Träne begegnet. Sie lächelt und wischt sie weg. „Niemals. Ich denke nur, wenn sich zwei Menschen einander viel bedeuten, dann können die vielen Kilometer sie nicht auseinanderbringen. Für mich sind Kilometer lediglich eine Zahl, mit der man rechnen kann. Aber die Liebe kann man nicht auseinander dividieren. Sie ist eine Einheit und sie lebt, wenn man ihr eine Chance gibt."

„Eine Chance?" Ich schniefe. „Ich sehe keine Chance."

„Wart's mal ab", sagt Mama. „Sobald wir wissen, wohin uns unser Weg führt, kommt alles andere von selbst."

Daniel kommt die Treppe herunter und tritt ins Wohnzimmer. Er trägt zwei riesige Kartons. „Da sind noch Sachen von vor zwei Jahren drin", sagt er und stellt die Kisten auf den Kaffeetisch ab. „Ich wette, wenn ich sie bis jetzt nicht angezogen habe, können die Leute im Dorf sie besser gebrauchen." Er schaut zu mir und wischt sich die dunkelbraunen Haare von der Stirn. „Oh, ja, ich erkenne die Symptome. Ihr redet über Joseph, stimmt's?"

Ich nicke. Ehrlich, in diesem Haus scheint jeder meine Gedanken lesen zu können. Eine echte Artistenfamilie. Aber in dieser Situation ist das wohl keine besondere Kunst. Man müsste blind sein, um nicht sehen zu können, was ich die letzten Tage durchgemacht habe. „Er wollte mir noch eine E-Mail schreiben, bevor er Frankreich verlässt", sage ich, „aber er lässt ganz schön auf sich warten."

„Das kann auch am Stromausfall liegen", sagt Christine. „Nach drei Tagen ohne Strom ist man für die digitale Welt verloren – was allerdings unter anderen Umständen ein Segen bedeuten könnte."

„Mach dir keinen Kopf drüber, Jenny", sagt Daniel. „Was soll da schon schief gehen? Mensch, du siehst ihn doch schon morgen Abend! Der Plan war doch, dass ..."

Er braucht mir den Plan nicht zu erklären. Er steht seit Wochen fest. Joseph und ich wollen uns nämlich morgen auf der Insel Sansibar treffen und dann ein paar Tage bei

Ibrahim Kharusi, Wills Partner im Flugdienst, und dessen Familie wohnen. Es ist nicht gerade der perfekte Zeitpunkt, wo Ibrahim und seine Frau gerade ein Baby erwarten und er seine neue Fluglinie „Swahili Air" aus der Taufe heben will, aber sie hatten darauf bestanden, dass ich sie besuchen komme. Treffpunkt Sansibar! Ich schmunzle über die Idee. „Treffpunkt Sansibar" war doch der Name dieses Szeneclubs, den meine Freundin Nadine und ich bei meinem Heimaturlaub letzten Sommer in Berlin entdeckt hatten. Alles im Ostafrika-Look mit tropischen Cocktails mit viel Kokosnuss-Milch drin und mit Teekisten als Tische und afrikanischen Masken an den Wänden mit voll aufgedrehtem Ethno-Hip-Hop. An eine Wand hatte jemand einen Spruch von einem persischen Dichter namens Rumi in großen geschwungenen Buchstaben gepinselt: „Wenn du reist, frage einen Reisenden nach Rat, nicht jemanden, dessen Lähmung ihn an einem Ort fesselt." Das gefiel mir. Ansonsten war der Club schräg und komisch, und es sah überhaupt alles ganz und gar nicht aus wie das Afrika, das ich kenne. Aber das braucht niemand zu wissen.

Das Treffen mit Joseph soll morgen stattfinden. Das Happy-End meiner ganz persönlichen afrikanischen Geschichte. Wie sehr freue ich mich darauf, meinen neuen saphirblauen Badeanzug auszupacken und endlich mit Joseph im kühlen Ozean zu baden. Warum schreibt er mir denn nicht? Warum ruft er nicht über unseren Satellitenanschluss an? Wann ist er überhaupt in Dar gelandet? Eigentlich müsste er schon längst bei Ibrahim eingetroffen sein. Dass ich kein Wort von ihm gehört habe, kann wirklich nicht nur an unserem Generatorschaden liegen. Und nun, wo ich nicht weiß, was los ist, spüre ich ein mulmiges Gefühl im Bauch. Ich denke immer, Wissen ist eine Art Fundament. Ohne ein Fundament fängt ein Haus zu wanken und zu rutschen an. Schon ein starker Regenguss oder ein plötzlicher Wind kann es in den Fluss stürzen, und so geht es mir jetzt auch. Aber im Augenblick weiß ich überhaupt nicht weiter, denn immer dieselben Fragen durchkreuzen meine Gedanken und verstopfen mein Tagebuch. Wo werde ich in zwei Monaten sein? Auf welchem Erdteil? Was will ich überhaupt machen, und was wünsche ich mir? Wer bin ich und wo gehöre ich hin? Wem gehöre ich? Und welche Rolle spielt Joseph dabei?

Wird sich das alles wirklich morgen auf Sansibar entscheiden?

Immer dieselben Fragen. Immer keine Antworten. Nein, so geht es nicht weiter. Es muss etwas geschehen. Am besten bald.

Tari hebt den Kopf und spitzt die Ohren. Christine stellt die Pappkiste, die sie gerade durchwühlt hat, auf die Dielen und schaut zum Fenster. „Wartet ... hört ihr das?"

„Was denn?", frage ich.

„Ein Motor. Da – da ist er wieder."

Nun höre ich's auch. Ein Kleinflugzeug nähert sich von Osten her.

„Aber das kann doch nicht Will sein", sagt Christine. „Er ist mit Ibrahim zusammen in Dar, um Swahili Air anzumelden."

„Das ist niemand, den wir kennen", sagt Daniel. „Ihr hört doch, dass es ein zweimotoriges Flugzeug ist. Und ich glaube, es setzt schon zur Landung an."

„Joseph vielleicht?", sage ich. Ja, Joseph! Vielleicht konnte er nicht länger warten. Vielleicht hat er am Flugplatz in Dar jemanden angesprochen, der in diese Richtung fliegt und ihn mitgenommen hat!

Quatsch. Das kann unmöglich Joseph sein, denn wir haben schon einen anderen Treffpunkt ausgemacht. Schon lange.

Treffpunkt Sansibar.

2

Tari springt auf. Daniel und ich folgen ihm auf die breite Veranda des Missionshauses hinaus. Mama kommt hinterher und legt mir den Arm um die Schultern. Wie oft haben wir in den letzten Jahren von hier aus Will und andere Piloten ankommen sehen.

Einige Sturmwolken durchfurchen den ansonsten blauen Vormittagshimmel wie riesige graue Panzerkreuzer. Die fernen Ruahaberge glühen rotbraun wie frisch gebackene Ziegel. Hinter dem riesengroßen Akazienbaum, der den Eingang zum Klinikgelände wie ein breiter Sonnenschirm bedeckt, brummt eine weiße zweimotorige Mooney. Bravo mit ausgefahrenem Fahrwerk heran. Die Maschine kreist einmal ums Gelände, bevor sie auf das spärliche grüne Gras der Landepiste aufsetzt und in einer roten Staubwolke auf das Missionshaus zurollt. Noch bevor der Pilot die beiden Motoren ausschaltet, geht die rechte Vordertür auf und ein junger Mann in einem weißen T-Shirt und grünen Jeans springt hinunter aufs Gras.

„Steve McElroy ist mein Name", sagt er auf Englisch in einem breiten amerikanischen Dialekt und springt zwei Stufen zur Veranda auf einmal hoch. Er nimmt ein blaues Basecap mit den weißen Buchstaben GST von den kurzgeschorenen schwarzen Haaren und rückt seine bernsteinfarbene Ray-Ban-Sonnenbrille zurecht. „Von Global Satellite Television. Sie sind wohl Dr. Christine Chapman?" Er nimmt Mamas Hand in einen kurzen festen Griff. „Wir haben eine Verabredung."

„Eine Verabredung?" Mama hebt ihre rechte Augenbraue. „Was Sie nicht sagen. Ich höre Ihren Namen zum ersten Mal."

„Das kann nicht sein!" McElroy setzt sich das Basecap wieder auf den Kopf, mit dem Schirm nach hinten. Er steckt sich ein Stück Kaugummi in den Mund. „Sie haben doch sicherlich meine Mail bekommen? Ich habe sie Ihnen vor genau vierundzwanzig Stunden geschickt."

„Eine Buschklinik ist kein Fernsehstudio, Mr. McElroy, wo alles auf Knopfdruck geschieht", sagt Mama. „Wir hatten drei Tage keinen funktionierenden Generator, nur ein kleines Notaggregat für den Operationssaal, und folglich keinen Satellitenanschluss und daher kein Internet. Außerdem spinnt unser Webserver gewaltig. Aber warum wollen Sie ausgerechnet mich sehen? Wen interessiert es, dass meine Familie und ich Zimmermann's Bend verlassen?"

„Kein Internet?" McElroy steht kauend da und schüttelt den Kopf, als würde er sie nicht richtig verstehen. Seine Augen bleiben unsichtbar hinter den Bernsteinlinsen. „In meinem Geschäft würden Sie nicht lange überleben, Frau Doktor, das können Sie mir glauben! Nein, es geht nicht um Sie – warum auch? – sondern um eine alte Tante, die hier im Dorf leben soll. Meine Kollegen und ich drehen nämlich eine Dokumentarfilmreihe über die ältesten Menschen der Welt. Wir nennen die Serie ‚Der Methusalem-Faktor'. Wir wollen erfahren, wie Menschen in unterschiedlichen primitiven Kulturen, wo die meisten schon vor ihrem fünften Geburtstag krepieren, es schaffen, steinalt zu werden."

„Sie meinen die Bibi Sabulana!", rufe ich. „Sie ist schon weit über hundert. Aber ‚primitiv' würde ich sie nicht nennen."

„Richtig, so heißt die Alte." McElroy entfaltet einen zerknüllten Zettel, der die ganze Zeit aus seiner Gesäßtasche geschaut hatte, und überfliegt ihn. „Übrigens, darf ich vorstellen?" Zwei Männer haben sich zu ihm gesellt, ein kleiner blonder mit einer sperrigen Fernsehkamera samt Gestell auf der Schulter und ein verschlossen wirkender, dünner mit einer Vollglatze und einem schwarzen Bart, der alle zehn Sekunden auf seine Uhr schaut. „Rod Powers, mein Kameramann, und Phil Wallace, unser Pilot. Wir sind gerade auf der Durchreise von Uganda nach Madagaskar, und haben nicht viel Zeit. Wir müssen sowieso erst feststellen, ob die Story hier überhaupt was taugt. Wo steckt denn das alte Mädchen?"

Mama, die den Journalisten bisher mit Freundlichkeit und Interesse zugehört hat, wird steif. „Das alte Mädchen, wie Sie unsere älteste Einwohnerin nennen, Mr. McElroy, wird im Dorf sehr verehrt, und ich weiß nicht, ob es angebracht ist, so unangemeldet hereinzuschneien. Außerdem ist sie eine gebrechliche Frau, die sich schonen muss. Ich kann Ihnen nicht sagen, ob man Ihren Wunsch so schnell erfüllen kann."

Nun schaut auch McElroy auf seine Uhr. „Ich fürchte, Doc, Sie haben noch nicht richtig geschnallt, worum's hier geht. Wenn es überhaupt klappen soll, dann nur jetzt. Wir müssen in spätestens neunzig Minuten wieder in der Luft sein, wenn wir unseren nächsten Termin schaffen wollen. Auf Madagaskar gibt's nämlich ein Dorf mit zwanzig Hundertjährigen, und wir wollen herausbekommen, wie sie das hingekriegt haben."

Rod Powers schaut ebenfalls erneut auf seine Uhr. Wie diese Medienleute ihre Uhren lieben! „Was soll daran so schwer sein, Dr. Chapman?", fragt Powers. „Wir wollen dem Omilein nur ein paar Fragen stellen, zwei oder drei Rezepte bei ihr einsammeln, ein paar Anekdoten aus ihr locken – etwas Pikantes, für unsere Zuschauer eben, wissen Sie? Ich probiere ein paar Einstellungen aus, wir stellen ein paar Soundbytes zusammen, die wir in unserer Werbung verwenden können – so als Köder – damit die Zuschauer auch in der nächsten Woche wieder einschalten. Sobald wir die Alte im Kasten haben, düsen wir ab. Bis dahin wird das alte Mädchen schon längst wieder vergessen haben, dass wir überhaupt da waren. Die alten Leute sind eben so."

„Wir werden Ihre Klinik und Ihre Organisation während der Sendung entsprechend würdigen", fügt McElroy hinzu. „Das ist doch besser als der teuerste Werbespot, finden Sie nicht?"

Mama blickt zu Daniel und mir. Tari hechelt. McElroy kaut und schaut schon wieder auf seine Uhr. Und nun kann ich auch nicht anders. Meine zeigt 15:32 Uhr an, und bis heute Abend muss ich noch alles für die Reise nach Sansibar morgen früh und anschließend nach Berlin gepackt haben. Bloß gut, dass wir die Abschiedsfeier bereits gestern Abend hatten!

„Gut, meine Herren", sagt Christine. „Das werden Bibi selbst und ihre Urenkeltochter entscheiden müssen. Sie werden mich hoffentlich entschuldigen, aber ich löse unsere Wohnung hier auf, und muss nebenbei meine Klinik leiten. Vielleicht kann meine Tochter Sie hinführen." Sie schaut zu mir. „Jenny, kannst du für unsere Gäste ein paar Minuten Zeit erübrigen?"

„Ich muss doch auch noch packen", wehre ich ab. Das stimmt zwar, aber am meisten graut es mir davor, wieder alle meine Freunde im Dorf zu sehen, wo ich mich gestern schon verabschiedet habe. Ich weiß schon – ich werde wieder in Tränen ausbrechen.

„Wenn Sie uns nicht sofort zu der Alten hinführen", droht McElroy, „dann müssen wir das Feature streichen. Und das wird Ihre Schuld sein. So einfach ist das." Er schaut mich so an, als ob ich gerade dabei wäre, ein schreckliches Verbrechen zu begehen.

„Wenn's nicht anders geht." Ich stehe auf. Nicht, dass ich diesen Typen helfen will. Ich halte es aber nicht für ausgeschlossen, dass Anita eine Nachricht von ihrem Sohn Joseph erhalten hat. Und die will ich hören.

McElroy nickt beifällig, wie es nur jemand kann, der gewohnt ist, sich durchzusetzen. Alle vier gehen wir über die Landepiste auf das Dorf zu. In einigen der Spurrillen hat sich Wasser gesammelt, und wir müssen vorsichtig gehen. Tari freut sich. Er springt über die Pfützen und schnappt nach Fröschen. „Ihre Mutter sagte, dass sie von hier wegzieht?", fragt McElroy. Er spuckt seinen Kaugummi auf die Erde und schiebt sich ein neues Stück zwischen die Lippen.

„Ja, mein Bruder und ich sind vor fast zwei Jahren hierhergekommen, als meine Mutter einen Job in der Klinik bekam", erkläre ich. „Nun ist ihr Vertrag ausgelaufen und sie muss die Klinik wie geplant an ihren Assistenten abgeben. Am Anfang wollte ich gar nichts von Afrika wissen, wie Sie sich vielleicht vorstellen können."

„Ich würde es hier garantiert keine zwei Tage aushalten", sagt McElroy.

Ich ignoriere ihn. „Es war eine fantastische Zeit. Aber nun muss Mama ihre Arbeit und den Haushalt abwickeln, und unser Stiefvater muss seinen Teil des Flugdienstes auflösen. Bevor wir aber alle von Daressalam nach Berlin fliegen, werde ich zwei Wochen auf Sansibar verbringen, bei seinem Geschäftspartner Ibrahim und seiner Familie. Um den Schock ein bisschen abzumildern, wie Mama sagt."

„Eine Woche auf Sansibar?", fragt McElroy. „Nicht schlecht. Aber passen Sie gut auf – dort geht's heiß her. Es stehen gerade Wahlen an, wie ich höre."

„Ich werde schon aufpassen", sage ich.

„Aber nichts, was Sie mir erzählen, ist neu für mich", sagt McElroy. „Ich habe schon in Ihren Blog geschaut. Nicht schlecht, was Sie da schreiben. Woher denken Sie, dass ich die Geschichte mit der alten Tante herhabe? Sie können gern einen Link zu unserer Sendung reinsetzen."

Ha! Ein Link zu seiner blöden Sendung? Niemals. So eine Verschwendung. Es gibt so viele gute Geschichten auf der Welt, und er dreht so eine Quatschsendung, die nur alte Leute ausbeutet und den Zuschauern die Zeit stiehlt. Aber wenn ich für eine richtige Zeitung schreiben, oder selber Filme drehen könnte, was würde ich alles erzählen!

Ich bleibe stehen. „Sagen Sie mal, muss das wirklich sein mit Bibi Sabulana? Sie ist nun mal sehr alt. Sie hat noch nie mit Journalisten zu tun gehabt und ich weiß nicht, ob das so eine gute Idee ist."

„Keine Sorge", antwortet McElroy. „Wir haben uns in der letzten Zeit schon Dutzende von alten Leuten vorge-knöpft. Es gibt so ein paar Tricks, um sie munter zu machen. Nach fünf Minuten wird sie uns aus der Hand fressen, da bin ich mir sicher."

„Macht es Ihnen wirklich Spaß, andere Menschen zu ärgern, um solche Mistsendungen zu drehen?", frage ich. Wir haben die Landepiste überquert und das Dorf erreicht. Zimmermann's Bend besteht aus etwa vier Dutzend Backstein- und Lehmhütten, die ohne erkennbaren Plan auf beiden Seiten einer matschigen Sandstraße angelegt sind.

„Job ist Job! Wir beliefern das Nachmittagsfernsehen. Man muss den Leuten eben das bieten, was sie sehen wollen, und was man Ihnen zumuten kann, verstehen Sie? Etwas, wo sie sich wohlhabend und überlegen fühlen, dann sind sie erst mal glücklich. Obwohl ich tatsächlich Lust hätte, eine richtige Reportage zu drehen. Einen echten Skandal zu präsentieren. Das ist mein Traum."

Kurz vor dem Ende des Dorfes steht ein langer, weiß gestrichener Bungalow unter einem funkelnden neuen Wellblechdach. Er wird von hinten von einem riesenhaften Affenbrotbaum überragt, der nun in der Regenzeit voller lauschiger grüner Blätter steht. Sein knorriger Stamm, grau und runzlig wie Elefantenhaut, ist fünf Meter dick und die Krone ragt gut vierzig Meter in den Himmel hinauf. „Da sind wir also", erkläre ich.

„Die Alte lebt da drin?", fragt McElroy. „Gar nicht schlecht, das Haus, im Vergleich zu den anderen Buden hier."

„Nein, da lebt ihre Urgroßenkelin Anita", erwidert Jenny. „Anita managt die Klinik mit meiner Mutter zusammen. Sie hat das Haus vor wenigen Jahren zusammen mit ihrem Mann Benjamin gebaut. Benjamin ist Ornithologe, das heißt, er ist Vogelexperte. Zugvögel, um genau zu sein. Er arbeitet seit zwei Jahren mit Störchen in Straßburg, und ihr Sohn Joseph ist für einige Monate bei ihm. Im Augenblick hat sie das Haus ganz allein für sich, denn ihre Urgroßmutter besteht darauf, wieder in ihrer eigenen Hütte unterm Affenbrotbaum zu leben. Der Baum bildet den Mittelpunkt des Dorfes – die Leute nennen das Dorf sogar *Mpela*, das heißt Affenbrotbaum in der Kihehe-Sprache – aber man könnte genauso gut sagen, dass Bibi Sabulana der Mittelpunkt ist."

„Vielleicht überschätzt sie sich", sagt Rod Powers.

„Wohl kaum", widerspreche ich. „Jeder behauptet, sie ist mindestens genauso alt wie der Baum. Bibi sagt, ihr Vater hätte ihn am Tage ihrer Geburt gepflanzt."

„Aber der Baum muss doch Jahrhunderte alt sein", widerspricht McElroy.

„Ich gebe nur weiter, was die Anderen mir sagen."

McElroy schnauft. „Klingt wieder wie ein Blindgänger, aber was soll's? Mal hören, was die Alte zu bieten hat."

Ich klopfe an der kobaltblauen Holztür des Bungalows und rufe „*Hodi*!"

„*Karibu*!", kommt die Antwort von innen. Die Tür geht auf und eine schlanke dunkle Frau in einem langen blauen Kleid steht vor uns. „*Karibuni*" – willkommen – sagt sie und schüttelt den drei Männern die Hand. Sie nickt dabei mit dem Kopf und die unzähligen kleinen Zöpfe auf ihrem Kopf tanzen bei jeder Bewegung. „Ich heiße Anita Tajomba", sagt sie in perfektem Englisch. „Wie kann ich Ihnen helfen, meine Herren?"

„Es geht um diese Bibi Sabulana." McElroy umfasst ihre Hand lässig, so als wäre sie ein feuchter Wischlappen. „Wir sind hier, um ein Interview zu drehen und haben nicht viel Zeit."

Anitas Lächeln verschwindet. „Ein Interview? Mit ihr? Das kommt überraschend. Wissen Sie, wie alt meine Urgroßmutter ist?"

„Genau das wollen wir ja herausfinden", sagt McElroy. „Unsere TV-Sendung heißt doch ,Der Methusalem-Faktor', und je älter umso besser. Nun, die Uhr läuft!"

Anita blickt zu mir, aber ich kann nur mit den Schultern zucken. „Gut", sagt sie, „wenn Sie es so eilig haben, müssen wir sie eben selber fragen. Kommen Sie doch einfach mit." Anita hält die Tür auf und wir treten in den kleinen hellgrün gestrichenen Flur hinein und durch die Hintertür wieder hinaus. Auf dem lauschigen Hinterhof laufen drei Dutzend graue Perlhühner frei herum. Tiefe Pfützen sind noch vom letzten Regenguss übrig und glitzern in der Nachmittagssonne. Aber unter den Ästen des Affenbrotbaums ist die Erde trocken und von einem dunkelgrünen Licht durchsetzt. Hinter dem Baum steht Bibi Sabulanas Rundhütte. Strichmännlein und geometrische Figuren überziehen die weißen Lehmwände und eine dünne Rauchsäule fädelt sich durch das Grasdach hindurch. Bevor sie zum Türgriff greift, fragt Anita, „Übrigens, Joseph muss seinen Flug nach Dar verpasst haben. Hast du etwas von ihm gehört?"

„Das wollte ich dich gerade fragen."

Anita kaut nachdenklich auf dem rechten Zeigefinger herum, dann dreht sie sich zur Hütte hin. „*Hodi!*", ruft sie an der offenen Tür und geht hinein. Die drei Männer warten ungeduldig und starren ihre Uhren an, als ob sie dadurch langsamer gehen würden. Einige Augenblicke später tritt sie wieder über die Schwelle. „Bibi ist wach und wird mit Ihnen sprechen. Sie weiß nur, dass drei *wazungu* aus dem Ausland sich mit ihr unterhalten wollen. Sie müssen ihr Vorhaben selber erklären."

„Na, dann wollen wir mal", sagt McElroy. Die drei Männer treten in die Hütte ein.

Ich will zum Missionshaus zurück, aber Anita sagt, „Nein, du sollst auch bleiben. Bibi besteht darauf, dich ein letztes Mal zu sehen, bevor du das Dorf für immer verlässt."

Wieso das? Gestern auf der Fete hat sie meine Gegenwart gar nicht bemerkt, sondern nur alte Geschichten aus der deutschen Kolonialzeit aufgetischt. Als ob sie mich gar nicht kennen würde, was mich ziemlich verletzte. Aber vielleicht will sie mich wirklich ein letztes Mal sehen? Ich ziehe ein Stück Seil aus meiner Hosentasche und binde Tari an einer Bambusstaude fest. Dann trete ich ebenfalls in die Hütte, gefolgt von Anita. Das Innere ist düster und verräuchert. Das einzige Licht kommt von dem Feuerchen, das mitten im Raum zwischen drei verrußten Steinen flackert. Auf einem niedrigen Bettgestell liegt ein Knäuel von bunten Kanga-Tüchern. Auf dem rauen Holzschrank stehen drei Reihen von geschnitzten Ahnenfiguren, deren Gesichter im flackernden Licht streng und prüfend auf uns herabschauen.

Bibi Sabulana, deren Körper bis fast auf die Knochen zusammengeschrumpft ist, trägt ein feuerrotes Kleid. Sie sitzt aufmerksam auf einem schwarzen Holzstuhl, der in Form eines Menschen geschnitzt ist. Er trägt einen menschlichen Kopf auf der Rücklehne. Zwei menschliche Arme dienen als Armstützen und der Stuhl ruht auf vier Menschenbeinen mit geschnitzten Füßen. Ich erkenne in ihm den angeblichen

Häuptlingsstuhl ihres Vaters, der ein bedeutender Anführer des Wahehe-Volkes gewesen sein soll. Bis heute habe ich sie noch nie darauf sitzen sehen. Ihr hageres Gesicht mit den leeren weißen Augen unter dem schütteren weißen Haarschopf platzt geradezu vor Neugier und Energie. „Wer sind diese *wazungu?*", krächzt sie auf Kiswahili.

Anita dolmetscht für die Journalisten, die auf den niedrigen geschnitzten Hockern, die wie braune Pilze um die Feuerstelle herumstehen, Platz nehmen. Powers schraubt die Kamera auf ein Dreibein und montiert einen Scheinwerfer obenauf.

„Ich darf mich kurz vorstellen." McElroy nimmt Bibis knochige Hand, die er dann wieder fallen lässt, als Bibi Sabulana den Händedruck nicht erwidert. „Steve McElroy von GST, Global Satellite Television. Das hier ist mein Kameramann, Rod Powers, und der hier ..."

„Wo kommen Sie her?" unterbricht Bibi Sabulana, ohne auf Anitas Übersetzung zu warten.

„Von Global Satellite Television", wiederholt McElroy, nachdem Anita ihre Worte gedolmetscht hat. „Vom Fernsehen. Unser Firmensitz ist in Houston, aber wir ..."

„Fernsehen?", dolmetscht Anita. „Fern sehen? Wie fern können Sie denn sehen?"

„Das brauche ich gar nicht zu können, Mrs. Sabulana." McElroy versucht zu lächeln, während Anita für ihn übersetzt. Powers, der schon die Kamera aufgestellt hat, knipst winzige Mikrofone an McElroy und Anita fest. „Das macht die Technik heute für uns. Wir sind gekommen, um Sie zu ..."

„Wenn Sie vom Fern-sehen kommen", sagt Bibi Sabulana, „dann können Sie vielleicht Menschen sehen, die jetzt nicht hier sind."

„Ah ... sicherlich", sagt McElroy, der seinen Schreibblock aufschlägt und einen Kugelschreiber hervorkramt. Powers knipst den Scheinwerfer an und beginnt zu drehen. „Wir haben ein globales Satellitennetzwerk aufgebaut und senden Sport, Nachrichten und Unterhaltung in achtzig Ländern.

Einschaltquote zwanzig Millionen. Und deshalb sind wir heute bei Ihnen, Mrs. Sabulana. Wir drehen eine Sendereihe über die ältesten Menschen dieser Welt. Würden Sie sich dazu zählen? Unsere Zuschauer möchten es gern erfahren."

„Es gibt nämlich viele Menschen, die ich jetzt sehen möchte", sagt Bibi Sabulana.

„Ich glaube, sie versteht nicht einmal das Prinzip vom Sehen, geschweige denn vom Fernsehen", erkläre ich. „Sie war immer schon blind, solange man sich erinnern kann. Manche sagen sogar, sie ist blind zur Welt gekommen. Es gibt ohnehin keinen einzigen Fernseher im Dorf. Nur die wenigsten Menschen haben überhaupt Strom. Deswegen ist es vielleicht sinnvoll, wenn Sie sich auf Ihre Fragen konzentrieren und die Technik erst mal außen vor lassen."

„Na fein", sagt McElroy. Er räuspert sich und fragt, „Wie alt sind Sie, Mrs. Sabulana?"

Die alte Frau wackelt mit dem Kopf. „Sehen Sie mir mein Alter an?", fragt sie.

„Jedenfalls sehe ich, dass sie nicht mehr die Jüngste sind", sagt McElroy. „Wie viele Jahre alt sind Sie denn?"

„Wenn Sie so viel sehen können, dann warum fragen Sie mich?", sagt sie.

McElroy seufzt. „Ich sehe es eben nicht, deshalb frage ich ja", sagt er. „Ich will *nur* wissen, wie viele *Jahre* Sie auf dem *Buckel* haben, bevor wir mit dem *Interview* fortfahren. Können Sie mir wenigstens *diese eine Frage* beantworten?"

„Wie viele Jahre sehen Sie?", fragt Bibi Sabulana.

„Das führt uns nirgendwo hin." McElroy wirft seinen Kugelschreiber auf den Sandboden. „Sie macht sich nur über uns lustig."

„Wie viele Jahre sehen Sie?", fragt die alte Frau ein zweites Mal.

„Meinetwegen ...", sagt McElroy. „Hundert? Ich schätze hundert."

Bibi Sabulana kichert. „Wie können Sie mit ihren zweiunddreißig Jahren hundert Jahre in mir sehen?"

„Hey!" McElroy nimmt seinen Kugelschreiber wieder in die Hand und sieht der Greisin in die Augen. „Woher wissen Sie, wie alt ich bin?" Als Bibi Sabulana nicht antwortet, sondern ihre knorrigen Hände vor den Bauch zusammenfaltet und wie eine der geschnitzte Ahnenfiguren vor sich hin grinst, werden die drei Männer von einem Grausen gepackt. Auch ich spüre ein flaues Gefühl im Magen, obwohl ich Bibi Sabulanas merkwürdige Einsichten und Kommentare in den letzten zwei Jahren mehrfach erlebt habe. McElroy räuspert sich und versucht wieder den coolen TV-Journalisten zu mimen. Aber nun höre ich eine neue Hochachtung in seiner Stimme, die ich nie für möglich gehalten hätte. „Man behauptet im Dorf, Ihr Vater hätte den Affenbrotbaum draußen am Tag Ihrer Geburt selbst gepflanzt. Aber dieser Baum müsste doch viele Jahrhunderte alt sein. Bevor wir nun weiter reden, will ich es wissen: Hat ihn Ihr Vater wirklich gepflanzt?"

Bibi Sabulana lacht wieder. „Nein!", quietscht sie. „Wer erzählt so etwas?"

„Das sind eben meine Informationen", sagt McElroy, während er in seinem Buch schreibt. „Deswegen bin ich ganz auf Sie angewiesen."

„Ich habe ihn selber gepflanzt, als mein ältester Sohn heiratete."

Nun rutscht McElroy das Heft aus der Hand. „Oh Gott", sagt er.

„Sie müssen doch verstehen, Mr. McElroy", erklärt Anita, „dass niemand weiß, wie alt sie ist, nicht einmal sie selbst. Die Leute diskutieren stundenlang darüber, ohne zu einem Ergebnis zu kommen. Aber wenn es hilft, behaupten einige der Alten im Dorf, dass sie schon erwachsen gewesen sein muss, als die ersten Missionare die Kirche drüben bauten, und das war vor etwa hundertzehn Jahren. Da haben Sie wenigstens eine Orientierung."

„Schon besser." McElroy lächelt und wendet sich wieder zu Bibi Sabulana. Er wickelt ein neues Stück Kaugummi aus und steckt es sich in den Mund. „Und nun geben Sie uns vielleicht ein paar Tipps, wie unsere Zuschauer auch so alt werden können. Was essen Sie zum Mittag, Frau Sabulana?"

„Ziegenfleisch und Ziegenmilch", antwortet sie.

„Na, warum nicht gleich so?", sagt McElroy und kritzelt in seinem Heft. „Und welche Rolle spielt die Liebe in Ihrem Leben? Manche unserer Interviewpartner behaupten, dass ein langes Liebesleben auch ein langes irdisches Leben mit sich bringt", fügt er lächelnd hinzu. „Welche Geheimnisse können Sie uns verraten?"

„Die Liebe brennt", sagt Bibi Sabulana. „Und manchmal tut sie auch weh. Das hat das *mzungu*-Mädchen hier erfahren. Sie liebt nämlich meinen Joseph."

Wie bitte? Und das sollen jetzt zwanzig Millionen Zuschauer zu sehen bekommen? Ich laufe rot an. Bibi ist nicht mehr zu bremsen. „Die Liebe ist wie ein Feuer. Aber man darf dieses Feuer nicht in den Händen tragen, sondern nur im Herzen. Wenn man es in den Händen trägt, wenn es für alle sichtbar ist und eine Last wird, kann es von Erde, Wind und Wasser gelöscht werden. Wenn man es jedoch im Herzen trägt, erlischt es nie. Das muss das Mädchen noch lernen."

„Mmm, das gefällt mir", sagt McElroy und kritzelt weiter in seinem Buch. „Und wie oft waren Sie verheiratet? Oder dürfen Sie in ihrer Kultur mehrere Ehemänner auf einmal haben? Hey, warum reden Sie nicht? Das sind die Dinge, die unsere Zuschauer unbedingt wissen wollen."

Aber Bibi Sabulana richtet ihre blauweißen Augen auf das Feuer. „Nun möchte ich Sie etwas fragen, *mzungu*", sagt sie. „Was sehen Sie denn so, wenn sie fern-sehen? Was sehen die anderen *wazungu*, wenn sie zu-schauen?"

„Ach wirklich", sagt McElroy. „Geht das nun schon wieder los? Ich dachte, ich führe hier das Interview. Rod, hast du die Jägermeisterflasche mit? Vielleicht können wir sie damit aufpäppeln."

„Ich sehe auch vieles", fährt die alte Frau fort. „Gesichter, Gestalten, die Augen der Ahnen. Ich sehe auch Menschen, die mir nah sind. Aber manche Menschen sehe ich nicht mehr."

Powers sieht wieder auf seine Uhr und knipst die Kamera und den Scheinwerfer aus. Der verräucherte Raum wird von den Schatten verschluckt. „Es hat keinen Zweck, Steve. Die Alte ist eine Niete. Genau wie der Verrückte letzte Woche in diesem Dorf auf Sizilien. Wir müssen eh weiter."

„Ja, das habe ich kommen sehen." McElroy steckt sich den Kugelschreiber in die Brusttasche. „Toll. Vielen Dank allerseits für die Zeitverschwendung."

„Es tut mir aufrichtig leid, Mr. McElroy", sagt Anita. „Aber Sie sehen das Problem. Sie versteht die Situation gar nicht."

„Das einzige, was ich nicht verstehe", sagt Bibi Sabulana weiter, „ist, wo sie geblieben sind."

Mir ist, als hätte man plötzlich die Heizung ausgedreht. „Wo wer geblieben ist, Bibi?"

„Diejenigen, die man nicht mehr sieht. Sie waren hier, und nun sind sie fort. Und es sind viele."

„Okay, Schluss, aus!", sagt McElroy. „Ende der Vorstellung. Danke trotzdem, dass Sie uns zu ihr geführt haben", sagt er zu mir, während er seinen Block in den Rucksack steckt. „Ich fürchte, der Alten ist nicht mehr zu helfen. Sie hat eben ihr Haltbarkeitsdatum überschritten. Aber was soll's? Das haben wir schon oft genug erlebt. Ich schaue weiterhin auf Ihre Website, Jenny, und wenn Sie wieder von einer Story hören – etwas mit Biss und nicht so einen Käse – sagen Sie mir Bescheid, verstanden? Irgendwie machen Sie auf mich den Eindruck eines Mädels, das eine gute Geschichte erkennt, wenn sie ihm über den Weg läuft. Wir sind noch ein paar Tage in Mosambik und auf Madagaskar. Du kannst mich unter dieser Nummer erreichen." Und er drückt mir seine Visitenkarte in die Hand.

Aber ich höre ihm kaum zu, sondern denke über Bibis Worte nach. „Wer ist fort, Bibi?", frage ich weiter und verstaue die Karte achtlos in meine Hosentasche.

„So viele", sagt Bibi Sabulana. „Sie gehen weg und kommen nicht wieder. Sie tragen nämlich das Feuer in ihren Händen, und nicht mehr in ihren Herzen, und es erlischt.

Es wird ihnen dunkel um die Augen, und sie kommen nicht wieder. Wie damals schon."

„Was meinst du mit ‚damals'?", frage ich. Die Journalisten haben die Hütte schon verlassen. Ich höre nur noch, wie McElroy eine Ladung Kaugummi ausspuckt.

„Es waren Tausende, in Ketten, die an die Küste getrieben wurden. Und keiner hat sie jemals wieder gesehen. Sie legten ihre Herzen nieder, das Feuer erlosch. Und wir blieben alleine zurück."

Ich schaue zu Anita. „Sie meint nicht etwa die Sklavenkarawanen, oder? Das ist so was von lange her ..."

„Manchmal kommen in ihr solche Erinnerungen auf", sagt Anita. „Oder es sind Echos der Vergangenheit, die noch in der Luft hängen und die sie aufspürt. Wer weiß? Meistens bedeutet es gar nichts. Aber sie ist müde. Vielleicht ist es besser, du verabschiedest dich jetzt von ihr und bereitest dich auf deine morgige Reise vor."

„Nach Unguja wurden sie gebracht", fährt Bibi Sabulana fort. „Aber vorher legten sie ihr Herz nieder." Sie schaut unentwegt auf die sterbenden Flammen des Feuers. Sie zittert am ganzen Leib.

„Nach Unguja?", frage ich. „Wo ist das?"

„Die Insel Sansibar", sagt Anita. „So nennen es die Menschen dort."

„Das ist lange her, Bibi", sage ich. „Das passiert nicht wieder."

„Lange her?", sagt die alte Frau. Sie dreht ihren Kopf zu mir und durchbohrt mich mit ihren weißen Augen. „Es war vor zwei Tagen. Er hat schon sein Herz niedergelegt."

Mir wird es plötzlich eng ums Herz. „Wer? Mein Gott, nicht etwa ...?"

„Er kommt nicht wieder. Ich sehe ihn nicht mehr." Sie legt ihre knochige Hand auf mein nacktes Knie. „Hilf ihm, *mzungu*. Wenn du ihm nicht hilfst, dann wird es keiner tun."

3 An den meisten Tagen schimmern die fernen Ruahaberge heidelbeerblau in der Morgensonne, wie auch die Flammenbäume und Bougainvilleahecken um Zimmermann's Bend in eine Kulisse aus „Alice im Wunderland" verwandelt werden. Aber heute, am letzten Tagesanbruch für mich in meinem ostafrikanischen Dorf, glühen sie tieforange wie knusprige Brote in einem riesigen Backofen.

Heute springe ich nicht wie sonst aus dem Bett, um das Bad für mich zu erobern, bevor Daniel mir den Weg abschneiden kann. Ich nehme mir Zeit, denn ich habe ein mulmiges Gefühl im Bauch. Es ist wieder diese Unruhe, die mich vor jeder großen Reise packt. Heute spüre ich sie stärker als je zuvor. Aber warum? Ich müsste mich wie ein Kind am Heiligabend freuen, denn ich fahre zu Ibrahim nach Sansibar und heute Abend werde ich endlich Joseph wiedersehen!

Warum spüre ich keine Freude? Ich ziehe das Moskitonetz beiseite und drehe mich um. Ich stehe noch nicht auf, sondern bleibe sitzen und schaue einige Augenblicke auf meine nackten Füße. Sie sehen bleich und verletzlich aus. So *unschuldig*. Und ich denke, sobald ich die Füße auf den Boden stelle, sobald ich den ersten Schritt tue, beginnt meine Reise. Beginnt der Rest meines Lebens.

In diesem ersten Schritt ist mein ganzer Weg enthalten. Er wird jeden weiteren Schritt nach sich ziehen. Schon stelle ich mir eine unendliche Reihe von Fußabdrücken vor, die sich irgendwann im Zickzack hinterm Horizont verlieren. Mich fröstelt bei diesem Gedanken. Ich will mich nicht hinterm Horizont verlieren.

Wozu überhaupt aufstehen? Ich muss heute nicht fahren. Ich kann hier bei meiner Mutter und meinem Bruder ausharren, Joseph auf später vertrösten und wenigstens einmal in meinem Leben vernünftig sein. Alleine zu reisen ist in diesem Land gefährlich. Mama versucht seit Wochen, es mir auszureden. Vielleicht hat sie doch Recht?

Mir fällt etwas ein, was ich einmal vor langer Zeit gelesen

habe. Ich rolle mich auf die andere Seite und greife in einen Karton voller Bücher, der neben dem Bett steht. Ich wühle ein paar Sekunden herum, zwischen „Alice" und „Harry Potter", bis ich ein zerknittertes Exemplar von Tolkiens „Herr der Ringe" finde. Ich hatte damals, als ich es zweimal hintereinander durchlas, immer noch die schlechte Gewohnheit, die Ecken umzuknicken und die Stelle findet sich von selbst.

Es gibt nur einen Weg: Er ist wie ein großer Fluss: seine Quellen sind an jeder Türschwelle, und jeder Pfad ist sein Nebenfluss. Es ist eine gefährliche Sache, aus deiner Tür hinauszugehen. Du betrittst die Straße, und wenn du nicht auf deine Füße aufpasst, kann man nicht wissen, wohin sie dich tragen.

Aha, daher kommt das Gefühl. Vom vielen Lesen. Ein Hirngespinst. Es hat sonst nichts zu bedeuten. Ich schlage das Buch zu und lege es zu den anderen. Dann atme ich tief durch und stelle meine nackten Füße auf die rauen Dielen. Der erste Schritt ist also getan. Warum habe ich so gezögert?

Vom letzten Frühstück auf der Veranda, vom letzten Rundgang durch das Missionshaus, vom letzten Blick auf die Klinik und den alten Rosengarten, den meine Mutter in den letzten zwei Jahren wiederhergestellt und gepflegt hat, bekomme ich kaum noch etwas mit. Als ich schon meinen Rucksack auf den Schultern habe und die Zeit gekommen ist, mich von der Köchin Veronica, vom Gärtner Samuel sowie von Mamas Assistenzarzt und Nachfolger James Mwamba zu verabschieden, bekomme ich alles nur noch durch einen Schleier aus Tränen mit. Als Anita an die Reihe kommt, bin ich kurz davor, loszuheulen. „Wir sehen uns bestimmt wieder", sagt sie und nimmt mich auf unafrikanische Art in die Arme. „Und grüß meinen Joseph von mir", fügt sie hinzu. Als Josephs Name fällt, versiegen die Tränen, denn heute Morgen habe ich wieder die E-Mails gecheckt – und von ihm war keine einzige Zeile.

Nein, was Joseph anbetrifft, spüre ich keine Trauer. Ich spüre nur noch Angst. Meine Tränen werde ich für später aufbewahren.

Der Landrover wartet schon. Am Steuer sitzt Schwester Emilia, eine kleine, tiefdunkle junge Frau vom Volk der Wachagga von der Kilimanjaro-Region, die ihre weiße Schwesternuniform gegen modische Jeans und eine weinrote Baumwollbluse getauscht hat. Der Dieselmotor schnauft gereizt. Emilia hat das Autoradio angestellt und trommelt afrikanische Rhythmen auf dem linken Beifahrersitz mit ihren langen Fingern.

„Er kommt bestimmt." Mama kann also tatsächlich Gedanken lesen. Sie lächelt und küsst mich. Klar, sie hat immer noch Angst um mich, aber versucht nicht mehr, mir die Reise auszureden. „Und überhaupt – denk an Sansibar! Du hast noch eine Welt zu erobern." Sie drückt mich fest an sich. „Hast du dein Handy mit? Mit dem neuen Akku?" Ich nicke. „Dann pass gut auf dich auch. Und ich rede nicht nur vom Trinkwasser. Es geht um dich und Joseph. Du weißt doch, was ich meine." Oh ja, ich weiß es. Mama hat mir gestern Abend schon wieder ihren Standardvortrag gehalten über die Liebe und Jungs und überhaupt – sie ist schließlich Ärztin und kann wahrscheinlich gar nicht anders – aber jetzt, wo ich auf dem Weg zu Joseph bin, finde ich das alles nur noch ätzend.

Daniel umarmt mich ebenfalls – einen Augenblick länger als sonst. Er ist genauso den Tränen nahe. „Weißt du noch, wie wir das alles gehasst haben?", fragt er. Ich nicke. Oh ja, ich weiß es noch ganz genau. Was hätte ich damals gegeben, um diesem Ort für immer den Rücken zu kehren. Und heute…

Heute sehe ich alles mit anderen Augen. Von wegen „neue Welt"! Dieses Dorf war doch die neue Welt, die ich jetzt niemals erobern werde.

Daniel lacht kurz. „Bloß nicht zurückblicken", sagt er. „Sonst kommst du niemals von hier weg."

Ich kraule Tari am Kopf und steige in den Landrover. Emilia gibt sofort Gas. *Nicht zurückblicken* … Ich denke an die Frau in der Bibelgeschichte, die auf die brennende Stadt zurückblickt und zu einer Salzsäule erstarrt. Aber ich kann nicht anders und drehe mich doch noch einmal um. Christine und Anita stehen auf der Veranda des Missionshauses und winken mir nach. Der Landrover rumpelt über die Flugpiste und dann am riesigen Akazienbaum vorbei. Von dort erhasche ich einen letzten Blick auf das rote Ziegeldach des Missionshauses, auf den orangefarbenen Windsack vor dem Hangar, auf die fernen roten Berge. Ich greife nach dem Feldstecher auf dem Rücksitz und richte ihn aufs Missionshaus. Als allerletztes sehe ich, wie Gärtner Samuel, seine Harke in der Hand, wie an jedem anderen Tag an die Arbeit geht, als ob Jenny Sandau noch nie eine Minute ihres Lebens dort verbracht hätte. Mein Herz wird traurig. Aber warum eigentlich? Es sind so viele Europäer hierhergekommen und wieder gegangen, seitdem dieses Dorf gegründet wurde. Ich bin nur eine unter Hunderten, die ein Teil ihres Lebens hier verbracht haben. Alles ganz normal. *Es geht alles seinen Gang, wie schon immer.* Und es ist dieser Anblick, und diese Einsicht, die mich endlich vollends zum Heulen bringen. Nein, ich verwandle mich nicht in eine Salzsäule, sondern löse mich gleich in Salzwasser auf.

Schwester Emilia drückt fest und selbstsicher aufs Gaspedal, als hätte sie ihren Fahrstil von den raubeinigen Fernfahrern abgeguckt, die die Straßen Ostafrikas unsicher machen. Einmal hinterm Steuer streift sie ihr Schwesterndasein wie einen alten Arbeitskittel ab. Sie freut sich sichtlich, wenigstens einen einzigen Tag der Routine zu entfliehen, um diesen Ausflug nach Iringa zu unternehmen. Endlich einmal raus! Trotz der aufgeweichten Straße fährt sie meistens Vollgas, und bremst nur, wenn ihr ein Schlagloch keine Alternative lässt.

Drei Stunden später schlängeln wir die enge Bergstraße hinauf, die Iringa mit der Außenwelt verbindet. Dort angekommen rattern wir an Backsteinhütten und indischen Textilläden vorbei bis zum Busbahnhof, wo der wuchtige Überlandbus mit der Aufschrift „We trust in Allah" auf der hinteren Scheibe schon zur Abfahrt bereit steht. Schwester Emilia presst den Landrover in eine letzte enge Parklücke vor einem Laden mit bunten Kangas und begleitet mich zum Bus, wo ich meine Fahrkarte vorzeige und meinen schweren Rucksack abgebe. Emilia wechselt noch ein paar Worte mit mir, während ich auf die Abfahrt des Busses warte.

Ein beigegekleideter Polizist mit einer schwarzen Schirmmütze taucht aus der Menge auf und richtet seinen strengen Blick auf den Landrover. „Ich glaube, da darf ich nicht parken", sagt Schwester Emilia. Sie schüttelt mir rasch die Hand und wünscht mir eine gute Reise. Dann läuft sie zum Auto zurück und fängt an, sich mit dem Polizisten zu streiten. Nach einem kurzen aber heftigen Austausch steigt sie ein und fährt auf und davon.

Nun bin ich allein. So allein, wie man nur inmitten einer lauten, wuseligen Menschenmenge sein kann. Ich reihe mich ein in die Schlange von Passagieren an der Bustür. Jugendliche mit Tabletts voller abgepackter Cashewnüsse, Mineralwasserflaschen, hartgekochter Eier sowie Mengen von gefälschten Rolex-Uhren laufen im Gedränge herum und preisen ihre Waren an.

Ich kaufe eine Packung Cashewnüsse von einem kleinen Jungen in einem gelben T-Shirt, das ihm bis zu den Knien hinunterreicht. Nun geht's wirklich los, sage ich mir, während ich meinen Fensterplatz im mittleren Teil des Busses einnehme. Es riecht nach einer Mischung aus Tankstelle und Schlachthof. Nun spüre ich es deutlich: Das Alleinsein bekommt mir nicht. Seit meiner Ankunft in Afrika vor zwei Jahren war ich selten allein unterwegs, sondern fast immer mit Daniel zusammen, oft mit Mama und Will. Am liebsten wäre ich mit Joseph gereist – obwohl wir noch nie die Gelegenheit dazu hatten. Aber heute? Ich bin das reine Waisenkind.

Aber wenn ich wirklich so allein bin, warum spüre ich ein Kribbeln im Nacken?

Ich drehe mich um und sehe in der hinteren Reihe zwei junge Afrikaner, so Ende zwanzig, schätze ich, gut gekleidet und aufgeweckt, die mich direkt fixieren. Was soll dieser Blick? Haben die beiden noch nie eine *mzungu* gesehen? Aber das kann mir jetzt egal sein. Ich reise ab, und bald wird die Zeit, wo mich Menschen anstarren, als wäre ich vom Mars gefallen, nur noch eine blasse Erinnerung sein.

Ich drehe mich wieder nach vorne und schaue auf die Menschen, die jetzt einsteigen. Kinder, Alte, Kleinbauern mit Bananenbündeln auf dem Schoß. Geschäftsmänner in Anzügen, die so korrekt geschneidert sind, als ob ihre Träger in der Londoner City arbeiten würden. Ein indischer Händler mit Turban. Alle Stämme Tansanias scheinen hier versammelt zu sein: hauptsächlich Wahehes aus der Gegend um Iringa, dazu ein paar Chaggas, Wakuyus und Küstenswahilis. Das erkenne ich inzwischen an der Hautfarbe, der Gesichtsform, der Kleidung, und ich liege selten falsch. Plötzlich fällt mir etwas ein. Ich drehe mich wieder um und mustere die beiden Männer. Einer von ihnen spricht gerade in sein Handy, der andere dreht sich zum Fenster, als ob er dort etwas ganz Aufregendes entdeckt hätte. Und dann weiß ich: Die beiden sind zwar Afrikaner, aber sie sind unmöglich von hier.

„*Is this seat taken?*", fragt eine europäische Stimme. Ich schaue hoch und sehe einen hochgewachsenen Weißen, einen richtigen Opa-Typ in einem Khakihemd und Jeans und mit einem breiten Strohhut auf dem Kopf.

„*You can have it*", antworte ich. Das hat mir gerade noch gefehlt. Heute habe ich absolut null Lust auf Reisegesellschaft.

„Ah, Sie sind *Deutsche*!", sagt er nun im breitesten Bayerisch. Er schiebt seinen Lederrucksack unter den Vordersitz und nimmt Platz. „So ein *Glück*! Das ist fast wie zu Hause!"

Ich schaue ihn mir genauer an. Seine Haut ist von Sonne und Wind gegerbt. Tiefe Furchen haben sich in sein Gesicht gegraben und die grünlichen Adern in seinen drahtigen Armen ragen wie Lakritzenstangen hervor. Seine Haare sind weiß und spärlich, dennoch funkeln seine blauen Augen lebhaft unter buschigen grauen Augenbrauen. Ich schätze ihn auf mindestens siebzig. Dass er Deutscher ist, interessiert mich wenig, da Busgespräche das Allerletzte sind, was ich jetzt gebrauchen kann. Ich will die Reise nämlich mit meinem Tagebuch verbringen und alles aufschreiben, was in meinem Kopf herumschwirrt und mich so schwindlig macht.

„Ich habe die Ehre, mich vorzustellen", sagt der Mann und reicht mir eine schwielige Hand. „Hajo Waldseemüller. Aus dem Allgäu."

Ich nehme die Hand und schüttle sie kurz. „Jenny Sandau", sage ich. „Aus Berlin."

„Ach, nicht *die* Jenny Sandau, Christine Sandaus Tochter aus Zimmermann's Bend!", ruft er. „Wer hätte *das* gedacht! Ihre Mutter und ich sind wie Pech und Schwefel. Menschenskinder, ich habe sie gerade vorige Woche bei der Malaria-Tagung in Dodoma wieder gesehen! Und Sie sind auch nicht gerade eine *Un*bekannte, Fräulein. Sie und Ihr Bruder sind geradezu sprichwörtlich unter uns alten Afrikanern! Und zu denken, dass ich den ganzen Weg nach Dar neben *so* einer Berühmtheit sitzen werde! Heute ist nun *wirklich* mein Glückstag."

Hilfe! Die bloße Vorstellung, diese heisere Stimme mit dem bayrischen Einschlag die ganzen sechs Stunden bis Dar in meinem rechten Ohr dröhnen zu hören, und diese Mischung aus Pfeifenrauch und Schweiß zu riechen, macht mir jetzt schon Kopfschmerzen. Wie ein Tiger im Käfig schaue ich mich nach Fluchtmöglichkeiten um. Aber es gibt keinen freien Platz mehr, und schon knallt der Fahrer die Tür zu. Hinter mir sitzen weiterhin die beiden Afrikaner und mustern mich unentwegt. Wie eine Katze einen Kanarienvogel anstarrt, so kommt es mir vor.

Also, es nützt alles nichts. Während der Bus sich in Gang setzt, um das alte Kriegsdenkmal kurvt und auf die Hauptstraße fährt, legt Waldseemüller los. Noch bevor wir die Stadtgrenze passiert haben und das Flusstal erreichen, hat er mir schon von seiner Jugend in einem Dorf bei Kempten erzählt. In der nächsten halben Stunde erfahre ich so ziemlich alles über sein Pädagogikstudium in Regensburg und seinen langgehegten Wunsch, nach Afrika zu reisen. Danach dreht sich alles um seine vierzig Jahre als Schullehrer in Missionsschulen an verschiedenen Orten in Kenia, Sambia und Tansania. „Aber *Afrika*, das ist ein *hoffnungsloser* Fall, sage ich Ihnen. Hoff-nungs-los. Nichts zu machen! Nehmen Sie zum Beispiel die *Infrastruktur* ..."

Oh nein! Immer diese ollen Kamellen! Immer dasselbe, wenn sich europäische Entwicklungshelfer und Missionare treffen. Zunächst schimpfen sie auf die Afrikaner, und dann aufeinander. Und überhaupt: warum müssen Männer mir immer alles erklären? Wirke ich etwa so, als ob ich schwer von Begriff wäre? Oder halten sie alle Frauen grundsätzlich für doof? Dieser ständige Belehrungszwang – absolut zum Kotzen!

Irgendwie lockt er aus mir heraus, dass ich auf dem Weg nach Sansibar bin. „Nach Sansibar? *San-si-bar*? Interessant, zumal ich selber übermorgen hinfahre, um eine neue Schule zu inspizieren. Ach, wissen Sie, gnädiges Fräulein, *Sansibar* ist ein Kapitel für sich, vor allem in diesen Tagen, wo die *Wahlen* stattfinden. Das wird ungemütlich hoch drei, gell? Aber ich erkläre Ihnen, wie sie sich auf *Sansibar* zu verhalten haben. Als Erstes dürfen Sie *nie*mals vergessen, dass die dortigen *Muslims* ..." Und so weiter und so fort. Aber nach einer weiteren Viertelstunde ist er wieder bei seinem Lieblingsthema: die Schlechtigkeit der afrikanischen Regierungen. „Und dann die *Gesundheitspolitik*! Hören Sie bloß auf! In *Südamerika* hat man das alles *viel* besser im Griff. In *Brasilien* zum Beispiel..."

Dann fliegen Sie eben nach Brasilien, will ich ihm ins Gesicht schleudern. Jedenfalls weit weg von hier. Ein richtiger Lehrertyp. Joseph würde ihm widersprechen. Er kann das. Oh Joseph, wo bist du jetzt, wo ich dich brauche?

Inzwischen haben meine Nerven nicht nur mit Waldseemüllers Oberlehrerstimme zu kämpfen. Der Busfahrer hat offenbar noch nie von Schalldämpfern gehört, denn die alte Kutsche dröhnt wie ein viermotoriger Bomber. Und kaum haben wir Iringa verlassen, läuft der Fernseher. Gewaltbereite

Männer in enganliegenden schwarzen Uniformen schießen mit Maschinengewehren aus schwarzen Hubschraubern auf Männer in langen Burnussen. Maximal alle fünf Minuten wird eine Salve auf die bösen Terroristen abgefeuert, mit knappen Dialogen und ein paar dussligen Liebesszenen dazwischen. Zwei Reihen vor uns sitzt ein junger afrikanischer Geschäftsmann mit einer dunklen Brille und redet ebenfalls wie eine Schnellschusswaffe in sein Handy. „*When I get to Mombasa I want to see the money. No, I will wait no longer. If I don't see the money, you will regret it ...* " Und dann neben mir Waldseemüllers bayrisches Oberlehrergedröhne: „Wissen Sie, das mit der *Korruption*, das ist nämlich *auch* so eine Sache..."

Ich versuche, die Ohren vollständig abzuschalten und mich ganz aufs Sehen zu verlagern. Draußen rollt zum letzten Mal eine traumhafte Landschaft an mir vorbei: weite Ebenen, elefantendicke Affenbrotbäume, Hütten mit buntgekleideten Frauen davor, mannshohe Ameisenhaufen. Als wir die Grenze des Mikumi-Nationalparks überqueren, staune ich über die Zebras, Antilopen, Giraffen und Nilpferde, die sich mir wie die Statisten in einem Tierfilm präsentieren.

Ich denke daran, wie wenig Touristisches Daniel und ich in diesem Lande unternommen haben. Neben mehreren Flügen zur Küste, und zwei Familienreisen nach Südafrika, haben sich fast alle unsere Reisen auf die Dienstreisen unserer Eltern beschränkt. Auch so sind wir fast überall herumgekommen.

Aber die touristischen Sachen waren mir nie besonders wichtig. Ich denke, dass Wichtigste beim Reisen ist, sich *zu bewegen*. Wer sich nicht bewegt, verrostet, oder schlägt Wurzeln, und wer Wurzeln hat, ist kein Mensch mehr, sondern nur noch ein Baum. Und Bäume werden gefällt, gespalten und ins Feuer geworfen. Außerdem bieten Bäume Zuflucht für lästige Vögel und Eichhörnchen, und werden von Termiten zerfressen, wenn sie alt werden. Und deswegen müssen wir in Bewegung bleiben – um uns die Termiten vom Leibe zu halten. Denn sonst ...

„Sie waren be*stimmt* schon mal auf dem *Kilimanjaro*, oder?", unterbricht Waldseemüller meine Gedankenkette. „Also, ich war schon fünfmal auf dem Kili", erzählt er weiter, ohne auf eine Antwort zu warten. „*Fünfmal*! Also das erste Mal, das war ja Anfang der *Acht*ziger ..."

Bei Morogoro ziehe ich mein Handy aus meiner Umhängetasche. Im Busch war das Teil völlig überflüssig, da es keinen Empfang gab. Aber hier, wo der Empfang eigentlich gut sein müsste, und eine Nachricht von Joseph auf mich warten könnte, passiert gar nichts, wenn ich es einschalte. Der Akku streikt, obwohl ich ihn doch die ganze Nacht aufgeladen habe. Auch das noch! Wenn wir rechtzeitig in Dar ankommen, werde ich vielleicht eine Chance haben, einen Technikladen aufzusuchen und einen neuen zu kaufen. Wenn nicht, dann wird es kompliziert werden mit unserem Treffen.

Waldseemüller kommt nun auf den Klimawandel zu sprechen – „Ich sage Ihnen, Ostafrika wird nur noch eine *einzige* große Wüste sein!" – aber ich schlage mein Schreibjournal auf und nehme den Ausdruck von Josephs letzter E-Mail von vor einer Woche heraus und lese ihn noch mal durch.

Liebe Jenny,
treffen wir uns am Haus der Wunder, zwischen den Kanonen, am 8. um Punkt 17 Uhr. Ich freue mich.
Dein Joseph

Kurz und knapp, so wie immer. Und was meint er überhaupt mit „Haus der Wunder"? Mein Reiseführer für Sansibar liegt weiterhin ungelesen in meiner Umhängetasche.

Jetzt erreichen wir die Stadtgrenze von Daressalam. Das Flachland kocht über. Das merke ich, weil mein T-Shirt auf meinem Rücken klebt. Die Hütten werden dichter und die Straße wird vierspurig. Schon sind wir mitten im Herzen der Stadt. Der Bus wühlt sich durch das Gewusel von Hütten und niedrigen Laden, zerbeulten japanischen Gebrauchtwagen und chinesischen Fahrrädern, bis wir endlich den quirligen Busbahnhof erreichen.

„Was, schon da?", fragt Waldseemüller. Was heißt „schon"?

Ich stelle fest, dass ich seit Iringa kaum fünf Wörter gesprochen habe. Dennoch fühle ich mich so ausgelaugt, als hätte ich fünf Stunden lang ununterbrochen vor mich hin geplappert.

Als ich aussteige, sehe ich eine Gruppe von Polizisten im Hintergrund. Einer hält seinen Schlagstock in den Händen bereit, ein anderer spricht gerade in sein Handy. Hinter mir machen sich die beiden Afrikaner aus dem Staub.

Waldseemüller lotst mich zu einem respektabel aussehenden Taxi und gibt dem Fahrer einen Geldschein. „Nun muss ich mich leider schon verabschieden", sagt er und berührt seinen Strohhut. Endlich! Plötzlich redet er nicht mehr wie vorher, sondern knapper, bestimmter, mit einem Unterton, der mir für einen Augenblick das Blut gerinnen lässt. „Wenn ich Sie mit meinem Redefluss überschwemmt habe, dann bitte ich Sie tausendmal um Entschuldigung, aber es war nur zu Ihrem eigenen Schutz. Sie wurden nämlich während der gesamten Reise beobachtet. Nur einen kleinen Ratschlag, bevor ich aus ihrem Leben verschwinde: Traue niemandem! Nieman-dem! Und erst recht nicht auf Sansibar in diesen Tagen. Nicht jeder, der sich als Ihr Freund ausgibt, ist es wirklich, egal was für eine Geschichte er Ihnen auftischt. Vertrauen Sie auf das Sein, nicht auf den Schein. Und sorgen Sie dafür, dass Sie dieses Land möglichst schnell verlassen!"

„Warum sagen Sie das?", frage ich. Aber Waldseemüller ist schon in der Menge verschwunden.

4

Das weiße Toyota-Taxi dringt in das Menschenwirrwarr ein, das Daressalam heißt. Eine Millionenstadt, die nicht aufhören kann, zu wachsen. Wie ein Kind, das wortwörtlich aus allen Nähten platzt, und dann dazu übergeht, das ganze Haus leer zu fressen. Der Fahrer, ein lustiger Mittfünfziger mit einem zotteligen weißen Bart, frägt mich Löcher in den Bauch wegen Visen für Europa. Als ob ich eine Ahnung von so etwas hätte! Er versichert mir zwar, dass es um seine Enkelkinder geht, deren Fotos am Sonnenschirm kleben, aber ich habe eher den Eindruck, dass er alte Träume wahrmachen und in der Ferne einen Neuanfang wagen will. Ich höre halb zu und antworte nur dann, wenn es sich nicht vermeiden lässt. Als die riesige Hafenanlage in Blickweite kommt, wünsche ich ihm viel Glück bei seinem Vorhaben und beende das Gespräch. Schließlich muss ich jetzt genauso einen Neuanfang wagen – Alaska oder Bolivien! – dabei habe ich nicht einmal meinen Altanfang abgeschlossen.

Wo bleibt Joseph?

Direkt am Ufer liegt ein einfaches Café, das seine Kundschaft mit Internetzugang lockt. Ich zögere, denn ein Blick auf meine Uhr sagt mir, dass die Zeit knapp wird. Schließlich wird es auf Sansibar auch Internetcafés geben. Am Fährschalter lege ich meinen Pass vor und hole die vorbestellte Karte ab. Minuten später stehe ich auf dem Hinterdeck vom Tragflügelboot *Sea Horse*, das sich langsam von der Landungsbrücke löst und die Riesenstadt hinter sich lässt. Fähren, Frachtschiffe, Tanker und Fischerboote liegen im Hafen vor Anker, umschwirrt von unzähligen Einbäumen. Das Schiff wird immer schneller und hinterlässt eine breite Gischtspur, so weiß und weich wie aufgeschäumte Milch. Bald sind nur noch die Spitzen von Kirch- und Bürohochhaustürmen zu sehen. Endlose weiße Strände und ein einsamer weißer Leuchtturm ziehen an mir vorbei, bis ich das afrikanische Festland endgültig hinter mir gelassen habe. Um mich herum liegen die ruhigen türkisblauen Wasser des Indischen Ozeans, gespickt mit den weißen Segeln der arabischen Dhaus.

Das Tragflügelboot tobt mit Vollgas über die Wellen wie ein Segelbrett im Orkan. Erst jetzt nehme ich die Leute um mich herum wahr. Eine Truppe europäischer Rucksacktouristen mit struppigen Haaren sonnt sich auf dem Deck. Drei Araber in langen weißen Burnussen unterhalten sich. Zwei junge Tansanier versuchen, mir Zigaretten anzudrehen und ins Gespräch zu kommen. Aber heute interessieren sie mich alle nicht. Ich denke nur an das Zuhause, dass ich jetzt für immer verlasse. Und an Joseph, der sich gar nicht so richtig auf mich zu freuen scheint ...

Dabei weiß ich kaum, wo ich heute hinfahre. Ich ziehe den zerknitterten Reiseführer, den mir meine Mutter im letzten Augenblick zugesteckt hatte, aus meiner Tasche und schlage ihn auf. Ich lese, wie Sansibar, das die Bewohner eigentlich Unguja nennen, sowie ihre Nachbarinsel Pemba in der Antike schon von den Sumerern und Phöniziern angefahren und später Jahrhunderte lang von den Persern regiert wurde; wie die Portugiesen 1503 einen Stützpunkt für ihre Seeroute nach Indien bauten, und wie dann im siebzehnten Jahrhundert Araber aus dem Oman am Persischen Golf sich auf der Insel niederließen und mit den einheimischen Sultanen kooperierten. Sie nannten die Insel *Sanj-el-Barr*, was „Land der Schwarzen" heißt und errichteten dort eine Festung. Anfang des neunzehnten Jahrhunderts erbaute der Sultan von Oman eine neue Stadt aus Korallenblöcken und machte „Stone Town" zur Hauptstadt seines Omanenreichs. Die Omanen widmeten sich dort der Gewürzproduktion und dem Sklavenhandel und herrschten bis ...

Schon wieder der Sklavenhandel? Furchtbar. Bibi Sabulanas düstere Worte von gestern stecken mir noch in den Knochen. *Sie legten ihr Herz nieder ...* Davon will ich jetzt nichts hören. Ich stecke das Buch in meine Tasche zurück und schaue aufs Meer hinaus.

Ein dunkler Landstrich taucht auf. Als wir uns nähern, kann ich ausmachen, wie sich weiße Strände und hohe Palmen an der Küste entlang ziehen. Sansibar.

„Schaut mal, Delfine!", ruft eine Rucksacktouristin. Mit der einen Hand hält sie ihren schwarzen Buschhut auf dem blonden Schopf fest, mit der anderen zeigt sie aufs Wasser. Dann sehe ich sie auch: eine Gruppe schwimmender und springender Delfine, nur wenige Meter vom Boot entfernt.

Bald verschwinden die Delfine hinter uns. Unterdessen kommt die Küste immer näher. Dhaus und Einbäume liegen auf den Stränden neben gespannten Fischnetzen. Einzelne Hütten und Häuser werden unter den Palmen sichtbar. Dann tauchen die ersten Hotels auf. Die Dhaus und Yachten werden zahlreicher. Nun erheben sich mehrgeschossige, dichtgedrängte Steinhäuser über mächtigen Seemauern. Sie haben hölzerne Balkone vorne und tragen Wellblech- und Ziegeldächer wie rote Mützen. Ihre weißen Fassaden sind grau überlaufen, wie vom Salzwind zernagt. In der Mitte der Stadt, höchstens hundert Meter vom Wasser entfernt, auf einem breiten Platz hinter dunkelgrünen Akazienbäumen, erhebt sich ein gigantisches weißes Gebäude, das mit seinem leuchtend hellen Anstrich und seinen drei Galerien wie eine Mischung aus Hochzeitstorte und Mississippidampfer wirkt. Davor steht ein hoher Glockenturm, der den Rest des Gebäudes um mehrere Meter überragt. Afrikanisch sieht es jedenfalls nicht aus – aber ist diese geheimnisvolle Insel wirklich noch Afrika?

Das Schiff hat inzwischen das Tempo gedrosselt und rattert nun wie ein alter Schulbus an einem verrosteten Öltanker und an einer Millionärsjacht vorbei. Ich sehe zwei graue Marineschiffe, die am Rande des Hafens Stellung bezogen haben. Dann dreht sich das Schiff nach Steuerbord und läuft langsam in den Hafen ein. Als wir andocken, gehöre ich zu den ersten, die nach ihren Rucksäcken greifen und die steile Landungstreppe nach unten klettern.

Als ich mich zum Hafenausgang bewege, ruft eine Stimme hinter mir auf Englisch: „Und wo wollen Sie jetzt hin?" Ein Polizist, breit wie ein Wandschrank, baut sich vor mir auf und stemmt die Arme in die Hüften.

„Ähhhh ... ich will Freunde besuchen", stottere ich.

„Zuerst zur Einreise!", befiehlt der Polizist. „Sie müssen eine Einreisekarte ausfüllen und Ihren Pass stempeln lassen. Sonst kommen Sie nicht durch dieses Tor."

„Aber ich dachte, Sansibar und Tansania sind ein Land", protestiere ich. „Schließlich habe ich eine Aufenthaltserlaubnis."

„Wir sind ein Land", antwortet er gelangweilt, als ob er

diesen kleinen Vortrag schon zehntausendmal gehalten hätte, „aber jedes hat seinen eigenen Präsidenten, sein eigenes Parlament und seine eigene Einreisebehörde. Also machen Sie schnell, sonst sind Sie die letzte in der Schlange, statt die erste."

Was soll's? Ich trete an ein Häuschen heran, wo ich eine kleine grüne Zählkarte erhalte, die ich dann mit Namen und Adresse ausfülle. Zunächst will ich die Adresse meiner Großeltern in Berlin angeben, aber dann überlege ich es mir noch einmal und trage „Mission House, Zimmermann's Bend, Tansania" ein. Das war doch das einzige wirkliche Zuhause, das ich in den letzten Jahren gekannt habe. Wenige Minuten später ist mein Pass schon begutachtet und gestempelt, und ich trete durch das Tor auf die verstaubte Straße. Hier herrscht ein Gewimmel wie in Dar. Taxifahrer umringen mich und werben für ihre Dienste, aber ich halte Ausschau nach jemandem anderen. Ibrahim wollte mich hier am Hafen abholen. Ich klappe mein Handy auf, aber der Akku bleibt tot. Wenn Ibrahim nicht kommt, werde ich mich auf dem Weg zu seinem Haus bestimmt verirren.

Es sind mehr als genug Taxifahrer und andere Geschäftemacher hier, die sich freuen würden, mir den Weg zeigen zu dürfen. Die Taxifahrer werden aufdringlicher. Ein kleiner Mann mit stahlgrauen Haaren und drei gelben Zähnen im Mund greift ständig nach meinen Händen, um mich zu seinem verrosteten Kleintransporter zu führen. Ein ungewöhnlich langer junger Mann, der dem Aussehen nach dem Volk der Masai entstammt, redet unentwegt auf mich ein: *„Fine day, Bibi, got good taxi, got good taxi, take you everywhere, take you everywhere, very fast, yes ma'am."* Ich gehe ein paar Schritte nach vorn, um der Menge zu entfliehen. Über dem Gesumme um mich herum erhebt ein Muezzin die Stimme von einer benachbarten Moschee. *„Allahu akbar!"*

Ich seufze und schaue auf meine Uhr. 13.50 Uhr. Ich bin tatsächlich ein bisschen früh dran, denn gerade jetzt sollte erst die Fähre nach Plan ankommen. Ich schaue wieder auf – und meine Augen bleiben an einer merkwürdigen Gestalt hängen. Vor mir, auf der gegenüberliegenden Straßenseite, steht eine schlanke, hochgewachsene Frau. Während die meisten Frauen in bunten Kangas und einem einfachen Tuch um die Haare unterwegs sind, ist diese Frau vom Scheitel bis zu den Knöcheln in schwarze Tücher gewickelt, ihr Gesicht bis auf einen schmalen Augenschlitz verschleiert. Selbst an den Händen trägt sie schwarze Handschuhe, sodass sie wie ein wandelnder Schatten aussieht. Die einheimischen Frauen machen einen Bogen um sie. Ich schaue sie mir genauer an. Die Frau steht wie eine schwarze Statue da und blickt genau in meine Richtung. Es kommt mir so vor, als würde sie mir direkt in die Seele schauen.

Jemand räuspert sich und ich spüre eine Hand auf meiner Schulter. „Entschuldigung, aber du denkst hoffentlich nicht, dass ich das bin", sagt eine Stimme auf Englisch.

Ich wirble herum. Vor mir erblicke ich eine kleine, zierliche junge Frau in einem langen gelben Gewand mit einem gelben Tuch um den Kopf. Wenn nicht die bunte Farbe wäre, so hätte ich sie für eine junge Nonne gehalten. Ihr schmales schokoladenfarbiges Gesicht lächelt schelmisch und ihre dunklen Augen funkeln wie zwei schwarze Perlen.

„Entschuldigung, aber kennen wir uns?", antworte ich.

„Noch nicht." Das Mädchen schüttelt den Kopf. „Ich bin Sabrina Kharusi, und bin dein Empfangskomitee auf Sansibar." Sie streckt mir eine feingliedrige Hand entgegen.

„Ibrahims Tochter?" Ich nehme ihre Hand.

„Du scheinst überrascht zu sein. Vielleicht hat dich die Nachricht meines Vaters nicht mehr rechtzeitig erreicht? Er lässt sich entschuldigen, weil er und meine Mutter die nächsten Tage in Dar festsitzen. Ich bekomme nämlich einen neuen Bruder oder eine Schwester, *Inschallah.*" Wenn Gott es will. Soviel Arabisch kann ich. „Außerdem wird er Swahili Air, seine neue Fluglinie, in zwei Wochen einweihen und hat einiges zu organisieren."

Sabrina ...? Herr Waldseemüllers Worte schießen durch meinen Kopf. *Traue niemandem.*

Aber natürlich kenne ich Sabrina. Ibrahim hat immer wieder von seinen drei Kindern erzählt, vor allem von seiner älteren Tochter, die so fleißig in der Schule ist und Ärztin werden will, und ich erkenne Sabrinas Gesicht – oder was ich davon sehen kann – von den vielen Fotos, die er mir gezeigt hat. Allerdings trug die Sabrina, deren Bilder ich gesehen hatte, westliche Kleider und kein gelbes Gewand.

Ich ziehe mein Handy aus meiner Tasche und stelle zum xten Mal fest, dass es nicht funktioniert. „Davon wusste ich gar nichts", sage ich. „Der Akku ist wieder leer. Aber es ist schön, dass wir uns endlich kennen lernen."

Sabrina lacht. „Dann bin ich erleichtert. Ich dachte, du hättest so eine Vollverschleierte erwartet, und dann hätte ich dich wohl enttäuscht."

„Wohl kaum", sage ich. „Übrigens, kennst du die Frau ..." Ich drehe mich um. Die Frau in schwarz ist verschwunden.

„Wenn ich jede verschleierte Frau auf Sansibar kennen würde", antwortet Sabrina, „dann würde ich ein Friseursalon aufmachen und alle zu mir einladen. Das wäre überhaupt eine Idee, findest du nicht?"

Sabrina gefällt mir. „Ich heiße übrigens Jenny", stelle ich mich endlich vor.

„Ich kenne dich und deinen Bruder schon gut", sagt Sabrina. „Ich lese seit zwei Jahren eure Webseite. Und mein Vater erzählt viele Geschichten über euch."

Ich erröte. „Gute hoffentlich?"

Sabrina lacht. „Kennst du auch andere? Aber das können wir alles am besten bei einer Tasse Tee bei uns zu Hause erzählen, nicht auf dieser staubigen Straße bei den vielen Taxifahrern." Damit nimmt sie mich an der Hand und führt mich durch das Gewimmel in eine enge Gasse hinein. Obwohl sie einen halben Kopf kleiner ist als ich, und bestimmt keinen Tag älter, führt sie mich mit der Selbstverständlichkeit und Zärtlichkeit, wie eine Mutter ihr Kind über die Straße lotst.

Die schmale Passage, durch die wir jetzt wandern, schlängelt sich zwischen weißgestrichenen mehrstöckigen Steinhäusern hindurch. Kinder spielen mit einem fadenscheinigen Ball auf dem Kopfsteinpflaster Fußball. In einem Laden werden frischer Safran und Zimt angeboten. In einem anderen liegen bunte Ansichtskarten zum Verkauf in einem Drahtgestell aus. Männer in langen weißen Kaftanen und verschleierte Frauen in bunten oder auch schwarzen Kleidern huschen an uns vorüber, ohne uns eines Blickes zu würdigen. Sabrina biegt mal links, mal rechts in Nachbargassen ab und marschiert neben mir wie eine Schlafwandlerin. Für einen Augenblick blitzt der hohe weiße Turm vom Zuckerbäckerpalast auf, bevor er hinter einem Hotelneubau wieder verschwindet. An fast jedem Haus prangt eine schwere Holztür, die mit reichen Verzierungen geschnitzt ist. Manche sind rechteckig, andere sind überwölbt. Sie tragen geometrische Zeichen und sind überall mit geschwungenen arabischen Buchstaben geschmückt.

Schweiß tropft von meiner Stirn. Meine Haare kleben unter dem blauen Basecap. Aber ich kümmere mich weder darum, noch um die seltsam unafrikanische Atmosphäre dieser Stadt, die mir wie Marrakesch oder wie das Bagdad aus der Zeit Ali Babas vorkommt. Stattdessen schwirren meine Gedanken um Joseph, der längst eingetroffen sein müsste.

Auf unserem weiteren Weg sehen wir drei Moscheen und einen Hindutempel. Bunte Plakate kleben an den Hauswänden. Tansanische Matrosen in blauen Uniformen streunen umher und beäugen mich, als wäre ich von einem fremden Stern gefallen.

Aus der Ferne höre ich Lautsprecher und das Grölen einer riesigen Menschenmenge. „Was ist da los?", frage ich.

„Es stehen Wahlen an", sagt Sabrina. „Das ist immer eine schwierige Zeit auf Sansibar. Es gibt Kundgebungen und Krawalle. Da bleibt man am besten zu Hause, bis alles vorbei ist."

Ach ja, die Wahlen! Stimmt: Sowohl McElroy als auch Herr Waldseemüller haben mich gewarnt.

Nun biegen wir noch einmal nach rechts ab und wandern

einige Meter an Drogerien und Eisenhändlergeschäften vorbei, dann in eine Sackgasse. Plötzlich bleiben wir vor einer riesigen schweren Holztür stehen. Sie ist besonders üppig mit Palmen, Symbolen und arabischen Schriftzeichen verziert. Sabrina zieht einen schweren eisernen Schlüssel aus ihrer Rocktasche und steckt ihn ins Schlüsselloch. Nach einer dreifachen Drehung drückt sie auf die Türklinke und schiebt die Tür knarrend nach innen auf. Eine kühle, leicht würzig duftende Luft weht uns aus dem dunklen Inneren entgegen. „*Karibu*!" sagt Sabrina und macht einen Knicks. „Willkommen in unserem Haus!"

Ich trete über die Schwelle. Nach der gleißenden Sonne der Straße bin ich einen Augenblick unsicher. Aber meine Augen passen sich schnell an und ich merke, dass der hohe Hausflur vom Sonnenlicht aus zwei kleinen Schießscharten beleuchtet wird. Innen sehe ich weißgetünchte Wände und gewachste rote Terrakotta-Fliesen. Eine geschnitzte Holztruhe, gut zwei Meter breit und mit eisernen Beschlägen ausgestattet, steht zwischen der Tür und einer gewaltigen geschwungenen Holztreppe, die steil nach oben strebt. Ein Duft von Kardamon und frischem Ingwer umweht mich.

Ich stelle mich neben die Treppe und fühle einen kühlen Luftzug auf mich hernieder rieseln. „Oh, tut das gut!"

Sabrina schließt die Haustür ab und lächelt mich an. „Das nennen wir unsere Luftdusche. Hier kühlen wir uns immer ab, nach einem heißen Tag draußen. Es ist gar nicht gut, um diese Zeit auf den Straßen zu sein. Es gibt einen alten Spruch über unsere ehemaligen Kolonialherren. Man sagte früher, nur Hunde und Engländer wagen sich mittags auf die Straße. Wir versuchen meistens Siesta zu halten, wenn die Sonne hoch am Himmel steht. Auf Sansibar kommt das Leben erst abends in Gang."

Sie bittet mich, die Straßenschuhe auszuziehen und überreicht mir lederne Hausschuhe mit spitzen Enden. Dann zieht sie ihr gelbes Gewand samt Kopftuch mit einer geübten Bewegung aus und hängt es an einen Nagel im Flur.

Unten drunter trägt sie eine einfache Jeanshose und ein weißes T-Shirt. Ihre Haare trägt sie in einer Reihe von kurzen Zöpfen. An einer Kette aus winzigen schwarzen Perlen um ihren Hals hängt ein silbernes Amulett, das fünf Finger darstellt: die Hand der Fatima. Sabrina ist bildhübsch und sportlich und würde perfekt in eine Berliner Disko passen. Als sie mein Erstaunen wahrnimmt, lächelt sie übers ganze Gesicht. „Sag mal, Jenny, glaubst du wirklich, ich sehe so aus, wie ich mich draußen auf der Straße präsentiere?"

„Ich weiß nicht, was ich glauben soll. Aber mit deinem gelben Gewand sahst du doch irgendwie ..."

„... zugeknöpft aus, nicht wahr?" Sabrina lacht. „Die Verschleierung trage ich wegen meiner Religion, aber nur auf der Straße. Hier drinnen trage ich, was ich will."

Dann führt sie mich durchs Haus. „Mein Elternhaus ist eines der ältesten Gebäude in Stone Town", erklärt sie.

Wir haben den Flur verlassen und stehen auf den kühlen Fliesen eines vier Etagen hohen, überdachten Innenhofs. Hier stehen schwere alte Polstermöbel und geschnitzte Holztische. Palmen und Zitronenbäume wachsen in die Höhe. „Es wurde vor über hundertfünfzig Jahren von einem reichen Händler gebaut." Dass Sabrinas Vater selbst von reichen Händlern abstammt, wusste ich schon. Sogar in Zimmermann's Bend glaubt man zu wissen, dass den Kharusis halb Sansibar gehört. Nun glaube ich's fast selber.

Wir treten in ein breites, hohes Zimmer. Der Steinboden ist mit Perserteppichen ausgelegt. Bunte Keramikschüsseln mit komplexen geometrischen Mustern sind in den Wänden eingelassen. Dunkle geschnitzte indische Möbel füllen den Raum. Auf einem hohen Mahagonischrank steht eine Ansammlung von großen und kleinen Pendeluhren.

„Hier ist das Wohnzimmer", sagt Sabrina, „Daneben ist das Schlafzimmer meiner Eltern und dort das Arbeitszimmer meines Vaters." Sie öffnet die Tür einen Spalt und erlaubt mir einen Blick in ein Zimmer mit einem breiten geschnitzten Schreibtisch mit einer hochmodernen Computeranlage, einem Drucker, Scanner und einem Rundfunkgerät darauf. An der Wand hängen afrikanische Masken und ein buntes Foto von der Kaaba in Mekka.

„Wie lange besitzt deine Familie das Haus?", frage ich.

Sabrina zuckt mit den Schultern. „Das weiß nur mein Vater. Jedenfalls sind wir Sharazis – unsere Familie soll ursprünglich aus dem Nahen Osten stammen, und mein Vater ist ein Shurafa – ein Nachfahre des Propheten Mohammed. Nicht dass das alles heute viel zu bedeuten hat", fügt sie bescheiden hinzu.

Wir steigen die Treppe zur zweiten Etage hinauf. „Das ist mein Zimmer." Wir betreten ein größeres Schlafzimmer. Hier stehen Bücherregale, ein Schreibtisch mit Computer und Drucker und bequeme Möbel. Früher zierten Plakate – von Popstars, vermute ich – die lila Wände, aber nun stehen sie zusammengerollt in einer Ecke des Zimmers neben einem Stapel Büchern. Auf einem niedrigen Lesepult liegt ein aufgeschlagener Koran. Das Zimmer, das bestimmt früher bunt war, macht einen seltsam nüchternen Eindruck auf mich.

Als wir zur nächsten Tür gehen, höre ich Schüsse fallen. „Was ist ...?"

Sabrina lacht. „Es ist halb so schlimm. Das ist nämlich das Zimmer meiner beiden kleinen Brüder", sagt sie und öffnet eine Tür. Wir treten ein in ein großes, modernes Schlafzimmer mit einem Doppelstockbett. Auf dem Perserteppich, umringt von Plüschtieren und Modellflugzeugen, liegen zwei kleine Jungen auf ihren Bäuchen und schauen fasziniert auf einen Breitbildschirmfernseher, wo gerade eine Verfolgungsjagd tobt. „Darf ich vorstellen?" sagt Sabrina. „Das ist Hakim ..." – der größere der beiden, ein höchstens achtjähriger Junge in einer abgetragenen Jeanshose und einem roten Pulli, steht auf, wischt sich die stupsige Rotznase an der rechten Hand ab, die er mir dann mit einem Grinsen entgegenstreckt. Ich fasse ihn lieber am Handgelenk und schüttle es. „...Und das ist Sayyid." Der kleinere, der nicht älter als sechs sein kann, springt ebenfalls auf und grinst mich einen Augenblick an, bevor er mir die Hand gibt und sich verschämt wieder abwendet. Kaum haben sie sich wieder hingesetzt, fangen sie an, sich um die Fernbedienung zu streiten. Sabrina seufzt. „Es ist halb so schlimm", sagt sie. „Es gibt bei uns ein Sprichwort: „*Watoto wangu wawili kutwa wagombana bali usiku hulala salama salimini – Mlango.* Das heißt so etwas wie ‚meine beiden Kinder streiten den ganzen Tag ...'"

„'... aber nachts schlafen sie ruhig beieinander'", ergänze ich.

Sabrina strahlt. „Du hast es richtig übersetzt. Aber hast du es auch verstanden?" Ich mache wahrscheinlich ein ziemlich ahnungsloses Gesicht, denn Sabrina lacht wieder. „Da hast du eine kleine Hausaufgabe für deine Zeit hier auf Sansibar. Mal sehen, ob du die Lösung findest! Erst dann wirst du die Insel richtig verstehen. Und nun zeige ich dir etwas, was nicht einmal du kennst."

Wir steigen die Treppe weiter hoch. Aber dieses Mal kommen wir nicht in einen Flur, sondern erreichen durch eine Falltür ein einziges Zimmer, das auf dem verfärbten Wellblechdach des Hauses zu reiten scheint. Es misst sieben mal sieben Meter und ist zu allen Seiten hin offen. Durchsichtige safrangelbe Gardinen wehen in der kühlen Brise. Mitten im Raum, schräg auf den abgeschliffenen Dielen, steht ein meterhohes Himmelbett. Auf dem Kopfkissen schläft ein weißgelbes Kätzchen. Das filigrane Moskitonetz, das vom Betthimmel herabhängt, weht wie ein Spinnennetz im Wind. Drumherum stehen weitere Möbelstücke – ein Mahagoni-Kleiderschrank, ein Schminktisch, zwei geschnitzte indische Stühle sowie ein niedriges, mit rotem Samt gepolstertes Sofa.

„Wir sind auf dem Dach!" sage ich überrascht.

Sabrina strahlt. „Das hier ist mein Zimmer für heiße Nächte. Als ich klein war, habe ich meine Eltern so lange angebettelt, bis sie es mir endlich gegeben haben. Ansonsten ist das ein sogenanntes Teehaus – wer so ein Teehaus auf dem Dach hat, sitzt hier auch an den heißesten Tagen mit Freunden, trinkt Tee und erzählt. Aber als Schlafzimmer ist es auch ideal. Es hat sozusagen eine eingebaute Klimaanlage. Und während du hier bei uns wohnst, Jenny", fährt sie fort, „wird es dein Zimmer sein."

„Aber das kannst du nicht machen ...", protestiere ich.

„Doch, das gebietet schon das Gesetz der Gastfreundschaft", sagt Sabrina. „Aber auch so ist es einfach selbstverständlich. Ich habe ja mein anderes Zimmer. Warum solltest du deinen Aufenthalt nicht genießen? Du bist sowieso nur kurz bei uns und sollst die Insel von der allerbesten Seite erleben."

Das ist bestimmt der einzige Platz auf Sansibar, wo man nicht schwitzt!, denke ich. „Wenn's dir wirklich nichts ausmacht ..."

„Ich bestehe darauf", sagt Sabrina.

Ich schaue durch die Vorhänge auf Hunderte von Dächern und auf das Blau des Indischen Ozeans hinaus. „Ich wette, von hier aus kann man die halbe Insel sehen."

Sabrina tritt zu ihrem Bett und hebt das schlafende Kätzchen hoch. „Und das hier ist Sindbad", sagt sie. Das Tierchen, das sich zu einem winzigen wolligen Knäuel zusammengerollt hat, bewegt sich nicht, fängt aber an, unter ihrem Streicheln zu schnurren. „Ich denke, ihr werdet bald gute Freunde sein."

„Ganz gewiss." Ich nehme Sindbad auf den Arm und lasse meine Finger in sein kuscheliges Fell sinken. Er schnurrt und gräbt seine spitzen Krallen in meinen Arm. „Aber apropos Freunde ... es ist so, dass ich meinen Freund Joseph schon bei euch vermutet habe. Er wollte schon gestern auf Sansibar eintreffen."

„Ah, ich erinnere mich", sagt Sabrina. „Mein Vater sagte, dass ein Freund von dir schon gestern Abend zu uns kommen wollte – der Joseph, der schon mal hier war – aber er hat sich noch nicht bei uns gemeldet."

„Aber ... das kann nicht wahr sein", entgegne ich. „Er hat's versprochen! Und wenn etwas dazwischen gekommen wäre, dann hätte er bestimmt etwas gesagt."

„Uns hat er jedenfalls nicht angerufen", sagt Sabrina. „Aber wenn du ins Internet schauen willst, kannst du das gerne tun." Sie geht zu einem kleinen geschnitzten Schreibtisch, auf dem ein Notebook liegt, klappt den Deckel auf, bootet den Rechner und startet ihren Browser. Dann winkt sie mich zu sich. Ich setze mich auf den Schreibtischstuhl und Sindbad macht es sich auf meinem Schoß gemütlich. Ich öffne mein E-Mail-Konto. Aber außer einigen Spam-Mails ist nichts für mich da.

„Das verstehe ich nicht", sage ich. „Wo bleibt er denn?" Ich schaue auf meine Uhr. 16.46 Uhr. „Oh Gott", rufe ich. „Sabrina, weißt du, wo das Haus der Wunder ist?"

„Beit-el-Ajaib?" Sabrina schaut zu dem großen weißen Haus mit dem hohen Glockenturm hin, das die ansonsten niedrig gebaute Stadt dominiert. „Der alte Sultanspalast", sagt sie.

„Da muss ich jetzt hin", sage ich. „Ich bin nämlich verabredet."

5

Wir huschen wie zwei Gespenster durch die engen Gassen Stone Towns. Ich habe es selber eilig, muss mich aber zwingen, mit Sabrina, die sich mühelos unter ihrem gelben Gewand bewegt, Schritt zu halten. Sie führt mich kreuz und quer in diesem steinernen Labyrinth der Stadt. An einer winzigen Moschee, die sich hinter hohen verputzten Mauern verbirgt, biegen wir noch einmal nach links ab. Diese Passage weitet sich zu einer ordentlichen Straße aus, und schon stehen wir unter schattigen Bäumen auf einer großen grünen Fläche mit Blick zum Ozean. Und da steht wieder das Haus der Wunder, diese Hochzeitstorte von einem Gebäude, das mir schon vom Wasser aus aufgefallen war. Sein Anblick irritiert mich nach wie vor. Auf dem ersten Blick ähnelt er einem Rathaus, auf den zweiten einem Kurhotel, auf den dritten – na ja, tatsächlich einem Mississippi-Dampfer. Aber das interessiert mich jetzt nicht. Ich will zu Joseph.

Ich schaue auf meine Uhr. „Fast fünf", sage ich, und Sabrina erhöht ihr Tempo. Sie tut es mit einem glückseligen Lächeln auf dem Gesicht und kommt dabei nicht einmal ins Schwitzen.

Als ich vor dem Gebäude stehe, schlüpfe ich durch den weiß gestrichenen Eisenzaun, der das Gebäude umringt, und suche verzweifelt nach einem bekannten Gesicht. Aber ich werde enttäuscht. Ein europäisches Rucksackpärchen kommt gerade durch die Eingangstür ins Freie, und einen Augenblick lang glaube ich, meine alten Reisegefährten Irma und Roloff Billingbroek aus Holland zu erkennen. Aber das wäre viel zu verrückt, um wahr zu sein! Außerdem sind die beiden, die ich hier vor Augen habe, viel zu schlank. Zwei junge afrikanische Männer fahren in einem roten Toyota-Lieferwagen vor und fangen an, Kisten mit Colaflaschen ins Gebäude zu tragen. Ansonsten, keine menschliche Seele.

17.02 Uhr.

Ich gehe zu den Stufen. Sie sind von zwei tonnenschweren Bronzekanonen flankiert. Kühle Luft strömt durch eine offene Holztür. Ob er drinnen wartet? Ich steige hinauf und stecke meinen Kopf durch den Türspalt. Innen sehe ich einen riesengroßen überdachten Innenhof, mehrere Stockwerke hoch, mit Galerien. Eine arabische Dhau steht auf dem Marmorfußboden, daneben zwei uralte Autos. Eine Handvoll Touristen schlendert umher und schießt Fotos. Von einem arabischen Palast ist keine Spur erkennbar, denn ich habe es offensichtlich mit einem Museum zu tun. Irgendwie spüre ich jetzt Lust, hineinzugehen und mir diese friedlichen Gegenstände anzuschauen, um wenigstens der Hitze zu entfliehen. Aber Joseph wird an den Kanonen auf mich warten, nicht in einem Museum.

„Hast du dich vielleicht in der Zeit geirrt?", fragt Sabrinas Stimme hinter mir.

Ich drehe mich zu ihr um. Sie trägt immer noch ein Lächeln auf den Lippen, aber nun ist es mit Sorge gemischt. Ich ziehe wieder den Ausdruck aus meiner Tasche und lese ihn durch. „Bestimmt nicht", sage ich.

„Du weißt aber, dass die Pünktlichkeit hier nicht sonderlich großgeschrieben wird", sagt Sabrina. „Den Begriff ‚afrikanische Zeit' hast du bestimmt schon mal gehört, oder?"
Oh ja, das kenne ich gut. Afrikanische Zeit bedeutet, ein oder zwei Stunden später, oder manchmal ein oder zwei Tage, ein oder zwei Wochen oder Monate, oder eben niemals. Das hat meine Mutter am Anfang immer zur Weißglut gebracht, besonders wenn es um wichtige medizinische Belange ging. Ich hatte bisher kein Problem damit, ich fand es sogar schön, nicht immer herumhetzen zu müssen, wie in den Straßen Berlins, wenigstens solange ich keine Klinik zu leiten hatte. Es ist aber schon etwas anderes, wenn man tagelang nichts von seinem Freund gehört hat und nun auf ihn warten muss, und zwar nicht in afrikanischer Zeit sondern in Echtzeit. Wie eben jetzt.

Sabrina schürzt ihr Gewand und setzt sich auf die obere Stufe. Ich tue es ihr gleich und nun warten wir wie zwei Afrikanerinnen. Wenn ich einen Schleier und ein Gewand anhätte, würde ich perfekt in die Landschaft passen, denke ich. Eine salzige Brise weht vom Ozean her. Die Sonne hängt etwas tiefer und taucht das Gelände in goldenes Licht. Ein Reisebus fährt vor und sammelt eine Gruppe europäischer Touristen ein. Unter den schattigen Bäumen des Gartens treffen sich Männer, geben sich die Hände, unterhalten sich eine Weile und verziehen sich wieder.

Wir wechseln kein einziges Wort miteinander. Sabrina schaut gelegentlich zu mir, mit einem Ausdruck tiefsten Mitgefühls. Dann richtet sie ihren Blick wieder auf den blauen Ozean. Sie hat die Geduld gepachtet, wie es mir scheint. Ich sitze zwar bewegungslos, aber meine Gedanken tanzen Samba. Wo kann er nur sein? Sicherlich gibt es viele rein technische Gründe, die sein Kommen behindern könnten. Und wie und wann wollte er überhaupt die Insel erreichen? Per Schiff oder Flugzeug, oder ist er längst auf Sansibar und irgendwo im Verkehr steckengeblieben? Und wenn schon – er weiß doch, dass ich bei Ibrahims Familie wohne. Also, kein

Grund zur Sorge. Ich werde meine innere Uhr eben auf afrikanische Zeit umstellen müssen. Es ist schließlich nicht das erste Mal.

Ich werde durch ein dumpfes Geräusch hinter mir aus meinen Träumereien geweckt. Die schweren Holztüren schlagen zu und der Riegel wird vorgeschoben. Ich schaue auf meine Uhr: 18.05 Uhr. Schließzeit. Und nun bin ich mir sicher: Er kommt nicht. Jetzt nicht, und auch später nicht. *Er hat sein Herz niedergelegt*, hatte Bibi Sabulana gesagt.

Sabrina scheint meine Gedanken zu erraten. „Manchmal läuft auf Sansibar nicht alles nach Plan", sagt sie und steht auf. „Das Warten baut den Charakter auf, wie die Menschen hier sagen. Aber hier wollen wir nicht mehr warten, vor allem jetzt, wo so viele Matrosen unterwegs sind. Wenn er später kommt, wird er sich bestimmt bei uns zu Hause melden, *Inschallah*. Aber vorher möchte ich dir etwas zeigen."

Ich nicke und stehe ebenfalls auf. Erst jetzt merke ich, wie hart es auf der Steinstufe war, und es tut gut, mich wieder zu bewegen. Nun führt mich Sabrina durch das Eisentor und hinaus in den Garten. Wir biegen in eine Hauptstraße ein und ich folge ihr bis zu einem wuchtigen weißen Steinhaus. „Africa House" prangt auf dem frisch polierten Holzschild vorne. Wir gehen durch die Tür. Es scheint ein Hotel zu sein, ein sehr elegantes sogar. Sabrina führt mich die Holztreppe hoch, bis wir in ein Restaurant kommen. Dort lenkt sie mich auf eine breite Terrasse. Hier wimmelt es plötzlich von Europäern, die auf Bambussesseln sitzen oder in kleinen Gruppen stehen und Bier und Cocktails trinken. „Hier treffen sich alle Besucher unserer Insel", erklärt Sabrina. „Es ist nämlich Zeit für das größte Spektakel auf der Insel."

Ich brauche sie nicht zu fragen, welches Spektakel das sein wird. Die Sonne, die bis vor wenigen Minuten wie ein goldener Apfel am Himmel gehangen hat, hat sich inzwischen in einen schweren goldenen Pfirsich verwandelt. Der Ozean leuchtet wie Glut. Dhaus segeln kreuz und quer vor der Küste. Ich kaufe an der Bar zwei eisgekühlte Colas, und wir stellen uns an das Geländer. Die Sonne senkt sich millimeterweise vor unseren Augen. Während die Minuten vergehen, neigt sie sich immer schneller. Zum Schluss verwandelt sie sich in einen riesigen, zornigen Feuerball, bevor sie dann leise hinter dem Horizont in den Ozean eintaucht und erlischt. Einige der Touristen applaudieren. Andere staunen nur. Die restlichen schießen Fotos. Sie sind jedenfalls alle tief ergriffen. Und ich bin auch ergriffen, keine Frage, aber das liegt garantiert nicht an der Schönheit des Augenblicks. Denn ich werde plötzlich das Gefühl nicht mehr los, gerade den Untergang meiner eigenen Hoffnungen erlebt zu haben.

Die europäischen Gäste bestellen wieder Bier und Cola. Sie erzählen und lachen. Sie haben keine Sorgen. Sie haben es gut.

Sabrina schaut auf ihre Armbanduhr und gähnt. Ich werfe einen letzten Blick auf den Ozean. Unten am Strand sehe ich eine einsame Gestalt spazieren. Noch in der Dämmerung erkenne ich, dass sie lumpig angezogen ist, mit tiefschwarzer Haut und verwegenen Dreadlocks. Der Mann bewegt sich hin und her, als ob er mit einer unsichtbaren Partnerin tanzen würde, und Klängen lauschend, die nur für seine Ohren bestimmt sind. Ich denke einen Augenblick an Bob Marley, aber diese Gestalt strömt keine Heiterkeit aus, keine Musik und keine Sehnsucht, sondern nur noch tiefen Kummer.

Aber was geht's mich an? Ich habe meinen eigenen Kummer.

„Gehen wir", sage ich. Sabrina nickt. Wir trinken unsere Getränke aus und verlassen das Hotel. Jetzt, wo die Sonne verschwunden ist, verschwindet das Tageslicht von einer Minute auf die andere. Wir gehen denselben Weg wieder zurück. In der Nähe des Hauses der Wunder sehe ich wieder den Ozean, der sich nun in eine schwarze Steppe verwandelt hat. Ich verweile einen Augenblick, und denke an Joseph, der wahrscheinlich immer noch dort hinten auf dem Festland sitzt. Oder irgendwo. Sabrina steht neben mir und schweigt. Als ich mich umdrehe, sehe ich plötzlich eine Gestalt vor mir.

Joseph ...?

„Hey, ihr seid spät unterwegs", sagt die Gestalt auf Englisch. „Gebt mir ein paar Scheine und ich bringe euch sicher nach Hause." Nein, es ist nicht Joseph. Es ist der Mann mit den Dreadlocks, den ich gerade von der Hotelterrasse aus gesehen habe. Er trägt ein zerlumptes blaukariertes Kattunhemd, das bis zum letzten Knopf offen steht, und eine schmutzige rote Jeanshose. Er läuft barfuss. Eine Vogelscheuche im Reggae-Look.

„Danke, das brauchen wir nicht", sage ich auf Kiswahili und wende mich von ihm ab.

„Mit mir kannst du Englisch reden", sagt er. Und schon merke ich etwas an seiner Sprache, und auch an seinem Gesicht mit der tief dunklen Haut, dem spärlichen wirren Bart und den wilden Dreadlocks. Von nahem sieht er tatsächlich wie eine Mischung aus Bob Marley und Che Guevara aus. Ich spüre, dass er nicht von hier ist. „Und wenn du mir etwas gibst, kannst du viel von mir lernen. Ich weiß nämlich Dinge, von denen andere Menschen nicht einmal ahnen."

„Komm, Jenny", sagt Sabrina und berührt meine Schulter. „Du darfst nicht so zutraulich sein, denn nicht jeder Mensch hier auf Sansibar ist dein Freund, egal wie er sich gibt."

„Aber vielleicht weiß er tatsächlich etwas!", sage ich.

Sabrina greift mich am Arm. Wie eine kleine Mutter. „Wir müssen nach Hause. Vielleicht wartet Joseph auf uns."

„Du weißt, wo du mich finden kannst", ruft der Mann hinter mir her. „Ich heiße Tony. Ich bin immer hier am Wasser. Immer."

Wir gehen schneller. Eigentlich will ich ihm eine Frage stellen – tausend Fragen, sogar – aber ich verkneife sie mir alle und lenke meine Schritte heimwärts. Denn wie Sabrina eben gesagt hat: Vielleicht wartet Joseph auf uns.

6

Joseph hat nicht auf uns gewartet. Er hat weder geschrieben noch angerufen. Amina, die stämmige Köchin der Kharusis mit dem blutroten Kopftuch, die den ganzen Abend zu Hause am Herd gestanden hat, hat niemanden gehört und niemanden gesehen. Wie ich geahnt habe.

Am sperrigen Küchentisch essen wir ein bescheidenes Abendessen aus Huhn und gewürztem Reis, während Amina um uns herumflitzt und die schweren Kupfertöpfe poliert. Der Strom ist ausgefallen und wir sitzen bei Kerzenlicht zusammen. Hakim und Sayyid mussten zwar ihr neues Computerspiel unterbrechen, aber sie reden noch die ganze Zeit davon auf Swahili – wenn sie nicht gerade versuchen, sich gegenseitig Reisklumpen in die Haare zu schmieren. Von meinen Sorgen ahnen sie nichts und nach und nach gelingt es auch mir, meine Angst um Joseph zu vergessen.

Ich sitze noch eine Stunde mit Sabrina in ihrem Zimmer, wo wir eine Duftkerze, die nach Nelken riecht, anzünden und wie alte Freundinnen plaudern. Die kleine Hand der Fatima um ihren Hals schimmert wie eine Silbermünze.

„Joseph ist dein Freund, stimmt's?", fragt Sabrina. „Du liebst ihn?"

Mein Gesicht läuft rot an. „Wenn ich das wüsste", antworte ich nach einer Weile.

„Du weißt nicht, ob du ihn liebst?"

Ich stutze. Dieses Gespräch geht entschieden schnell in die Tiefe. „Weißt du, Sabrina ... es kommt mir manchmal so vor, als ob es zwei Josephs geben würde: Den Joseph, den ich in Zimmermann's Bend kennen und schätzen gelernt habe, den ich aber im letzten Jahr kaum zu Gesicht bekommen habe, weil er bei seinem Vater in Frankreich wohnt. Dann gibt es den Joseph, der die ganze Zeit in meinen Gedanken, in meinem Herzen wohnt, und der immer dabei ist und mit dem ich fast rund um die Uhr Gespräche führe." Ich lächle. „Tut mir Leid – das muss ziemlich verrückt klingen."

„Im Gegenteil", sagt Sabrina. Sie rückt näher an mich heran.

„Also, welchen Joseph liebe ich dann wirklich? Den echten oder den, den ich mir selber zusammengereimt habe? Und noch wichtiger: Welcher der beiden liebt *mich*?"

Sabrina nickt. Nach einigem Schweigen sagt sie, „Ich habe auch jemanden geliebt."

„Wohnt er hier in Stone Town?", frage ich. Sabrina schaut mich einen Augenblick an, dann schüttelt sie den Kopf. „Und ... liebst du ihn noch immer?", frage ich weiter. Nun schaut sie weg, sodass ihr Gesicht im Schatten liegt. Ich denke zunächst, sie kratzt sich die linke Wange, bis ich merke, dass sie eine Träne wegwischt. „Oder hätte ich das nicht fragen sollen?"

Sabrina dreht sich wieder zu mir und versucht zu lächeln. „Die Fragen sind nicht das Problem, sondern die Antworten, Schwester ... Darf ich dich Schwester nennen? Ich wollte nämlich schon immer eine Schwester haben."

„Natürlich", antworte ich. „Das wollte ich auch immer."

Aber schon schwindet ihr Lächeln wieder. „Ja, ich habe einmal geliebt. Aber was soll's, Schwester? Wir haben einen Spruch: Wer liebt, ist ein Tor und hat keinen Verstand."

„Ja", antworte ich, „das kann man wohl sagen." Wir schweigen.

Das ist offenbar das Ende der Diskussion. Ich will noch nicht ins Bett und frage sie nach ihrer Mutter, die jetzt im Krankenhaus liegt und viel länger als vorgesehen auf ihre Entbindung wartet, sowie nach ihrem Leben. Ich erfahre lediglich, dass Sabrina seit einiger Zeit aufgehört hat, zur Schule zu gehen, und nun hofft, in nicht allzu langer Zeit zu heiraten und Kinder zu bekommen. „Wenn sich der passende Mann einfindet."

„Der passende Mann?" Ich traue meinen Ohren nicht. „Einfach so? Und das findest du gut?"

„Es ist so, wie es sich gehört."

Dann komme ich auf ihre Kleidung als Muslimin zu sprechen.

„Keiner zwingt mich dazu", erklärt sie. „Das ist ein Teil

meines Glaubens. Wenn es nicht freiwillig ist, hat es keine Bedeutung."

„Du hast es selber so gewählt?", frage ich.

„Wenn es ein Zwang wäre, würde ich mich dagegen zur Wehr setzen, da kannst du sicher sein."

„Aber ich dachte, die Frauen im Islam werden unterdrückt", sage ich. Während ich die Worte ausspreche, merke ich, wie wenig ich von diesem Thema verstehe. Immer wenn in Deutschland oder hier in Afrika das Thema „Kopftuch" auftauchte, dachte ich immer daran, was *ich* wohl fühlen würde, wenn ich eins tragen müsste, und nicht, wie es für die anderen ist. Und überhaupt: Das Wahehe-Gebiet, wo Zimmermann's Bend liegt, ist weitgehend christlich oder heidnisch, und meistens beides zugleich, und dort haben es die Frauen schließlich schwer genug. Ich möchte gar nicht an die vielen Geschichten denken, die mir meine Mutter aus ihrer Praxis erzählt hat – von Schlägen und Vergewaltigungen bis hin zum Mord. Aber wenigstens können diese Frauen ohne Schleier gehen.

„Ich weiß nicht, was du alles gehört hast", sagt Sabrina. „Die Unterdrückung der Frauen ist real in Afrika, aber nicht in den Kreisen, in denen meine Familie verkehrt. Wir sind nämlich Sufis, wie die meisten Menschen auf der Insel. Du hast bestimmt davon gehört?"

Von Sufis? Ich habe doch neulich etwas in meinen Schulmaterialien gelesen. „Das ist doch ... etwas Mystisches, oder?", frage ich.

Sabrina nickt. „Es ist eine alte Strömung des Islam. Wir glauben, dass wir uns durch Gebet, Gesang und Tanz Allah nähern und uns mit seiner Liebe verschmelzen können. Vielleicht hast du den Eindruck bekommen, dass Muslims wegen ihrer Religion gewalttätig sind, aber das ist eine Irrlehre. Unser Gott ist ein Gott der Liebe und der Menschlichkeit. Viele unserer Lehrer beschreiben Allah nicht als einen Herrn, der über uns gebietet, sondern als einen Freund, der uns zum Tanz auffordert."

„Aber nicht alle hier sind so friedlich, oder?", frage ich. „Schließlich gibt es Terrorismus und Djihad und ähnliches."

„Das war niemals unser Weg", antwortet Sabrina. „Viele von uns befinden sich zwar im Djihad, aber das ist lediglich ein heiliger Krieg gegen unsere eigenen Schwächen. Jetzt kommen Fundamentalisten aus Saudi-Arabien. Missionare. Sie wollen uns weismachen, dass wir seit über tausend Jahren die falsche Religion befolgen, dass alle unsere Traditionen, unsere Gedichte, unsere Tänze und Musik falsch sind. Dass Frauen nur da sind, um Kinder zu gebären und ihren Männern zu dienen. Sie wollen unsere Religion für ihre eigenen politischen Ziele benutzen. Wir dagegen wollen nur ein aufrechtes Leben führen und mit der Liebe Gottes verschmelzen. Aber schon unser Dichter Rumi wusste es besser. Hast du von ihm gehört?"

„Den Namen habe ich schon mal gehört", erwidere ich, und denke dabei an den Wandspruch im Lokal „Treffpunkt Sansibar" in Berlin.

„Er schrieb: ,Man sagt, du verkündest Gottes Wort, doch ich höre nur von Gut und Böse – nichts von Liebe oder Wahrheit.'"

An der Wand hängen Fotos und Gemälde von schwarzen und auch nahöstlich aussehenden Männern in Turbanen. Eines zeigt einen würdig aussehenden schwarzen Mann mit weißem Vollbart vor einem aufgeschlagenen Buch sitzen. Ein anderes, ein gerahmtes Schwarzweißfoto, etwa DIN-A4-groß, das einen kleinen schwarzen Mann in einem schneeweißen Gewand zeigt, fällt mir besonders auf. „Wer ist das?", frage ich.

"Er hieß Ahmadou Bamba", sagt Sabrina. „Er war ein Sufi-Lehrer in Senegal, der um 1900 herum gegen die französische Kolonialmacht kämpfte. Aber nicht mit weltlichen Waffen, sondern mit geistigen. Mit Glauben, Frieden und harter Arbeit. Und am Ende setzte sich seine Bewegung durch. Die Franzosen nahmen ihn sogar in die Ehrenlegion auf."

„Aber sicherlich haben die Franzosen ihn bekämpft."

„Natürlich. Sie haben ihn sogar für viele Jahre ins Exil geschickt. Aber er ist ihnen stets mit Respekt begegnet und hat Böses mit Gutem vergolten. Es wird von ihm erzählt, dass die Franzosen ihn während seines Transports übers Meer provozieren wollten, indem sie ihm fragten: ‚Vater Bamba, du sagst immer, deine Religion verbietet dir, uns etwas Unrechtes zu tun. Aber gleichzeitig darfst du auch Gott nichts Unrechtes tun. Nun ist die Gebetszeit gekommen. Wenn du jetzt nicht betest, tust du Gott Unrecht. Wenn du aber hier auf unserem Schiff betest, tust du uns Unrecht. Also, was wirst du nun machen?'"

„Und was tat er?", frage ich.

Sabrina schaut mich an und lächelt. „Er sprengte seine Fesseln, nahm seinen Gebetsteppich und sprang ins Meer. Dort, auf dem Wasser, rollte er seinen Teppich aus, wandte sich gen Mekka und fing an zu beten, wie es unser heiliges Buch gebietet."

Ihre Worte hängen in der Luft. Ich antworte nicht. Mit fliegenden Teppichen kann ich heute Abend wenig anfangen.

Unser Gespräch verliert sich zum Glück in andere Themen. Bald verziehe ich mich nach oben. Es ist ein merkwürdiges Gefühl, so mitten in der Luft zu schlafen. Ein warmer Wind weht durch das Teehaus und lässt die Gardinen und das Moskitonetz wehen. Ich wälze mich im Bett und träume von finster dreinschauenden Männern in Bussen, von Waldseemüllers dröhnender Stimme, von blauen Ozeanwellen, von springenden Delfinen, von verschleierten Frauen, die mich anstarren, von überreifen Pfirsichen, die ins Wasser plumpsen, von Sabrinas „entsprechendem Ehemann", von betenden Heiligen auf dem Wasser. Vor allem träume ich von Joseph. Von seinem Gesicht, von seiner Gestalt – die immer wieder in die Gestalt von Tony übergeht.

Und ich träume vor allem von Tonys Stimme, der vom Meeresufer zu mir ruft. *„Ich weiß Dinge, von denen andere Menschen nicht einmal ahnen."*

7 Die Sonne weckt mich um sieben. Tautropfen schimmern wie kostbare Perlen im Moskitonetz. Ich stehe auf, ziehe den weißen Frottee-Bademantel, den Sabrina mir geliehen hat, an und steige die knarrende Holztreppe hinunter. Aus dem Jungenzimmer höre ich schon wieder das Piepsen und Lärmen des Videospiels. Wenigstens funktioniert der Strom wieder, denke ich. Ich schlucke meine tägliche Malariapille und dusche im großen Marmorbad, dann ziehe ich mir oben eine Jeans und ein weißes T-Shirt an. Als ich wieder die Treppe hinuntersteige, empfängt mich Sabrina im Flur. Sie trägt heute einen langen grünen Baumwollrock und einen dunkelrotes Oberteil, dazu dasselbe freundliche Lächeln wie gestern. Sie führt mich in den Garten hinaus. Hier, zwischen hohen Steinmauern wachsen Palmen, Gummibäume und Bananenstauden. Ein Bougainevillea-Busch strotzt vor roten Blüten. Auf einer Stange sitzt ein riesiger grüner Papagei, so groß wie eine Katze. Zwischen zwei Blumenbeeten steht ein Granittisch, auf den die Köchin Amina gerade eine große Silberkanne Tee und einen Stapel Toastbrot stellt. Sindbad sonnt sich mitten im Blumenbeet. Hakim und Sayyid spielen gerade Badminton am fernen Ende des Gartens, aber sie werfen alles hin und kommen angelaufen, als Sabrina nach ihnen ruft.

„Heute ist dein erster voller Tag auf Sansibar", sagt mir Sabrina, während sie ein Stück Toastbrot mit Butter bestreicht. „Hast du einen besonderen Wunsch?"

„Ich muss doch auf Joseph warten." Ich schenke mir eine Tasse Tee ein. „Wenn er irgendwo aufgehalten wurde, könnte er heute eintreffen und ich muss da sein."

„Jenny, du kannst nicht den ganzen Tag auf ihn warten. Du wirst noch verrückt werden und das lasse ich nicht zu. Nein, ich will dir heute die Stadt zeigen. Hör mal: Amina ist doch da und Hakim und Sayyid bleiben sowieso den ganzen Tag zu Hause. Sie probieren gerade ihr neues Spiel aus und werden garantiert nicht vor die Tür gehen. Ich nehme mein Handy mit. Falls Joseph im Laufe des Tages eintrifft, rufen sie mich an und dann sind wir in zehn Minuten hier. Das ist doch eine Idee, oder?"

So gut klingt die Idee auch wieder nicht, denn wenn Joseph auftaucht, dann will ich keine einzige Minute warten. Und was ist, wenn die beiden Jungs so sehr in ihrem Spiel vertieft sind, dass sie die Türglocke überhören? Aber ich zwinge mir ein Lächeln auf das Gesicht. „Das klingt wunderbar", sage ich.

Bevor wir losgehen, folge ich Sabrina in ihr Zimmer, wo wir den Mail-Eingang kontrollieren. Es gibt eine Mail von meiner Mutter und noch eine von Daniel. Von Joseph aber fehlt weiterhin jede Spur.

Dann spazieren wir durch die belebten Straßen Stone Towns. Es ist noch nicht neun Uhr, dennoch brennt die Sonne auf meinem Kopf. Im Gegensatz zu gestern, wo ich nur Joseph im Sinn hatte, fällt mir heute Morgen deutlich auf, wie wenig afrikanisch die Stadt aussieht. Kein Wunder, dass sie Stone Town heißt, denn die meisten anderen afrikanischen Städte bestehen größtenteils aus Lehm und Bambus. Ich komme mir vor wie in der Altstadt einer arabischen Metropole – wie in Tausendundeiner Nacht, wie ich schon gestern festgestellt habe – mit dem einzigen Unterschied, dass die Bewohner alle schwarz sind. Die Steinhäuser sind meist verputzt und weiß gestrichen, aber die Farbe schält sich von den Mauern, die Blechdächer rosten vor sich hin. Sicherlich liegt das an der Salzluft, die fortwährend an den Häusern frisst, dennoch wirkt diese geradezu mittelalterliche Stadt so, als würden jede Nacht finstere Geister aus der Tiefe steigen und sie wie einen riesigen Schimmelkäse anknabbern.

„Warum heißt das große Haus von gestern das Haus der Wunder?", frage ich Sabrina.

Sie lächelt. „Du fragst wohl, weil es dir gestern keine Wunder beschert hat?"

Nun muss ich lachen. „Richtig geraten."

„Als Sultan Barghash es im neunzehnten Jahrhundert errichten ließ, war es das erste Haus in ganz Ostafrika, das elektrisches Licht und fließendes Wasser vorweisen konnte. Für die Menschen damals war das wie ein Wunder. Und so wird das Wunder von gestern zur Selbstverständlichkeit von heute."

Hinter einer unscheinbaren weiß gestrichenen Mauer verbergen sich die Hamamni-Bäder, ein altes persisches Badehaus mit warmen und kalten Tauchbecken und Massageräumen. Ich muss dabei an die Bäder der alten Römer denken, denn diese Anlage ist mindestens genauso prächtig, wie im alten Rom. Hier ist die Luft kühl, aber die luxuriösen Bäder selber sind verlassen und knochentrocken.

„Das ist fantastisch!", sage ich. „Woher hatten die Sultane so viel Geld, um alles hier zu bauen?"

„Ganz einfach", antwortet Sabrina. „Durch den Sklavenhandel."

„Den Sklavenhandel?"

„Natürlich."

Wir wandern weiter. Sabrina erzählt mir dabei, wie im Jahre 1832 der arabische Sultan Seyyid Said seine Hauptstadt vom Oman am Persischen Golf nach Sansibar verlegte, um noch mehr vom blühenden Sklavenhandel und den Gewürzplantagen zu profitieren. Seine Schiffe kamen mit dem Nordost-Monsun angesegelt und fuhren mit dem Kusi, dem Südwestwind in den Orient zurück. „Sansibar ist wie ein großes Treibhaus", erklärt sie mir. „Hier kann man alle Gewürze dieser Erde anbauen." Er hatte die ersten Steinhäuser der Stadt bauen lassen, und deshalb stammt fast alles, was man heute sieht, aus dieser düsteren Zeit.

„Nun möchte ich dir etwas Besonderes zeigen", sagt Sabrina. Wir biegen links ab und nun sehe ich vor mir eine große europäische Kirche aus gelben Backsteinen. „Das war der alte Sklavenmarkt", erklärt mir Sabrina. „Die Engländer haben ihn in den 1870ern geschlossen und dann diese Kathedrale darauf errichtet." Hinter einer Reihe Palmen verbirgt sich ein Steinhaus, weiß gestrichen mit runden Fensterbögen. „Dieses Hotel war früher ein englisches

Krankenhaus", sagt sie. „Es entstand über den ehemaligen Sklavenquartieren." Wir treten ein und befinden uns in einem überdachten Innenhof. In der Mitte des Hofes hat ein Mann selbstgemalte Bilder von sansibarischen Szenen aufgestellt und wartet auf Kundschaft. Sabrina führt mich eine schmale Steintreppe hinunter. Nackte Glühlampen erhellen die düstere Passage. Wir befinden uns in einem niedrigen Kellerraum. Obwohl er leer steht, spüre ich jetzt schon Platzangst. Ketten hängen von den Holzbalken, und eine Art Steinbank umrahmt den Raum an drei Seiten. „Das waren die Sklavenquartiere", erklärt mir Sabrina. „Eins für die Männer, eins für die Frauen. Die Menschen wurden in Dhaus vom Festland geliefert und zunächst einige Tage hier eingepfercht, bis zu fünfundsiebzig auf einmal, ohne Essen, Wasser oder Toilette, bis sie oben auf dem Markt verkauft wurden. So hat man den Spreu vom Weizen getrennt, wie ihr so sagt."

„Wie meinst du?"

„Es war eine Selektion. Wer drei bis sechs Tage unter solchen Bedingungen überleben konnte, nach allem anderen, was er seit dem Anfang seiner Reise erleben musste, hatte sich als tüchtig erwiesen."

Mir wird plötzlich schlecht. Ich stöhne innerlich, während sie mir die Geschichte erzählt. Die ganze Geschichte. Nein, so genau wollte ich das nicht wissen. Denn für jeden Afrikaner, der im heutigen Tansania, im Kongo oder sonst wo im Inneren des Kontinents von Sklavenjägern lebend gefangen oder gekauft wurde, wurden wahrscheinlich zehn auf der Stelle ermordet. Von den Überlebenden hat nur jeder fünfte den wochen- oder monatelangen Marsch in Ketten zur Ostküste überlebt. Als die *washenzi* oder die Barbaren, wie man die frischen Sklaven nannte, dann den Küstenort Bagamoyo erreichten – der Name bedeutet „Lege dein Herz nieder", wie Bibi Sabulana das vorgestern auch gesagt hatte – wurden die Männer alle kastriert. Nur jeder zwanzigste überlebte diese grausame und völlig unhygienische Verstümmelung. Danach folgte die unmenschliche Überfahrt nach Sansibar in engen Dhaus, auf denen die Sklaven wie Brennholz gestapelt wurden. Dann kamen die Überlebenden hierher, ins Sklavenquartier, wo sie tagelang im eigenen Dreck liegen mussten. Schließlich folgte die demütigende Zurschaustellung auf dem Sklavenmarkt, wo einige der Männer an einem Baum gefesselt und ausgepeitscht wurden. Wer nicht schrie, erzielte einen höheren Preis. Das Ende war die entbehrungsreiche Weiterreise auf langsamen Segelschiffen nach Arabien, nach Indien, zu den französischen Inselkolonien im Indischen Ozean und sogar nach dem fernen Amerika, wo ihre Qual erst richtig losging.

„Dann sind fast neunzig Prozent von ihnen umgekommen!", sage ich.

„Mindestens", erklärt Sabrina. „Dennoch reichten die fünf bis zehn Prozent, die überlebt haben, völlig aus, um vielen anderen Menschen ein sehr bequemes Leben zu ermöglichen."

Ich atme tief durch, als wir wieder draußen sind. Ich weiß zwar, dass es verrückt ist, aber irgendwie wittere ich den Gestank dieses Kerkers – eine Mischung aus Kot, Schweiß und Angst. Die heiße Sonne wärmt meine Kopfhaut, aber mir fröstelt es. Nicht, dass mir das alles völlig neu wäre. Wie ich schon kurz nach meiner Ankunft vor zwei Jahren erfahren habe, kann man das heutige Afrika ohne das Erbe der Sklaverei gar nicht begreifen. Ich habe schon viele Geschichten gehört, nicht zuletzt von Bibi Sabulana, die immer behauptet, die Sklavenkarawanen mit eigenen Augen gesehen zu haben. Und ich hatte schon als Kind „Onkel Toms Hütte" gelesen und dabei Rotz und Wasser geheult. Aber was nützt einem das ganze angelernte Wissen? Erst jetzt, wo ich dieses Kellerverlies gesehen und die Luft eingeatmet habe, wird das alles zur Realität. Was für ein Verbrechen, und was für eine Tragödie, nicht nur für die Sklaven selber, sondern auch für ihre Hinterbliebenen. Was wäre das für ein Gefühl, frage ich mich, wenn junge, kräftige Menschen von einem Tag auf den anderen ... einfach verschwinden würden?

Nun sind wir am Rande der Altstadt angelangt. Autos und Motorräder rasen an uns vorbei, ohne dass ich sie richtig registriere. Auf einmal rieche ich wieder Gewürze. Wir stehen vor einem weitläufigen weißen Steingebäude mit Arkaden unter einem verrosteten Blechdach. Die Markthalle strotzt vor Leben. Außen herum stehen Verkäufer an einfachen Holzständen unter roten Sonnenschirmen und bieten Tomaten, Gurken und Papayas an. Mangos und Kohlköpfe werden aus einfachen Bastkörben verkauft. Sabrina führt mich durch die offene Tür ins Innere des Marktes.

Schon werde ich ins tiefste Mittelalter entführt. In einer staubigen Halle werden lebende Hühner aus Holzkäfigen und Körben verkauft. Nebenan, unter orangefarbenen Stoffplanen, befindet sich der Obstmarkt. Bunte Früchte häufen sich auf langen Holztischen. Faustdicke Fingerbananen hängen an Stauden, die an fasrige Schnüre festgebunden sind. Dazu bergeweise Möhren, Zwiebeln, Lauch und Knoblauch. Von hier gelangen wir in eine weitere Halle, wo Fische jeglicher Art auf Holztischen liegen. Haie, Schwertfische, Tintenfische sowie Arten, die ich mir niemals hätte vorstellen können. Der Geruch erschlägt mich fast. Beim Anblick der toten und sterbenden Fische auf den Steintischen kann ich nicht umhin, an die Sklaven auf ihren Steinbänken im Verlies zu denken.

Ich fasse Sabrina am Ellenbogen und ziehe sie weiter. Sie lächelt und führt mich hinaus in einen weiteren Bereich, wo der Geruch von einer Sekunde auf die nächste wieder ganz anders wird. Hier liegen überall bunte Pulver in Tontöpfen. Es ist der Gewürzmarkt! Alle die Gerüche, die ich noch von der Weihnachtsbäckerei in unserer alten Küche in Berlin kenne, vermengen sich zu einem einzigen Zauberduft. Meine ganze Kindheit eröffnet sich wieder vor mir. Aber die Mengen! Maulwurfshügel von Pfeffer und Kreuzkümmel, dazu Zimtstangen und Vanilleschoten, frischer Ingwer und saftiges Zitronengras. Der Duft benebelt, berauscht, verwirrt mich ... und zwingt ein Lächeln auf mein Gesicht, das alle die bösen Gedanken, die mich gerade gequält haben, wie Morgennebel verfliegen lässt.

Die Frauen, die hier einkaufen, sind entweder nicht verschleiert oder tragen lediglich ein einfaches Tuch über dem Kopf, wie Sabrina. Nur hin und wieder sehe ich eine afrikanische Frau mit Gesichtsschleier, oft mit kleinen Kindern an der Hand.

Am Ausgang des Gewürzmarkts erhasche ich den Blick einer anderen Frau, sehr schlank und hochgewachsen, gekleidet in dunklen Kangas wie die anderen, dennoch so tief verschleiert, dass man überhaupt nichts von ihrem Körper sieht. Ich spüre ihr Interesse. Sie kommt mir plötzlich sehr bekannt vor ... Aber als ich mich zu ihr hinwende, ist sie wieder in der Menge verschwunden.

Bei dieser Hitze traue ich meinen Sinnen sowieso nicht mehr. Als wir wieder auf die Straße treten, bin ich schon halb wahnsinnig vor Durst. Sabrina errät es und lädt mich zu einem Trunk ein. An einer Straßenecke steht ein Mann mit einer Saftpresse. Neben ihm auf der Erde steht ein Korb mit einem Bündel Zuckerrohr drin. Er lächelt, als Sabrina ihn anspricht, dann nimmt er eine Machete, schlägt ein Stück vom Zuckerrohr ab, und steckt es in die Presse. Mit einer gekonnten Bewegung drückt er den Hebel herunter und presst den Zuckersaft in ein Glas. Das reicht er an mich und tut dasselbe für Sabrina.

Der Saft schmeckt süß und erfrischt mich sofort. „Stone Town ist fantastisch", sage ich zwischen Schlucken. „Aber ich mache mir Sorgen um Joseph."

Sabrina nickt und holt ihr Handy aus der Umhängetasche. Sie telefoniert mit Hakim auf Kiswahili. „Noch nichts gehört? Gut, aber drehe die Lautstärke herunter, falls er an der Tür klopft!" Sie steckt das Handy weg. „Wie du hörst", sagt sie mir. „Aber sicherlich willst du noch mal ins Internet schauen?"

8 Ins Internet schauen? Wie kann ich Sabrina sagen, dass ich mir trotz allem, was ich gerade erlebt und gesehen habe, den ganzen Vormittag nichts sehnlicher gewünscht habe? Sie lächelt, als würde sie alles schon erraten haben, und führt mich dann weiter durch die Gassen von Stone Town. Am Haus der Wunder weht eine kühle Brise, aber die Temperatur beträgt mindestens dreißig Grad. „Es wird gleich kühler", sagt Sabrina. Sie führt mich in eine kleine Gasse und bleibt an einem gedrungenen weißen Steinhaus mit den Worten „Internetcafe" über der Tür stehen. Hier drinnen summt eine Klimaanlage und die Temperatur ist um mindestens zehn Grad kühler. Ich blättere ein paar Shillingi-Scheine auf die Theke und setze mich an einen freien Rechner. Sabrina setzt sich an einen anderen. Als ich die Tastatur berühre, verschwindet der Bildschirmschoner und ein Hintergrundbild der Skyline von Stone Town erscheint. Ich gehe gleich ins Internet und rufe mein E-Mail-Konto ab. Eine Handvoll Spams, ein kurzer Gruß von Daniel, eine längere von Mama, eine viel längere E-Mail von meiner Freundin Nadine in Berlin, wo sie mir ausführlich vom Stress mit ihrem neuen Freund erzählt, aber von Joseph ... keine einzige Zeile.

Ganz unten entdecke ich eine E-Mail, die die Universität Straßburg als Absender angibt. Das kann nur Josephs Vater sein! *Liebe Jenny, von Joseph fehlt weiterhin jede Spur. Als mein Bruder ihn am Flughafen in Dar abholen wollte, ist Joseph gar nicht erschienen. Ich habe schon die Polizei alarmiert. Wenn Du irgendetwas erfährst, sag mir bitte sofort Bescheid!*

Ich spüre schon wieder dieses Gefühl in mir. Dasselbe Gefühl, das ich seit zwei Wochen mit mir herumtrage, wie ein Virus, das man einfach nicht loswerden kann.

Lautes Gelächter reißt mich aus meinen Gedanken. Direkt hinter mir sitzt ein junger Weißer an seinem Rechner und lacht aus vollem Herzen. Er ist vielleicht vierzehn Jahre alt, mit einem merkwürdig runden Kopf und kurzen dunklen Haaren. Mit seiner bleichen Haut sieht er nicht so aus, als ob er viel an die frische Luft kommt. Er trägt ein Headset und kann nicht aufhören zu lachen. „*What made you do that?*", ruft er ins Mikrofon. „*Don't you see? I've beaten you again!*"

Ein junger Engländer, also, und ein lauter obendrein. Ich schließe mein E-Mail-Konto und drehe mich zu ihm hin. Auf seinem Bildschirm hat er mehrere Fenster gleichzeitig geöffnet. Ein halbes Dutzend Webseiten, dazu ein Programmierprogramm und mindestens zwei Science-Fiction-Spiele mit Raumschiffen und Außerirdischen.

„Kannst du nicht ein bisschen leiser sein?", frage ich ihn gereizt auf Englisch. „Du bist nicht bei dir zu Hause."

Der Junge dreht sich zu mir. Große dunkle Augen funkeln hinter den dicken Brillengläsern. Er blinzelt fünfmal hintereinander, als ob er seine Augen neu fokussieren muss, bevor er mich überhaupt wahrnimmt. „Du kannst doch mitspielen", sagt er. „Hier, ich logge dich ein."

„Nicht nötig", erwidere ich. „Ich habe einfach keine Lust auf Spiele in diesem Augenblick."

„Du hast bestimmt zu oft verloren", sagt der Junge. „Richard ist auch ganz schön sauer, seitdem ich ihn dreimal hintereinander geschlagen habe. Er wohnt auf Neuseeland", fügt er hinzu.

„Ich habe kein Spiel verloren, sondern einen Menschen."

„Einen Menschen?" Der Junge dreht sich zu seinem Rechner zurück und lässt seine Finger über die Tastatur fliegen. „Menschen sind mein Spezialfach. Wie heißt er denn?"

Ich stehe auf und schaue ihm über die Schulter. „Joseph Tajomba", sage ich und buchstabiere den Namen. Schon hat der Junge ihn in eine Suchmaske eingetippt. Eine Sekunde später erscheinen gut fünfzig Treffer auf dem Bildschirm. Er klickt sie alle blitzschnell durch. „Also, Joseph Tajomba ... Was haben wir da? Nun, er ist achtzehn Jahre alt, stammt aus Zimmermann's Bend in Tansania, ging bis vor kurzem auf die Henri-Quatre-Oberschule in Straßburg und ... wird seit einigen Tagen vermisst. Es läuft seit gestern eine internationale Fahndung."

Ich glaube es nicht. „Mensch, wie hast du das alles so schnell erfahren?"

Der Junge zuckt mit den Schultern. „Die Suchmaschine ist ein Prototyp. Sie findet Dinge, wonach die anderen Maschinen nicht einmal suchen. Ich habe einfach den Zugangscode geknackt. Computer sind mein Hobby."

Nun werde ich neugierig. „Ich habe mich noch nicht vorgestellt", sage ich. „Ich heiße Jenny Sandau. Ich komme aus Berlin."

„Ich heiße Billy", sagt der Junge. „Billy Wonder. Aus Manchester." Aber er scheint mich schon wieder vergessen zu haben. Seine Finger fliegen über die Tastatur und ein neues Spiel erscheint. Aus seinen Kopfhörern vernehme ich wieder das Sausen von Raumschiffen und das Geheule von gepanzerten Flugsauriern.

Ich lasse aber nicht locker. „Was kannst du sonst noch alles über ihn herausbekommen?" Billy antwortet nicht, sodass ich ihm die Frage fast ins Ohr brüllen muss.

Er schaut mich mit einem Gesicht an, als ob ich selber einer von seinen Außerirdischen wäre. Er zögert einen Augenblick, dann klickt er das Spiel aus. „Mal sehen", sagt er. Er öffnet abermals das Fenster mit der Suchmaschine und klickt durch die Treffer. „Ich stelle erst mal ein Übersichtsprotokoll zusammen. So ..." Er tippt auf ein paar Tasten und schon erscheint eine Art Statistik auf dem Bildschirm. Dann klickt er auf eine weitere Taste und ein tabellarischer Bericht taucht auf. Oben drüber steht Josephs Name, gefolgt von seinem Geburtsort und -datum, seine Schulzeugnisse, seine Adresse in Straßburg, seine Hobbys, seine Online-Kontakte und vieles mehr. Sogar meine eigene Blogseite steht da. „Also, er hat in diesem Jahr fünf Fachartikel veröffentlicht, drei Wissenschaftspreise erhalten und sein Abitur als Klassenbester in Biologie und Physik bekommen. Note eins Komma null. Er schaut hauptsächlich Webseiten, die mit Biologie und Technik zu tun haben. Vor einigen Tagen bestieg er ein Flugzeug in Straßburg, ist von dort nach Zürich geflogen, und hat dort seinen Anschlussflug nach Daressalam verpasst. Seitdem hat ihn kein Mensch mehr gesehen."

„Wahnsinn", sage ich. „Totaler Wahnsinn. Wo hast du das alles gelernt?"

Billy zuckt wieder mit den Schultern. „Womit sollte ich meine Zeit sonst totschlagen? Meine Eltern waren bis vor kurzem Diplomaten in Simbabwe. Wir lebten vier Jahre da unten. Toootlangweilig. Ohne meinen Computer hätte ich das alles keine zwei Tage durchgehalten."

„Und was machst du hier auf Sansibar?"

„Meine Eltern reisen immer wie die Verrückten, und sie wollten den ganzen Weg nach England mit dem Land Rover zurücklegen. Blöde Idee. Versuch du mal auf einer Sandpiste irgendwo mitten in Botswana online zu gehen! Der Empfang war das Allerletzte, sage ich dir. Als wir endlich Tansania erreicht haben, habe ich ihnen die Hölle so heiß gemacht, dass sie mich hier bei meiner Tante geparkt haben. Denn, da wo sie lang fahren wollen, so durch den Sudan und Somalia und Äthiopien, kannst du das Internet ganz vergessen. Wenn sie dann in sechs oder sieben Wochen in Manchester ankommen, fliege ich nach. Bis dahin bleibe ich hier."

„Steht auch so viel über mich im Netz?", frage ich.

„Wie heißt du wieder?" Als ich es ihm sage, tippt er den Namen ein und wartet zehn Sekunden. Schon füllt sich der Bildschirm mit Daten und Fotos. „Also, du wohnst in Zimmermann's Bend, schreibst eifrig an einem Blog, hast zweihundertzwanzig Freunde auf Facebook – ha, ich habe mehr als dreißigtausend! – hast in letzter Zeit mehrere Internsetsuchen gestartet, um Studienplätze für Biologie und Vogelforschung an Unis in Alaska und Bolivien zu suchen, hast auch neulich einen Preisvergleich für Eheringe unternommen ..."

„Hör auf!", rufe ich. „Wo findest du das alles? Sag nicht, dass du auch meine E-Mails lesen kannst!"

Billy zuckt die Schultern. „Mein Onkel arbeitet bei Google. Er hat mir ein paar Tricks verraten."

„Ich finde es gar nicht gut, dass man so viele Infos über normale Menschen sammeln kann."

Billy lächelt. „Tja, solange du nichts Falsches gemacht hast, ist nichts zu befürchten."

Das gefällt mir gar nicht.

Und schon scheint Billy mich wieder vergessen zu haben. Es piepst und brummt wieder in seinem Headset

„Kann dir dein Rechner auch sagen, wo Joseph jetzt ist?", frage ich.

Billy blinzelt mich wieder an. „Wenn er ein Handy hat, dann schon."

Ich sage ihm die Nummer. Er macht ein anderes Fenster auf und tippt die Nummer in die Suchmaske. Dann rückt er auf die Eingabetaste. „Fehlanzeige", sagte er fünf Sekunden später. „Sein Handy ist entweder ausgeschaltet oder kaputt. Nein – es ist kaputt. Denn ich kann auch ausgeschaltete Handys orten. Aber ich kann sehen, wann und wo er es zuletzt genutzt hat." Er klickt auf eine Tastenkombination. „Vor vier Tagen am Stadtrand von Zürich. Auf dem Flughafen, um 15.30 Uhr mitteleuropäische Zeit."

„Und kannst du herausbekommen, was ihm zugestoßen ist?"

„Erst dann, wenn neue Infos ins Netz gestellt werden. Aber man kann bestimmte Wahrscheinlichkeiten ausrechnen. Zum Beispiel ist es in diesem Fall sehr auffällig, dass er unmittelbar nach dem Abschluss eines so guten Abiturs verschwunden ist. Also, wenn ich ihn suchen würde, würde ich dort ansetzen."

„Wie meinst du das?"

„Du fragst mich? Ich kenne ihn überhaupt nicht. Es ist nur sehr auffällig. Kein Mensch bekommt eine eins Komma null im Abitur und verschwindet dann von der Erdoberfläche. Jedenfalls nicht freiwillig."

Ich will noch etwas sagen, als Billys Handy piepst. Er wirft mir einen gelangweilten Blick zu. Sein Freund Richard aus Neuseeland ist am Apparat. Es dreht sich wieder um Spiele.

Sabrina berührt meine Schulter und lächelt mir zu. „Keine Sorge", sagt sie. „Der geht nirgendwo hin. Seit zwei Wochen sitzt er jeden Tag zwölf Stunden hintereinander wie festgenagelt und spielt."

Ich nicke und folge ihr zur Tür hinaus. Meine Gedanken purzeln durcheinander. Joseph ist also am Flughafen verschwunden! Aber das kann nicht sein. Schließlich ist ein Mensch kein Gepäckstück. Was ist bloß in Zürich passiert?

Hakim und Sayyid tummeln sich im Garten, aber stehen plötzlich still, als sie Sabrina und mich kommen sehen. Nein, keiner hat an der Tür geklingelt, keiner hat angerufen. Es ist auch keine Post gekommen. Der Fußball, den Hakim kickt, saust über meinen Kopf und bleibt in den Ästen eines dichten Tamarindenbaums hängen. Sayyid krabbelt wie eine Katze ins Geäst und wirft ihn wieder hinunter.

Wir überlassen die Beiden ihrem Spiel und essen einen kalten Couscous-Salat mit Tomaten und Gurke in der Küche. Wir reden wenig miteinander. Sabrina ist genauso höflich wie zuvor, dennoch merke ich unter ihrem Mitgefühl eine gewisse Enttäuschung, dass ich trotz all ihrer Bemühungen immer noch nicht ganz auf Sansibar eingetroffen bin. Aber was soll ich tun? Bis ich weiß, wo Joseph geblieben ist, werde ich keine Ruhe finden. Gar keine.

9 Am Nachmittag setzen wir unseren Spaziergang durch Stone Town fort. Dieses Mal kommen Hakim und Sayyid mit. Sie strahlen beide übers ganze Gesicht, springen über die Kopfpflastersteine wie zwei Fohlen und werfen sich gegenseitig einen Baseball zu.

Gemeinsam besuchen wir einen der alten Sultanspaläste, ein weitläufiger Steinbau, der schon bessere Zeiten erlebt hat, und der heute ein Geschichtsmuseum beherbergt. „Das war vielleicht ein Leben damals", erklärt Sabrina. „Die Sklaven standen den Sultanskindern jederzeit zu Diensten und schliefen sogar unter ihren Betten. Man wurde die ganze Nacht angefächert und morgens wach massiert." In einem Schlafraum mit einem meterhohen Himmelbett sind Schwarzweißfotos von einer schönen, etwas schüchternen exotisch aussehenden Frau in arabischen Gewändern und mit schwerem Goldschmuck. Die Frau schaut traurig aber forsch in die Kamera und scheint, eine Geschichte erzählen zu wollen.

„Wer ist die denn?", frage ich.

„Ah, das ist doch die Salme." Sabrina erzählt mir von der Prinzessin Salme, einer Tochter des Sultans, die sich im neunzehnten Jahrhundert über beide Ohren in einen deutschen Geschäftsmann verliebte und dann mit ihm nach Hamburg floh.

„Das klingt fast wie ein Märchen", sage ich. „Gibt's sowas wirklich?"

„Ja", sagt Sabrina. „Solche Dinge gibt's tatsächlich." Aber sie sagt es mit einem so traurigen Gesichtsausdruck, dass ich das Thema gleich wieder fallen lasse.

Nun würde ich gern auch noch ins Haus der Wunder gehen und seine berühmten Wunder mit meinen eigenen Augen begutachten. Aber leider wird es schon dämmrig und die beiden Jungs sind nach dem Museumsbesuch unruhig. „Heute Abend essen wir nicht bei uns zu Hause", erklärt mir Sabrina. „Ich will dir nämlich noch etwas zeigen."

Wir gehen ans Ufer, zu einem Park gegenüber vom Haus der Wunder. Am Tage war es hier ruhig gewesen. Nur ein paar Touristen gingen auf und ab und schossen Fotos. Aber jetzt, wo die Sonne sich langsam über den Ozean senkt, ist wieder Leben eingetreten. Junge Afrikaner stellen lange Tische auf und zünden Feuer an. Während wir durch die geschäftigen Reihen wandeln, rieche ich schon den leckeren Duft gebratenen Fisches.

„Hier in den Furudhani-Gärten wird jeden Abend frischen Fisch verkauft", erklärt mir Sabrina. An einem Stand kauft sie uns allen Kingfish, Scholle und Seehecht mit gekochtem Reis und gebratenen Kochbananen. Dazu bekommen wir alle ein Glas frisch gepressten Zuckerrohrsaftes und setzen uns an einen der Tische. Der Fisch schmeckt vorzüglich. Nun kommen immer mehr Touristen hinzu und nehmen auf den Bänken Platz. Ein Chor von Grillen zirpt in den Akazien. Eine Gruppe von einem halben Dutzend Männer mit Lauten, Geigen, Zithern und Schlagzeug setzt sich unter einem Baum und fängt an zu musizieren. Ein junger Mann mit einer klaren Stimme gibt ein Swahili-Liebeslied zum Besten. Das ist Taarab-Musik, erklärt mir Sabrina, der Klang der Insel. Sie klingt irgendwie arabisch, ganz und gar afrikanisch und irgendwie anders als alles, was ich bisher gehört habe.

Während wir essen und erzählen, gelingt es mir für eine Weile, meine Sorgen um Joseph zu verdrängen. Die Sonne ist schon längst ins Meer gestürzt und der Nachthimmel umhüllt die Erde wie eine riesige dunkelblaue Tischdecke. Die Sterne funkeln wie Silbermünzen.

Ich esse meinen Teller leer und schiebe ihn gesättigt von mir. Dann sehe ich weit vor mir eine dunkle Gestalt, die um uns herum zu schweben scheint. Mein Herz pocht schneller. Ist Joseph doch noch gekommen ...? Aber nun tritt die Gestalt ins Scheinwerferlicht und ich sehe, dass ich mich geirrt habe. Nein, es ist nicht Joseph, ganz und gar nicht, sondern wieder der unglückliche Mann mit den Dreadlocks, den ich gestern Abend getroffen habe. Der Mann mit den Antworten. Wie hieß er wieder? Tony ...

Er bleibt im Abstand von einigen Metern weg stehen und schaut mich an. Er erkennt mich wieder und unsere Blicke treffen sich. Ich spüre seine Augen auf mir und wende den Blick nicht ab. Nein, die Neugier packt mich am ganzen Leib – ein Gefühl, das ich inzwischen gut kenne und das mir schon mehr als einmal Probleme bereitet hat. Und habe ich nicht jetzt schon Probleme genug ...? Aber vielleicht weiß er doch etwas. „Entschuldigt mich einen Augenblick", sage ich zu Sabrina und ihren Brüdern und stehe auf. Tony schaut mich weiter an, dann dreht er sich um und tritt wieder in die Schatten zurück. Ich gehe schneller, verliere ihn aus dem

Blick, finde ihn dann wieder. Er steht direkt am Ufer und schaut über die dunklen Wellen des Ozeans, wo die Laternen an den Masten der Dhaus auf und ab schaukeln.

„Ich habe dich gleich wieder erkannt", sage ich zu ihm.

„Das ist keine Kunst", antwortet Tony. Er schaut weiterhin aufs Meer hinaus. Das silberne Mondlicht schimmert auf den Wellen. „Ich bin immer hier, am Wasser. Habe ich dir schon gesagt."

„Ich heiße übrigens Jenny." Ich gebe ihm die Hand und er nimmt sie in einen festen Griff. „Warum bist du immer am Wasser?"

„Weil ich von dort herkomme", antwortet er. Dann hustet er, als ob er seine Lungen hinausspucken wollte. „Ich komme aus Lagos. Nigeria."

„Ich habe gleich gesehen, dass du nicht von hier bist", sage ich. Ich schaue ihn wieder etwas genauer an. Eigentlich sind seine Gesichtszüge relativ jugendlich. Er ist wahrscheinlich kaum älter als ich. Aber seine Augen leuchten wild, sein Bart und seine Dreadlocks sind zerzaust, seine Jeans und seine T-Shirt zerrissen. Er hat sich seit Nigeria bestimmt nicht einmal umgezogen. Er trägt heute ausgeleierte Sandalen und erinnert mich irgendwie an einen Wüstenprediger. Ja, er sieht aus wie einer der Menschen, vor denen mir meine Mutter immer gewarnt hat. Denen ich, wie mir Herr Waldseemüller eingebleut hat, nicht trauen sollte. „Hast du einen Job?"

„Ich, einen Job?" Ich glaube fast, er wird lachen, aber ich spüre: In diesem Mann ist kein Lachen. Jedenfalls kein fröhliches. „Dafür bräuchte ich eine Arbeitserlaubnis, oder überhaupt gültige Papiere. Die werde ich aber nicht bekommen. Im schlimmsten Fall schicken sie mich nach Nigeria zurück. Ich weiß schon, was ich dort zu erwarten habe."

„Und wovon lebst du?"

„Von den Touristen, wie die meisten Menschen, denen du hier am Ufer oder vor den Strandhotels begegnen wirst. Von den Kommenden und Gehenden. Ich aber bin ein Bleibender."

Ich stelle mich neben ihn hin und schaue ebenfalls aufs Wasser hinaus. „Wonach suchst du?", frage ich ihn.

„Nach dem, was ich verloren habe."

„Und was hast du verloren?"

„Meine Zukunft."

Ich schaue ihn genau an. Er steht ganz still und tastet die Dunkelheit mit Blicken ab, als ob sie von lauter verlorenen Zukünften bevölkert wäre. „Du sagtest mir gestern, dass du Dinge weißt. Dinge, die andere nicht einmal ahnen."

Er schweigt einen Augenblick. „Kann sein", sagt er langsam. „Es kommt darauf an."

„Worauf kommt es an?"

„Ob du mir etwas dafür gibst."

Nein, nicht schon wieder! „Ich brauche keine Führung oder so etwas", erkläre ich ihm. „Ganz und gar nicht. Ich bin nicht als Touristin hier. Jetzt nicht mehr. Es geht um etwas anderes. Ich suche nämlich einen Menschen."

„Jeder sucht einen Menschen", antwortet er. „Das ist wahrhaftig nichts Besonderes."

„Ich meine, einen Menschen, der verschwunden ist", erkläre ich.

„Ja, das meinte ich auch. Das ist nichts Besonderes heutzutage."

Ich horche auf. „Wie meinst du das?"

Tony spuckt in den Sand und wischt sich den Mund an dem Handrücken ab. „Das Leben ist kurz und es ist billig. Man darf nicht zu lange nachdenken. Man nimmt die Gelegenheiten, die einem geboten werden. Wie ich zum Beispiel, als ich damals in Lagos auf diesen Frachter gesprungen bin."

„Du bist Matrose?"

„Matrose? Ich?" Tony wirft seinen Kopf nach hinten und lacht nun so, dass seine Dreadlocks im Mondlicht tanzen. „Ich bin vor zwei Jahren als blinder Passagier angekommen. Ich habe einen ganzen Monat im Frachtraum versteckt gelebt, bis wir hier andockten und ich nicht mehr weiter konnte.

Deswegen habe ich keine Papiere und kann jeden Augenblick verhaftet und abgeschoben werden. Aber nach Nigeria gehe ich niemals wieder zurück. Niemals."

„Du hast mir immer noch nicht gesagt, was du weißt", sage ich.

Er schenkt mir einen müden Blick und hustet. „Reden ist schwer auf leerem Magen."

Im Lampenlicht sehe ich, dass seine Rippen wie Hühnerknochen aus seinem offenen Hemd hervorstechen. Ich überlege nicht lange, sondern stecke ihm einen Zehntausend-Shillingi-Schein in die Hand. Gerade mal drei Euro. Ohne ein Wort stürzt er sich sofort auf die nächstgelegene Fischbude und holt sich einen Teller mit dampfender Scholle vom Rost und einen Haufen gekochter Bananen. Er nimmt Platz an einen der Tische und bedeutet mir, dass ich mich zu ihm setzen soll.

„Ist alles in Ordnung, Jenny?" Sabrina steht plötzlich neben mir und schaut mich wieder wie eine besorgte Mutter an.

„Es ist alles okay", antworte ich. „Glaub mir – ich bin gleich fertig hier."

Sabrina nimmt mich beiseite. „Du darfst nicht so vertrauensvoll sein", flüstert sie zu mir. „Du bist nicht mehr in Zimmermann's Bend. Sansibar hat eines der schlimmsten Heroinprobleme ganz Afrikas. In manchen Gegenden ist jeder Dritte drogenkrank, und so wie er aussieht, darfst du ihm nicht über den Weg trauen." Sabrina wirft Tony einen skeptischen Blick zu und verschwindet dann wieder in die Schatten.

„Danke", sagt Tony. Er hat schon die Hälfte seines Tellers leer gegessen. Nun pickt er mit seiner Gabel darin herum. „Die wenigsten Touristen geben mir etwas, die Einheimischen sowieso nicht. Ich glaube, ich mache ihnen Angst."

Ich muss mir eingestehen – Tony macht mir auch Angst. So wie er da sitzt und redet, erinnert er mich an die Fixer mit ihren räudigen Kötern, die immer an den U-Bahn-Eingängen in Berlin herumlungern. Nicht unbedingt gefährlich, aber dennoch Menschen, mit denen man möglichst wenig zu tun haben will. Ich will schon aufstehen, aus seiner Nähe verschwinden – und bleibe doch sitzen. „Du wolltest mir etwas sagen", erinnere ich ihn.

„Das habe ich nicht vergessen." Er spricht in ernsten Tönen. „Du sagst, dein Freund ist verschwunden. Es sind viele Menschen verschwunden, vor allem junge und starke Menschen. Und nicht nur hier auf Sansibar. In Nigeria waren es auch viele Fälle. Auch in meinem eigenen Dorf. Es wäre mir beinahe auch passiert. Deswegen bin ich geflohen."

„Wie meinst du mit ‚verschwunden'?", frage ich. „Heißt das, sie sind von allein weggelaufen oder entführt worden?"

Tony senkt seine Zähne in ein großes Stück gebratenen Fisches und kaut. „Ich darf nicht so viel essen", sagt er dann. „Sonst werde ich krank." Er spuckt den Fisch aus und schiebt den Teller weg. „Manche werden schon entführt, oder so sieht es zumindest aus. Aber es ist meistens so, dass die Leute sich für eine Ausbildung in der Großstadt anmelden, oder sie fahren ins Ausland, um eine Arbeit anzunehmen. Man macht ihnen ein Angebot, sie oder ihre Angehörigen unterschreiben einen Vertrag – alles ganz legal. Sie fahren weg – und kommen nicht wieder."

Ich denke an Joseph am Flughafen von Zürich. „Wo kommen sie hin? Sag mir das!"

„Dorthin, wo man bereit ist, Geld für sie zu zahlen", antwortet Tony, „und das kann überall sein. Siehst du die Lichter der großen Frachtschiffe am Hafen?" Ich nicke. „Sie fahren die Insel an, um die Gewürze, die hier angebaut werden, zu laden und in die ganze Welt zu bringen. Aber sie sind nicht immer leer, wenn sie hier andocken, und wenn sie wieder den Anker lichten, haben sie manchmal mehr als nur Nelken und Seetang an Bord. Und ich meine nicht blinde Passagiere, wie mich. Dasselbe gilt auch für den Flughafen."

Wenn das so ist, warum gehst du nicht zur Polizei, will ich ihn fast fragen. Aber die Antwort weiß ich schon. „Was kannst du mir sonst noch sagen?"

Tony hört auf zu kauen und denkt einen Augenblick

nach. „Sansibar war schon einmal ein Umschlagplatz für Menschenfracht. Wenn du wissen willst, was heute abgeht, solltest du lernen, wie es früher war. Damals hat man die Sklaven, die die Schiffsreise vom Festland nicht überlebten oder todkrank waren, einfach aus den Dhaus ins Wasser gekippt, sodass sie hier am Strand landeten – genau hier, wo wir jetzt sitzen – und von wilden Hunden zerrissen wurden. Das waren die Nebenkosten. Heute sind die Leute raffinierter, aber das Prinzip ist dasselbe. Menschenfleisch erzielt immer einen hohen Preis."

Ich denke an das Sklavenverlies von heute Vormittag und zittere. „Aber ... soll ich wirklich glauben, dass es jetzt im einundzwanzigsten Jahrhundert Menschenhändler gibt? Ich meine, wer macht sowas?"

Tony zuckt die Schultern. „Wo Geld zu verdienen ist, sind immer Leute zur Stelle, die keine Grenzen kennen. Aber ich gebe dir einen Rat. Du solltest nachts nicht so herumlaufen. Ob schwarz oder weiß, es macht keinen Unterschied. Die Leute in den Slums und in den Dörfern erzählen sich Gespenstergeschichten. Von geheimnisvollen Fremden, die in der Nacht umhergehen und junge Menschen, vor allem Kinder, mitnehmen und nie wieder bringen. Aber glaub mir, es sind keine Gespenstergeschichten mehr. Das ist die Wahrheit."

„Jenny, wir sollten wirklich gehen." Sabrina und die beiden Jungs tauchen neben mir auf und schauen mir in die Augen.

„Und das ist alles, was du zu berichten weißt?", frage ich Tony. „Warte, ich habe noch Geld ..."

Tony hebt die Hände. „Vergiss es! Du hast mir zu essen gegeben und wir sind quitt! Aber eins sage ich dir noch. Das *Livingstone Institute*."

„Das Livingstone Institute? Was soll das denn sein?"

„Das neue Internat am Stadtrand. Wenn du mehr erfahren willst, musst du dort nachfragen. Ich habe nämlich ein paar Matrosen reden hören ..." Er schaut hoch und erschrickt. Ich drehe meinen Kopf und entdecke zwei Polizisten in Khaki-

Uniformen, die mit ihren Schlagstöcken durch den Park patrouillieren. Tony greift nach meinen Händen und drückt sie. „Danke, Miss! Gott segne dich!" Und damit verschwindet er in die Nacht.

„Fehlt dir etwas?", fragt Sabrina. Sie steht nun neben mir und legt eine Hand auf die Schulter. „Du sollst nicht mit ihm reden. Er gehört nicht zu uns. Und er ist dreckig!"

Ich schüttle den Kopf. „Du wirst nicht glauben, was er mir gerade erzählt hat."

„Erzähl's mir nachher. Es ist spät und die Matrosen sind unterwegs. Es ist nicht gut hier."

Ich stehe von der Bank auf und folge Sabrina und ihren Brüdern durch die Menge. Europäer sitzen unter bunten Lichterketten, essen und lachen. Liebespaare – Afrikaner, Europäer, Asiaten, alle durcheinander gemischt, stehen abseits der anderen und knutschen am Ufer. Überall ertönt das Babel-Gesumse der Swahilis und der Touristen, das Gefiedel der Grillen, das Flattern der Fledermäuse, der fröhliche Klang der Taarab-Musik. Überall schwebt der Geruch von Holzkohle, gebratenem Fisch und frischen Gewürzen in der lauen Abendluft. Ich nehme das alles kaum noch war. Meine Gedanken tanzen, springen und kollidieren wie die Tausende von Eintagsfliegen, die um mich herum tanzen.

Ich gehe Sabrina hinterher, bis ich neben mir eine dunkelhäutige Gestalt in einem schneeweißen Hemd und einer Khakihose auftauchen sehe. Mein Herz hüpft gegen meine Rippen. Nein, das kann er nicht sein, oder? „Joseph!", rufe ich. Ich renne los, aber die Gestalt geht unbeirrt weiter und verschwindet in einer dunklen Menschenmenge. „Joseph!", schreie ich noch einmal. Nun stehe ich mitten in der Menge. Ich drehe mich im Kreis und sehe nur unbekannte Gesichter um mich. Junge Afrikaner schauen mich verwundert an und grinsen. „Na, wohin so eilig?", fragt mich einer auf Englisch. Die anderen lachen.

Ich bin umzingelt. Kommen sie alle auf mich zu, oder bilde ich es mir nur ein? Ich entdecke eine Lücke in der Menge, die sich gleich wieder zu schließen droht, und renne wieder los. Nun sehe ich das Licht der Laternen, dann finstere Schatten, dann wiederum dunkle Gesichter, die mir im silbernen Mondlicht seltsam grau entgegenstarren. In welche Richtung ist Joseph, oder der junge Mann, den ich einen Augenblick lang für ihn gehalten habe, hingelaufen? Das weiß ich nicht mehr, das interessiert mich nicht, ich will einfach weg, unter ein Dach kommen, aus dieser verrückten Nacht verschwinden. Ich sprinte durch die Menge – und pralle voll gegen einen kräftigen, hochgewachsenen Afrikaner, der mich sofort an den Schultern packt. Ich hämmere mit meinen Fäusten gegen seine Brust. Meine Schläge prallen wirkungslos an seinen festen Muskeln ab. „Lass mich los!", schreie ich.

Aber er lässt nicht locker.

10

„Wo willst du schon wieder hin?", fragt eine tiefe Stimme auf Englisch. „Gerade auf der Insel angekommen und schon wieder unterwegs?"

Ich werde um mein Leben schreien. Ich öffne meinen Mund, ich hebe meinen Kopf und schaue direkt in das lächelnde Gesicht von – Ibrahim Kharusi.

„Ibrahim, dass du es bist...", stottere ich.

„Aber Jenny, ehrlich – wen hast du hier erwartet?"

„Ich dachte ..." Ich schlucke und komme mir plötzlich dumm und hysterisch vor. „Ich weiß es selber nicht so richtig. Ich weiß gar nichts mehr."

„Das besprechen wir lieber bei einer Tasse Tee zu Hause", sagt Ibrahim. „Schau doch, Sabrina und die Jungs haben uns auch gefunden. Verschwinden wir von hier, bevor ein Unglück passiert!"

Eine halbe Stunde später sitzen wir im kühlen Innenhof von Ibrahims Haus. Der Pilot hat seine Khakisachen und sein weißes Hemd mit den schwarzgoldenen Schulterstücken gegen einen langen weißen Kaftan und eine gestickte weiße Kappe getauscht. Er passt nun perfekt zu Ahmadou Bamba und den anderen Sufi-Lehrern an der Wand im Salon. Amina schenkt uns heißen Zitronengrastee aus einer riesigen silbernen Kanne in winzige Teegläser ein. Dicke Kerzen flackern auf dem geölten Mahagonitisch. Ich sitze mit untergeschlagenen Beinen auf dem schwarzen Sofa. Ibrahim erzählt Sabrina gerade von ihrer Mutter, dass die Entbindung sich hinzögert und erst in ein paar Tagen stattfinden wird. Er und Sabrina sitzen mir gegenüber auf schweren Samtsesseln. Hakim und Sayyid sind wieder nach oben gegangen und im Hintergrund höre ich wieder neben dem Zirpen der Zikaden das Piepsen eines Computerspiels.

„Und du bist sicher, dass du ihn gesehen hast?", fragt Ibrahim.

Ich schüttle den Kopf. „Ich bin mir überhaupt nicht sicher. Und ich weiß, dass es Quatsch ist, denn der echte Joseph wäre bestimmt stehengeblieben. Aber nach allem, was mir Tony erzählt hat ..."

„Tony?"

„Du weißt doch, der Nigerianer am Ufer." Sabrina schneidet eine Grimasse. „Der ganz dreckige, der immer bei den Heroinsüchtigen am Ufer herumsitzt und die Touristen anmacht."

„Ich glaube nicht, dass er heroinsüchtig ist", sage ich. „Er redete ganz normal, und außer etwas zu essen wollte er gar nichts von mir."

Ibrahim nickt. „Vielleicht sagst du mir zunächst einmal, worum es überhaupt geht."

Nun erzähle ich Ibrahim die ganze Geschichte. Ich denke fast – ich hoffe sogar – er wird lachen und Tony für einen Verrückten erklären, der den Touristen Schauergeschichten gegen Geld erzählt. Aber zu meiner Überraschung hört er mir aufmerksam zu und nickt.

„Also, dieser Tony hat dir vom Verschwinden vieler Menschen erzählt. Heroinsüchtig oder nicht, ich fürchte, er hat Recht. Das Phänomen ist in Afrika weit verbreitet. Bei der Armut hier, bei den Unruhen und den Kriegen ist das kein

Wunder. Aber es ist keineswegs auf Afrika beschränkt. Du weißt bestimmt schon, dass Sansibar früher der Dreh- und Angelpunkt des arabisch-persischen Sklavenhandels war."

„Das würde ich am liebsten vergessen", sage ich, „weil die Insel so schön ist, dass man es sich heute gar nicht mehr vorstellen kann – oder will. Aber wie soll ich das, was Tony mir erzählt hat, verstehen?"

„Die Sklaverei hat schon immer existiert", erklärt Ibrahim, „in der einen oder anderen Form. Die Menschen hielten das früher für normal. Es war damals ein Geschäft, wie heute das Geschäft mit Erdöl und Maschinen. Die muslimischen Herren trösteten sich damit, dass sie den heidnischen Sklaven ein Leben schenkten, indem sie diese zum Islam bekehrten. Die Sklavenhalter in Amerika dachten ähnlich, mit dem Unterschied, dass sie ihre Sklaven dem Christentum zuführten. Nur so konnten sie diese grausame Institution mit ihrem Gewissen und ihrer Religion in Einklang bringen."

„Das werde ich nie begreifen", sage ich.

„Aber heute verbreitet die Sklaverei sich wieder so schnell wie nie zuvor. Nur, dass man es heute anders nennt. Zwangsarbeit, Haushaltshilfe, Prostitution, Organhandel. ‚Menschliche Ressourcen' sagt man heute dazu, aber Menschenfleisch bleibt Menschenfleisch und erzielt hohe Preise. Millionen sind betroffen, vor allem hier in Afrika. Es ist eine Folge der Globalisierung, genau wie der Klimawandel und alles andere, mit dem wir heute konfrontiert sind."

„Glaubst du, dass Joseph ... du weißt schon."

Ibrahim seufzt. „Ich möchte mich zunächst entschuldigen, dass ich gestern nicht hier war, als du kamst. Du verstehst doch – meine Frau bleibt zunächst unter Beobachtung im Krankenhaus, und ich wollte dabei sein. Aber es geht ihr sehr gut und die Geschichte mit Joseph ließ mir keine Ruhe. Deswegen habe ich mit seinem Vater telefoniert, dann habe ich einige Recherchen angestellt und bin zum Schluss zu einem Treffen mit dem Interpolchef in Nairobi geflogen. Das war heute Vormittag."

„Was hattest du bei Interpol zu suchen?", frage ich.

„Ich hatte bei meiner Anfrage Josephs Namen erwähnt, und es stellte sich heraus, dass er schon in die Datenbank aufgenommen wurde. Eine ganz bestimmte Datenbank, die die Personalien von Vermissten enthält. Joseph ist keineswegs der Erste, das kannst du mir glauben." Ibrahim zuckert seinen Tee und nimmt einen Schluck. „Wie du bestimmt schon weißt, ist er am sechsten April am Züricher Flughafen verschwunden und seitdem nicht wieder gesehen worden. Er ist also entweder freiwillig verschwunden, ohne ein Wort zu sagen – weder dir, noch seinen Eltern – oder aber irgendjemand hat ihn in Zürich abgeholt und mitgenommen. Und ich frage dich: Wie wahrscheinlich ist die erste Möglichkeit?"

„Es ist ausgeschlossen", sage ich. „Wir wollten uns doch für gestern hier auf Sansibar treffen. Am Haus der Wunder. Er freute sich wie ein Kind, wir er mir selber schrieb. Immer wieder. Er ist ganz bestimmt nicht freiwillig mitgegangen."

„Eben, zumal er mir schon vor einer Woche schrieb und seine Ankunftszeit mitteilte." Ibrahim lehnt seinen schweren Körper im Sessel zurück. „Josephs Fall passt in ein bestimmtes Profil, das Interpol zusammengestellt hat. Denn er ist sehr jung, hat gerade die Schule beendet, hat hohe Auszeichnungen verdient und schien eine großartige Zukunft vor sich zu haben. Und dann ist er bei einem ganz normalen Heimflug verschwunden. Es hat in letzter Zeit mehrere solche Fälle gegeben."

Ich denke an Billy Wonder und an Tony, die mir schon ähnliches berichtet haben. „Und gibt es eine Verbindung zu Sansibar? Tony hat das nämlich behauptet."

„Jenny, du darfst ihm keinen Glauben schenken!", sagt Sabrina.

Ibrahim runzelt die Stirn. „Genau das hat mir Interpol nahegelegt. Es gibt tatsächlich einige Hinweise, dass Sansibar als Umschlagplatz für bestimmte Handelsaktivitäten verwendet wird, und ich meine nicht nur Tourismus, Gewürze und Drogen."

Ich denke über Tonys Worte nach. „Sagt dir der Name ‚Livingstone Institute' etwas?", frage ich.

„Livingstone ..." Ibrahim kratzt sich am Kinn. „David Livingstone war doch der schottische Missionar und Forschungsreisende, der die Voraussetzungen dafür schuf, dass im neunzehnten Jahrhundert der Sklavenhandel in Ostafrika verboten wurde. Ja, ich erinnere mich jetzt. Vor einigen Wochen wurde hier in Stone Town eine neue Schule eröffnet. Ein Elite-Internat. Es soll einen ausgezeichneten Ruf genießen."

„Ob es etwas mit alldem zu tun haben könnte?", frage ich.

Ibrahim denkt nach. „Ich kann ein paar Recherchen anstellen. Schließlich bin ich auf dieser Insel nicht ganz unbekannt und ich habe Kontakte zu Polizei- und Regierungskreisen. Aber du sollst wissen, dass momentan auf Polizei und Regierung wenig Verlass ist. Es ist auch in den besten Zeiten schwierig, aber jetzt stehen Wahlen an, und wenn auf Sansibar gewählt wird, sollte man lieber zu Hause bleiben. Momentan bin ich selber nicht sehr beliebt. Aber ich werde tun, was ich kann."

Ich drücke ihm dankbar die Hände. In Ibrahims Beisein geht es mir schon viel besser.

Ibrahim gähnt. „Alles Weitere heben wir für morgen auf. Jenny, ich bin sicher, dass wir Joseph wiedersehen werden. Es kann aber eine Weile dauern, und ich glaube nicht, dass es einfach sein wird. Nein, ganz bestimmt nicht."

11

Ich habe mich noch nie so wenig als Touristin gefühlt wie jetzt. Ibrahim und Sabrina scheinen das zu spüren, und wohl deswegen bestehen sie darauf, dass ich mich voll auf die Insel einlasse. Heute beim Frühstück im Garten erzählt mir Sabrina, dass sie und ihr Vater für heute eine Gewürztour geplant haben, denn auch wenn Ibrahim schon heute Nachmittag nach Dar zurückfliegen muss, will er es sich nicht nehmen lassen, mir zwischen seinen Terminen Sansibar zu zeigen. Wir werden also zu einer Gewürzplantage fahren und anschließend wird es ein traditionelles Swahili-Essen in einem Privathaus geben. Na, warum nicht? Allerdings kann ich mit Gewürzen an sich wenig anfangen. Zwar esse ich sie gern, aber ich kann mir eine ganze Gewürz*plantage* kaum vorstellen. Meine Mutter hat in Berlin immer Pfefferminze, Melisse und Schnittlauch auf dem Balkon gezogen und auch im Garten in Zimmermann's Bend, wo sie am Randes ihres Rosengartens auch Thymian und Oregano angebaut hat. Aber gut, man kann immer etwas Neues lernen, und da die beiden so sehr darauf bestehen, sage ich ohne Weiteres zu.

Ich ziehe mir eine Jeans und eine weiße Leinenbluse an, greife nach meinem blauen Basecap und gehe mit den anderen zum Emerson & Green Hotel, wo eine Gruppe von etwa einem Dutzend europäischen und amerikanischen Touristen wartet. Gleich fährt ein gebrauchter Transporter mit japanischer Beschriftung darauf vor. Wir nehmen Platz und fahren ab.

Bald haben wir die engen Gassen Stone Towns hinter uns gelassen und fahren in einem Affentempo landeinwärts. Die ungepflegte Straße schlängelt sich durch unwegsame Palmenwälder und dann wieder durch ärmliche Straßendörfer, die aus Lehmhütten mit rostroten Blechdächern bestehen. Es ist erst mal vorbei mit dem Orient. Wir sind wieder in Afrika!

Die Temperatur im Transporter steigt, aber das scheint den Fahrgästen nichts auszumachen. Jeder platzt geradezu vor neuen Eindrücken und kann nicht warten, sie loszuwerden.

„Ist das Ihr erster Besuch auf der Insel?", fragt mich eine weißhaarige Oma aus München.

Ich nicke. „Eigentlich wohne ich schon seit zwei Jahren auf dem Festland, aber das ist jetzt das erste Mal, dass ..."

„Ich war schon fünfmal hier", fällt mir die Frau ins Wort. „Natürlich bin ich immer auf der Suche nach neuen Ideen für unseren Garten am Starnberger See. Der wird ein wahres

Paradies, das sage ich Ihnen! Bei jedem Besuch hier werde ich ein bisschen schlauer. Und wie lange bleiben Sie, wenn ich so offen fragen darf?"

„Das weiß ich noch nicht", sage ich. „Seitdem mein Freund ..."

„Mein Mann und ich bleiben den ganzen Monat auf der Insel", plappert sie weiter. „Natürlich nur im Emerson & Green Hotel, dem besten auf der Insel. Ich finde, es geht gerade noch, oder was meinen Sie? Und wo sind Sie untergekommen, wenn ich so frech sein darf?"

„Ich wohne privat", sage ich, „und bleibe bis ..."

„Natürlich ist der Sultan Palace auch nicht gerade von schlechten Eltern", fährt sie ungerührt fort. „Bei unserem ersten Besuch vor sieben Jahren ..."

Die Frau stellt noch ein halbes Dutzend Fragen und beantwortet sie alle selbst. Sie interessiert sich nur für ihr eigenes geschütztes Leben. Das erinnert mich sehr stark an mein endloses Pseudogespräch mit Herrn Waldseemüller im Bus nach Dar, obwohl Waldseemüller mich offenbar beschützen wollte. Aber diese Dame? Sie will offensichtlich nur ihr Ego verkaufen.

Der Transporter hält an einem winzigen Parkplatz unter hohen grünen Bäumen. Wir steigen alle aus und werden von einem stämmigen Afrikaner mittleren Alters empfangen. Er trägt einen breitkrempigen Strohhut auf dem Kopf und eine Machete an seinem Gürtel. Von weitem sieht er ziemlich gefährlich aus, aber er begrüßt uns alle mit einem breiten Lächeln und einem festen Handschlag. Und schon beginnt die Führung. Zuerst zeigt er uns einen breiten Marktstand mit Bergen von Mangos, Jackfruit, Bananen, Orangen und Ananas drauf. Dann geht es in die eigentliche Gewürzplantage, die eher wie ein großer ungepflegter Garten aussieht. Unser Führer erklärt die verschiedenen Pflanzen, während zwei junge Männer lautlos neben uns herlaufen und Fingerringe, Schlipse, Hals- und Armbänder aus Bananenblättern fabrizieren, die sie uns dann schenken. Der Führer erklärt, wie der

Sultan von Oman Anfang des neunzehnten Jahrhunderts damit begann, die Insel Sansibar mit Gewürzen und Obstsorten aus aller Welt zu bepflanzen. Dann zeigt er uns die einzelnen Gewürzpflanzen. Nelkenbäume, Zimtbäume, Vanillebohnen und Kakaobäume. Schließlich zeigt er uns einen Dorianbaum, dessen Früchte süß schmecken, aber so mordsmäßig übel stinken, dass sie in Flugzeugen nicht zugelassen sind. Dann kommen Jodbäume, Pfefferbäume, Muskatbäume und Papayabäume. Wir knabbern an knusprigen und hautlosen „Sansibar-Äpfel", frischem Jasmin, Kardamom, Zitronengras und Kaffeebohnen.

Hüfthohe Buckelrinder aus Indien wandern umher und schauen uns aus großen braunen Augen an. Immer wieder kommen kleine Kinder zu uns und fagen eins nach dem anderen: *„Will you give me money to buy books?"* Sie sind offenbar Kinder vom Dorf. Sie tragen abgetragene Klamotten aus europäischen Spenden. Sie lachen und spielen auf der Erde mit Spielzeugautos, die sie offenbar aus alten Blechbüchsen selbst gebastelt haben. Aber etwas weiter weg, auf dem Feld, sehe ich etwa zwei Dutzend Kinder in kurzen schwarzen Hosen und weißen Hemden mit Harken arbeiten. Sie schweigen.

Als wir wieder am Eingang stehen, führt man uns zu einem Tisch mit Gewürzen und anderen Waren. Ich kaufe einen tellergroßen Flechtkorb mit ausgewählten Gewürzen und ein Stück Nelkenseife als Geschenke für meine Großeltern in Berlin. Unser Führer bringt uns jetzt in ein verputztes Steinhaus mit lavendelfarbigen Mauern. Im großen leeren Wohnraum hat man Bastmatten um eine breite Stoffdecke ausgelegt und wir nehmen alle Platz. Zwei Frauen erscheinen mit einer Wasserkanne aus Messing, einer roten Plastikschüssel und einem karierten Handtuch. Wir waschen uns alle die Hände und trocknen sie ab. Die Frauen verschwinden und kehren ein paar Augenblicke später zurück mit großen Tonschüsseln voll dampfendem Reis mit Kardamom und Ingwer, Kochbananen in Kokosmilch, Kartoffeln in einer würzigen roten Soße, Spinat, Auberginen, Ziegenfleisch und gebratenen Fischstücken. Während die anderen Touristen und ich Messer und Gabel verwenden, benutzen unser Führer, Ibrahim und Sabrina ihre Finger. Es schmeckt alles vorzüglich und ich greife zu, bis ich nicht mehr kann.

Dann stehen wir wieder draußen. Einige der Touristen rauchen Zigaretten und andere vertreten sich die Beine. Während Sabrina sich mit der Münchener Dame unterhält, gehe ich ein paar Schritte mit Ibrahim.

„Wie geht es deiner Frau?", frage ich ihn.

„Fatima wird es gut überstehen, da sind sich die Ärzte einig", sagt Ibrahim. „Es gibt leider ein paar Komplikationen, zumal sich schon Sayyids Geburt sehr schwierig gestaltete und wir gar nicht wussten, ob sie überhaupt wieder ein Kind bekommen konnte. Nein, wenn ich mir ganz ehrlich bin, mache ich mir mehr Sorgen um Sabrina."

„Um Sabrina?" Ich bleibe stehen. „Ist sie etwa auch krank?"

„In gewisser Hinsicht schon." Ibrahim nimmt mich am Arm und wir gehen weiter. „Sie hatte da eine Begegnung – es ist schon einige Monate her. Ein junger Deutscher, der sich hier als Freiwilliger in einem Entwicklungsprojekt aufhielt."

„Und Sabrina hat sich in ihn verliebt? Ich wusste es!"

„Mehr möchte ich zu alledem nicht sagen", sagt Ibrahim weiter. „Jedenfalls musste er wieder zurück. Aber so schnell geht so etwas nicht zu Ende. Die Erfahrung hat sie sehr mitgenommen."

„Aber sie scheint kerngesund zu sein."

„Ja, körperlich schon. Aber seit dieser Zeit ist sie nicht mehr die Sabrina, die wir alle kannten. Früher ging sie gerne aus und wollte Ärztin werden. Sobald der Junge weg war, hat sie einen kompletten Wandel durchgemacht. Mir ist unser Glauben natürlich auch sehr wichtig, aber dass sie seit dieser Zeit ein Kopftuch trägt und mehrmals in der Woche in die Moschee geht, ihre Unipläne aufgegeben hat und nicht mehr zur Schule geht, das hat sie ganz bestimmt nicht von Fatima und mir."

„Ich verstehe." Ich denke nach. „Aber dass ihre Beziehung so schnell zu Ende ging, verstehe ich nicht. Man kann doch in Kontakt bleiben. Man kann E-Mails schreiben, telefonieren, sich sogar besuchen."

„Nein, Sabrina hat jeden Kontakt zu diesem jungen Mann abgebrochen. Ich glaube, sie hat sich eingeredet, dass sie deswegen nichts mehr mit ihm zu tun haben konnte, weil er kein Muslim ist. Dabei habe ich sie immer zur Toleranz erzogen. Wie unser Dichter Rumi einst schrieb: *In Allah gibt es weder Muslim, noch Christ, noch Jude.* Aber ausgerechnet diese Erkenntnis der sufischen Lehre lehnt sie ab. Ich glaube, damit schützt sie sich vor ihren eigenen Gefühlen." Ibrahim schaut auf seine Uhr. „Wir müssen zurück. Ich mache mir Sorgen um den Verkehr. Es kann in den nächsten Tagen sehr hässlich werden."

„Eure Wahlen klingen nicht sehr demokratisch", bemerke ich.

Nun lacht Ibrahim, als ob ich gerade einen besonders drolligen Witz erzählt hätte. „Die Republik Sansibar wurde in einer Revolution geboren und die Macht bleibt seitdem in den Händen einer Familie. Unsere Wahlen sind nur eine Show, die die Regierung braucht, um das Land als modern hinzustellen und ausländische Hilfsmittel und Investitionen anzuziehen. Ich glaube, unser Präsident würde am liebsten ganz darauf verzichten und sich gleich zum Sultan ausrufen lassen, wenn er es könnte. Immerhin haben wir eine demokratische Verfassung und die Leute lassen sich nicht alle Rechte nehmen. Hast du die vielen Matrosen gesehen?"

Ich denke an die jungen Männer in blauen Uniformen, die in den Straßen von Stone Town umherliefen und nicke. „Ich hätte nie gedacht, dass Tansania eine so große Marine hat."

„Eine Marine nennst du das? Sie sind eine Versicherungspolice. Tansania hat kaum Schiffe, die Matrosen sind der verlängerte Arm des Präsidenten. Das wirst du vielleicht bald zu spüren bekommen."

„Ist es dieses Mal unruhiger als sonst?"

„Absolut. Es sind große Änderungen im Gange. Einerseits hat die Korruption einen neuen Höchststand erreicht. Die Regierung benutzt jede Gelegenheit und arbeitet mit jedem Ganoven, um Geld einzutreiben. Andererseits wollen die Fundamentalisten die Macht an sich reißen. Sie stellen nicht unbedingt eine Verbesserung dar."

„Auf welcher Seite stehst du?"

„Weißt du, meine Familie hat früher sehr gut mit der Regierung zusammengearbeitet, aber dieses Mal werde ich auch zum ersten Mal für die Opposition stimmen. Die Fundamentalisten bekommen meine Stimme nicht. Sie sind keine Freunde Sansibars oder des Islam."

Unser Führer ruft ein paar Wörter auf Englisch und ich sehe, wie die anderen Touristen sich wieder zum Parkplatz zurückbegeben. Dort bemerke ich einen wuchtigen weißen Schulbus im amerikanischen Stil mit den Worten „Livingstone Institute" in großen schwarzen Buchstaben auf der Seite. Die Tür zischt auf und ich sehe, wie eine Kolonne von Kindern in den schwarzen Hosen und weißen Hemden lautlos eine Schlange bilden und eins nach dem anderen in den Bus steigen. Als wir den Parkplatz erreichen, steigt das letzte Kind in den Bus ein. Die Tür klappt zu und der Wagen setzt sich in Gang und fährt in einer Dieselwolke davon.

„Seit wann arbeiten Internatskinder auf Plantagen?", frage ich Ibrahim.

„Das ist nicht gerade üblich", sagt Ibrahim. Er sieht tatsächlich sehr nachdenklich aus. Ich nehme an, dass seine Gedanken ganz bei der bevorstehenden Wahl sind.

„Eben", erwidere ich. „Ich denke nur, man sollte dieses Livingstone Institute etwas genauer unter die Lupe nehmen."

Kaum hat unser Transporter die Plantage verlassen, als wir in einen Stau geraten. Eine Viertelstunde lang kriechen wir zusammen mit einer Blechlawine aus Kleinbussen und Land Cruisern über eine zerschossene Asphaltstraße, bis wir vollends zum Stehen kommen. Auf der Straße vor uns sehe ich drei Polizeiwagen und eine Traube Polizisten herumstehen und Zigaretten rauchen. Da sich gar nichts mehr bewegt, steigen einige der Fahrgäste hinaus, dazu auch Ibrahim. Er geht auf die Polizisten zu und redet auf sie ein. Sie scheinen ihn zu kennen und geben ihm die Hand.

„Was gibt's?", frage ich ihn, als er wieder einsteigt und die Verkehrskolonne sich langsam wieder in Gang setzt.

„Man hat einen Toten am Wegesrand gefunden", antwortet er. „Einen Europäer."

„Was ist passiert?"

„Das wissen sie noch nicht, da die Leiche übel zugerichtet war. Sie wissen nur, dass er ziemlich alt war und einen deutschen Pass in der Tasche hatte. Lehrer soll er gewesen sein. Er lag die ganze Nacht da. Armer Mensch!"

„Mein Gott, wie hieß er?"

Ibrahim zuckt die Schultern. „Irgendetwas mit ‚W'. Walter oder so ähnlich."

„Nicht etwa Waldsee..."

„...müller. Ja, genau. So hieß er. Wie konntest du das wissen?"

12

Gegen nachmittags um vier steht der Transporter wieder vorm Hotel. „Ihr habt wohl nichts dagegen, wenn ich eine Runde alleine drehe"?, frage ich Ibrahim und Sabrina.

Sabrina schüttelt den Kopf. „Ich sehe, deine Gedanken haben etwas mit dir vor. Folge ihnen nach. Aber sei vor Sonnenuntergang wieder da. Du weißt doch ..."

Ich nicke. „Die Matrosen." Ich nehme Abschied. Ibrahim hat sowieso einen Gesprächstermin im Ministerium, bevor er nach Dar zurückfliegt. Während ich die enge Gasse entlang laufe, lassen mir die Nachricht vom armen Herrn Waldseemüller und der Anblick der Internatskinder auf der Gewürzfarm keine Ruhe.

Eigentlich will ich nur in Ruhe meinen Gedanken nachhängen, aber meine Füße lenken mich fast automatisch zum Haus der Wunder und dann auf der Uferstraße zum Internetcafé. „*I beat you again!*", höre ich schon von draußen rufen. Ja, er ist da. Ich habe es gewusst. Ich gehe hinein in den klimatisierten Raum und setze mich auf einen Drehstuhl neben Billy. „Ich brauche noch einmal deine Hilfe", sage ich ihm.

Billy sitzt wieder – oder immer noch? – mit seinem Headset vorm Rechner. Seine dunklen Knopfaugen verfolgen eine wilde Weltraumschlacht, die sich Gott sei Dank nur auf dem Bildschirm abspielt, denn sonst hätte er die Erde wohl schon zwanzigmal eingeäschert. Er dreht sich zu mir und blinzelt fünfmal hintereinander, während sich seine Augen auf die neue Wahrnehmungsebene anpassen. Dann drückt er auf die Pause-Taste, sodass das große Blutvergießen von einer Sekunde auf die andere eingefroren wird, und richtet einen bleichen Zeigefinger auf mich. „Ich kenne dich", sagt er. „Du warst gestern da."

„Richtig geraten", antworte ich.

„Es ging um ... Nein, sag mir nichts." Er dreht sich wieder zum Rechner und tippt auf drei Tastenkombinationen. Ein neues Fenster mit Zahlen und Buchstaben erscheint. „Ja, genau, es ging um diesen Vermissten. Joseph Tajomba. Hast du ihn schon gefunden?"

„Noch nicht", sage ich. „Das heißt, ich dachte, ich hätte ihn gestern Abend am Ufer gesehen. Aber sag mal, was kannst du mir vom Livingstone Institute erzählen?"

„Was soll das denn sein"?, fragt er, aber seine Finger arbeiten schon wieder.

„Ein Internat hier auf der Insel, wo es offenbar nicht mit rechten Dingen zugeht. Ich dachte, du könntest etwas darüber herausbekommen."

Billy drückt auf die Eingabetaste. Sofort füllt sich sein Bildschirm mit Texten und Tabellen. „So ... das Livingstone Institute wurde am dritten Februar dieses Jahres eröffnet ... Ein privates Internat für gegenwärtig dreihundert Schülerinnen und Schüler aus inzwischen sieben afrikanischen Ländern ... Voll zugelassen und international akkreditiert ... Besitzt eine Sonderzulassung der sansibarischen Regierung. Die Schülerlisten unterliegen dem Datenschutz ... Was wolltest du sonst noch wissen?"

„Wem es gehört", sage ich. „Und ob es in letzter Zeit irgendwie auffällig geworden ist."

Billy tippt ein paar neue Wörter in die Suchmaske ein. „Das Livingstone Institute ist ein Tochterunternehmen von der LifeForce AG in Brüssel und London. Das ist ein Konzern, der sich mit Biotechnik und Arbeitskraftvermittlung beschäftigt. Die Gesellschafter sind andere Firmen und Banken in Mumbai, Hongkong, Dallas und überall. Da ist kein Geschäftsführer verzeichnet."

„Ist das normal so?", frage ich.

Billy zuckt die Schultern. „Ich habe seltsamere Dinge gesehen", sagt er. „Und ob die Schule irgendwie aufgefallen ist in letzter Zeit..." Billy tippt noch einige Zeichen in die Suchmaske ein. „Ich sehe hier die Statistik von acht äußerst positiven Artikeln ... Obwohl keiner von einer unabhängigen Zeitung oder Zeitschrift stammt, sondern nur von betriebseigenen Webseiten. Warte mal ... Hier, ein Kommentar in einem internationalen Schulfachblatt, wo der Autor sich beschwert, dass er keinen Besichtigungstermin bekommen hat."

„Sonst nichts?"

Billy tippt weiter. „Erstaunlich wenig", sagt er. „Die gewöhnlichste Pizzeria hat mehr Treffer als diese Schule. Als ob jemand keine Publicity wollte."

„Das gibt's nicht!", sage ich.

„Alles gibt's", sagt Billy. „Hier, endlich was: Ein Zeitungsbericht über eine Kongolesin, die vor einem Monat behauptete, ihren vermissten Sohn als Schüler im Livingstone Institute wiedergefunden zu haben. Irgendwelche Uniformierte haben sie dann aus dem Verkehr gezogen. Ein kleiner Skandal, der schnell vertuscht wurde. Mehr ist da nicht."

„Wahnsinn", sage ich. „Was sagst du dazu?"

„Ich?" Billy blinzelt mich wieder an. „Soweit ich feststellen kann, ist das Livingstone Institute eine Schule, die etwas zu verbergen hat. Die bestimmte politische Kontakte, vor allem hier auf der Insel, verwendet, um ganz ungestört zu arbeiten."

„Aber so eine internationale Schule sollte sich gerade über Aufmerksamkeit freuen, oder?", frage ich.

„Du fragst mich?", sagt Billy. „Ich finde Schule langweilig. Wozu sich jahrelang in so einem muffigen Klassenzimmer von einer blöden Lehrerin volldröhnen lassen, wo ich alle Infos, die ich brauche, auf Knopfdruck abrufen kann? Aber was soll's."

„Und das ist wirklich alles?", frage ich.

„Moment..." Billy tippt einige Buchstaben in eine Suchmaske und drückt auf die Eingabetaste. „Das ist ja interessant. Eine gesperrte Webseite, nur für den internen Verbrauch, der die Stipendiaten der LifeForce-Stiftung auflistet."

„Und du hast Zugang dazu?"

„Wie ich sagte – mein Onkel arbeitet bei Google. Und schau mal, auf Platz siebenunddreißig: ‚Tajomba, J.'."

Ich kann es nicht fassen. Da steht sein Name. „Kann das wirklich Joseph sein?"

„Es wird viele Tajombas geben, deren Namen mit ‚J' anfangen. Schau mal – diese Suchmaschine listet über zweihundert. Aber wenn du mich fragst ... einen Zufall kann man das nicht gerade nennen."

„Nein", sage ich. „Das glaube ich auch nicht."

„So, das war's. Eigentlich sollte ich dir jetzt meine Rechnung präsentieren. Zweihundert Pfund ist mein Standardpreis."

„Zweihundert Pfund?" Ich stehe auf. „Das ist wohl ein Witz, oder? Du hast Joseph immer noch nicht gefunden."

„Beruhige dich", sagt Billy. „Ich verzichte aufs Honorar. Schließlich gibst du mir die Gelegenheit, die neuen Suchmaschinen zu testen. Und wenn ich deinen Joseph doch finde, dann kommt das in meinen Blog und ich habe fürs Leben ausgesorgt!"

13

Ich hatte also Recht mit dem Livingstone Institute. Nun muss ich nur noch zu Sabrina und ihr erzählen, was ich gerade von Billy erfahren habe. Ich mache mich auf den Weg.

Kaum habe ich das Haus der Wunder erreicht, als ich in den Furudhani-Gärten, am Ozeanufer, eine Gestalt entdecke. Dieses Profil, diese Dreadlocks würde ich überall erkennen. Tony steht wie eine Ahnenstatue da und schaut wieder hinaus aufs Meer, als ob er auf etwas wartet. Dann schüttelt er den Kopf und bewegt sich nach links, dem Ufer folgend.

Tony hat doch gewusst, dass mit dem Livingstone Institute etwas nicht stimmt. Als er fast außer Sichtweite ist, folge ich ihm. Ich laufe durch den Park und gehe ebenfalls an den Uferweg. Als der Weg an einem Touristenhotel endet, steigt Tony barfuss eine Treppe hinunter, bis er auf dem Strand steht. Es ist gerade Ebbe und der Indische Ozean liegt gut hundert Meter hinter einem breiten matschigen Sandboden. Ich folge ihm weiter. Meine Turnschuhe saugen sich voll Wasser, während ich zwischen den gestrandeten Seeigeln und den Unmengen von schuppigen Plastiktüten und blank geriebenen Glasscherben stapfe. Vor uns steht eine elende Ansammlung von Holz- und Wellblechhütten. Sie sehen aus, als ob sie einmal für Fischer oder andere Bootsleute gebaut wurden, aber nun stehen sie verlassen und verfallen da, als könnten sie wie der restliche Strandmüll von der nächsten Flut hinweggespült werden. Tony bleibt nur wenige Meter vor der ersten Wellblechhütte stehen. Dann dreht er sich auf dem Absatz und schaut mir direkt ins Gesicht. „Nun, du wolltest also wissen, wo ich wohne. Und was passiert jetzt?"

Ich erschrecke. Wer hört mich, wenn ich jetzt schreie? Ich kann aber jetzt nicht schreien – ich muss reden, und zwar dringend. Ich gehe auf ihn zu und bleibe zwei Meter vor ihm stehen. „Es stimmte, was du vom Internat gesagt hast", sage ich. „Nun glaube ich auch, dass es in Menschenschmuggel verwickelt ist."

„Ich habe dir ja gesagt, dass ich vieles weiß, was andere nicht einmal ahnen." Er schaut zur ersten Hütte. „Das ist mein Schloss. Gehen wir einen Augenblick rein."

Mit diesem Chaoten? Was ist, wenn Sabrina Recht hat, und Tony Heroin spritzt und womöglich gewalttätig ist? „Ich weiß nicht, ob das so sinnvoll ist", sage ich schnell. „Ich bleibe lieber an der frischen Luft."

„So frisch ist diese Luft doch nicht." Tony kratzt sich auf der Brust. „Wenn jemand dich mit mir reden sieht, wird es viele Fragen geben, und keine schönen. Für dich könnte es kurz unangenehm werden. Was für mich auf dem Spiel steht, weißt du ja schon."

Ja, ich weiß es. „Du hast nichts dagegen, wenn ich kurz telefoniere?", frage ich.

Tony verneigt sich. „Die Kundin ist Königin", spottet er.

Ich ziehe mein Handy aus meiner Umhängetasche. Ich klappe es auf und sehe, dass der Akku gerade noch ein bisschen Leistung hat – schließlich habe ich ihn die ganze Nacht aufgeladen. Ich klicke auf Ibrahims Namen. Es klingelt und Sabrina hebt ab.

„Bis du wahnsinnig?", ruft sie in den Hörer, nachdem ich ihr erzähle, was ich vorhabe. Aber wenigstens weiß sie, wo ich bin – und Tony weiß, dass sie es weiß, was für mich das Wichtigste ist.

Wir treten in die Hütte ein. Drinnen sieht es etwa genau so aus, wie ich es mir vorgestellt habe. Es handelt sich tatsächlich um einen verfallenen Geräteschuppen, der immer noch nach Wagenschmiere und Fischen riecht. Tony hat ein Bett, das aus einer stinken Matratze auf einigen Holzkisten besteht. Er hat einen Tisch aus Brettern gezimmert. Eine Spiegelscherbe hängt an der Wand. Daneben hängt ein selbstgebasteltes Kruzifix. In einer Ecke steht ein improvisierter Ofen, den er offenbar aus einem ausrangierten Ölfass gebastelt hat. Alles Strandgut. Frische Kleider oder Badeartikel, abgesehen von einer durchgekauten Zahnbürste auf dem Tisch, sind nicht zu erkennen. Spritzen, Pfeifen oder irgendetwas anderes, das auf Drogen hinweisen könnte, auch nicht. Der Boden besteht aus grauem Sand.

„Es ist nicht gerade der Sultanspalast, ich gebe es zu", sagt er mir. „Aber besser als diese Ecke im Frachtraum des Schiffes ist es allemal."

Ich setze mich auf den Tisch. „Wie bist du überhaupt zu diesem Leben gekommen?", frage ich ihn.

„In Nigeria zu leben, ist eine Kunst für sich." Er setzt sich auf die Matratze. „Man muss doch zum richtigen Stamm gehören, oder zur richtigen Partei, oder zur richtigen Religion. Nachdem ich mein Dorf verließ, passte ich nirgendwo hin. Und als es dann eng um mich wurde, bin ich getürmt. Ich dachte, es würde mir woanders, irgendwo hinterm Horizont besser gehen." Er lacht. „Aber weißt du, ich musste bald lernen, dass man nie hinter den Horizont kommt. Der Horizont ist nur eine Linie, eine Fantasiewelt zwischen Himmel und Erde, die überall mitwandert und wo man niemals ankommt. Denn hier, hinter tausend Horizonten, passe ich viel weniger hin. Zu keinem Stamm, zu keiner Partei, ich beherrsche die Sprache nicht und Muslim bin ich auch nicht. Eine falsche Bewegung, und ich lande im Gefängnis. Einige Polizisten auf der Insel sind nämlich der Meinung, dass ich sehr gut dorthin passen würde."

„Nicht alle Menschen sind so herzlos", widerspreche ich.

„Jedenfalls hat mir kein Mensch ein freundliches Wort gesagt, seitdem ich vor einem Vierteljahr hier gelandet bin. Bis ich dir begegnet bin. Und deiner Freundin", fügt er hinzu.

Was meine Freundin über ihn denkt, behalte ich lieber für mich. „Was würdest du sonst gern machen, wenn du nicht so leben müsstest?"

Tony schnauft. „Ich organisiere gern", sagt er. „Ich hatte schon immer einen Hang dazu. Mir hat bisher immer eine entsprechende Aufgabe gefehlt, aber man kann sie nicht immer selbst aussuchen." Er schaut mich an und lacht. „Nun wirst du vermutlich denken, dass ich diese Hütte nicht sonderlich gut organisiert habe. Dennoch habe ich hier alles, was ich zum Leben brauche. Wenn ich sie besser einrichten würde, würden die anderen mich ausrauben. So einfach ist das."

Ich nicke. „Du möchtest eine Art Manager sein?"

Tony schüttelt den Kopf. „Ich? Ein Manager? Momentan bin ich vierundzwanzig Stunden am Tag damit beschäftigt, mein nacktes Überleben zu managen."

„Wenn du so gut managen kannst", sage ich, „wie würdest du vorgehen, wenn du denkst, ein sehr guter Freund von dir könnte im Livingstone Institute festgehalten werden, aber du kannst keine Hilfe von den Behörden erwarten?"

Tony denkt einige Augenblicke nach und streicht sich den Bart. „Ich würde es erst mal genau wissen wollen", sagt er. „Wenn ich genau wüsste, dass er da ist, dann würde ich einen Plan aufstellen. Aber vorher nicht."

„Danke", sage ich. „Denn das denke ich auch."

„Keine weiteren Fragen?"

„Ich denke, ich weiß, was ich zu tun habe. Mehr oder weniger", füge ich hinzu.

„Und dieser Mensch, den du suchst. Warum willst du ihn finden?"

„Wieso, ‚warum will ich ihn finden'?"

„Vermutlich besitzt er alle Antworten auf deine Fragen. Wenn du ihn triffst, wird er sie dir präsentieren und dann wirst du für alle Zeiten glücklich sein. Habe ich Recht?"

So genau habe ich mir das gar nicht überlegt. „Eigentlich ...", sage ich. Tony legt seinen Kopf nach hinten und lacht. „Habe ich etwas Lustiges gesagt?", frage ich.

„Ich versuche mir gerade vorzustellen, wie er dir jetzt deine Antworten liefert, wo er nicht einmal die Fragen kennt." Nun wird er wieder ernst. „Du solltest besser auf dich aufpassen." Er kratzt sich die Dreadlocks, als könnte der damit die Läuse vertreiben. „Es passieren seltsame Dinge. Nicht jede Gespenstergeschichte ist ein Märchen. Nicht jede Hexe ist eine gute Fee." Er lächelt. „Wenn du einen Plan brauchst, kannst du auf mich zurückkommen. Mir ist bisher immer etwas eingefallen. Schließlich lebe ich noch."

„Danke." Ich stehe auf und gebe ihm die Hand. „Ich werde daran denken."

14

„Ich kann's immer noch nicht glauben", sagt mir Sabrina. Wir haben gerade im Innenhof gegessen und sitzen noch auf Kissen vor dem niedrigen Esstisch, während Amina die Teller wegräumt. „Ich habe dir vor ihm und seinesgleichen gewarnt. Er hätte sonst etwas mit dir anstellen können. Ansonsten ist er ein ..."

„Du willst sagen, dass er ein Ungläubiger ist?", ergänze ich.

„Nein. Das spielt nun wirklich keine Rolle. Obwohl ..."

„Ich bin doch auch eine Ungläubige", sage ich. „Lehnst du mich deshalb auch ab?"

„Aber Jenny." Sabrina fasst mich an den Händen. „Du bist doch meine Schwester."

„Sabrina, er weiß Dinge", sage ich ihr. „Er hat mir auch seine Hilfe angeboten. Das könnte nützlich sein. Auch wenn er kein Muslim ist. "

Sabrina lächelt und legt eine Hand auf meinen Ellenbogen. „Manchmal denke ich, du hast mehr Glauben als Verstand", sagt sie. „Und ich dachte, ich bin die Sufi hier!"

Sie lädt mich dann dazu ein, Hakim und Sayyid ins Bett zu bringen. Obwohl die beiden geradezu computerspielsüchtig sind, genau wie Billy Wonder, lieben sie es offenbar immer noch, von ihrer großen Schwester Geschichten erzählt zu bekommen.

Sabrina und ich setzen uns auf schwere Polstersessel und die Jungs setzen sich zu den Füßen ihrer großen Schwester. Nun erzählt sie ihnen eine Geschichte nach der anderen. Zunächst Hänsel und Gretel, dann die Geschichte von Ali Baba und den vierzig Räubern. Zum Schluss erzählt sie eine Gruselgeschichte.

„Die Hexe Bi Kirembwe lebt auf unserer Nachbarinsel Pemba", erzählt sie mit ihrer geheimnisvollsten

Märchentantenstimme, „aber man ist nirgendwo auf der Welt vor ihr sicher. Sie ist allmächtig und bezieht ihre Zaubermacht von ihren Ahnen. Bi Kirembwe kann jeden durch ihre Zauberkunst verhexen, und jedem großen Schaden zufügen. Am liebsten aber klaut sie Kinder und entführt sie in ihren Zauberpalast. Manchmal erscheint sie in der Form einer schwarzgekleideten Frau, aber sie kann sich genauso leicht in Tiere und Vögel verwandeln oder sich ganz unsichtbar machen." Nun bekomme ich selber eine Gänsehaut, während sie immer weiter von diesem menschenfressenden Unhold erzählt. Ich stelle sie mir wie Baba Jaga vor, in einer Hütte auf Hühnerbeinen ... „Sie reist so schnell wie ein Auto, von Ort zu Ort, von Land zu Land, und sammelt die kleinen Kinder ein – wenn sie nicht artig ins Bett gehen!"

Hakim und Sayyid quietschen vor Angst und verstecken sich unter eine Decke. Aber dann fangen sie beide an zu kichern. Sabrina gibt ihnen beiden einen Kuss, steckt sie in ihre Betten und zieht die Moskitonetze über sie zu.

Als wir oben im Teehaus auf weichen Kissen zusammensitzen und Gebäck knabbern, gehen mir Tonys Worte durch den Kopf. *Nicht jede Gespenstergeschichte ist ein Märchen. Nicht jede Hexe ist eine gute Fee.* „Sind die Menschen hier wirklich so abergläubig?", frage ich. „Ich dachte, ihr seid alle fromme Muslims."

„Islam und Aberglauben sind kein Widerspruch", erklärt Sabrina. Sie nimmt einen Zimtkeks und beißt hinein. „Für die Menschen hier auf Sansibar, und besonders auf Pemba, gibt es überall Geister. Viele Hausbesitzer schlachten jedes Jahr eine Ziege, um ihren persönlichen Schutzgeist gnädig zu stimmen. Manche Geister haben Verwandte tief unter dem Meer, die ebenfalls durch Opfer besänftigt werden müssen. Hier wimmelt es von solchen Wesen, und zwar in jeder Ecke. Gespenster können häufig durch Mauern und geschlossene Türen gehen. Man ist nirgendwo vor ihnen sicher."

„Und glaubst du daran?"

„Soll ich tatsächlich mit Ja oder Nein antworten?" Sabrina

lächelt spöttisch. „Wie du weißt, sind auf diesen Inseln viele gruselige und unverständliche Dinge passiert. Ob die Geister und Hexen wirklich echt sind, also wirklich so existieren, wie wir beide existieren, hier und jetzt in diesem Teehaus, kann ich dir nicht sagen. Aber sie stehen für die Unberechenbarkeit unseres Lebens hier. Ich zumindest nehme sie sehr ernst."

Wenn ich jetzt mit Nadine in meinem alten Schlafzimmer in Berlin zusammensitzen würde, und wir würden über alte Legenden oder Gruselgeschichten reden, hätte ich jetzt bestimmt irgendetwas Witziges gesagt. Aber hier, hoch über den Dächern Sansibars, wo der Gedanke an meinen verschwundenen Freund und an meine ungewisse Zukunft in meinem Schädel brummt, kann ich so etwas nicht über die Lippen bringen. Ich frage stattdessen: „Und kann man sich gegen sie beschützen?"

„Im Islam gibt es ein paar Gebete, die man anwenden kann", sagt Sabrina. „Vor allem dieses aus dem Koran. Es ist das stärkste überhaupt." Sie legt den angeknabberten Keks, den sie gerade in ihren Fingern gehalten hatte, auf ihren Teller und nimmt eine ernste, aufrechte Haltung an. *Bismillahir-Rahmanir-Raheem, Allahu la ilaha illa Huwa, Al-Haiyul Qaiyum...*"

„Oh, das werde ich mir niemals merken können", sage ich.

„Es ist ganz einfach", sagt Sabrina. „Es heißt so etwas wie: *Im Namen Allahs, des Gnädigen und Barmherzigen. Allah! Kein Gott ist da außer Ihm, dem Lebendigen, dem Ewigen. Ihn ergreift weder Schlummer noch Schlaf. Ihm gehört, was in den Himmeln und was auf der Erde ist.*" Sie schaut mich an. „Siehst du, Jenny, wenn Gott mit dir ist, wer soll gegen dich sein?"

Wir üben die erste Zeile, bis ich sie auswendig kann. Denn wenn ich jetzt in dieses Internat kommen soll, werde ich auf jede Hilfe angewiesen sein, die ich finden kann.

15

Ich komme die Treppe herunter und betrete die Küche. Die breiten Steinfliesen kühlen meine Füße durch die weichen Pantoffeln. Amina steht am Gasherd und kocht Tee in einem Kupferkessel. Sie singt dabei ein Taarab-Lied:

Du fragst nach einer Rose –
lauf nicht vor den Dornen davon.
Du fragst nach dem Geliebten –
lauf vor dir selbst nicht davon.

Ich nehme Platz am Holztisch. Vor mir liegt ein Stapel Post. Drei Briefe, je ein Exemplar der East African Guardian und der Londoner Times, dazu zwei Büchersendungen. Dazwischen liegt ein weißes Flugblatt. Ohne nachzudenken, ziehe ich das Blatt hervor.

„Was hast du denn da?" Sabrina tritt gerade durch die Tür. Heute trägt sie ein weißes T-Shirt und schwarze Jeans. Sie hat ihre Haare in Kornreihen frisiert. Sie tänzeln bei jeder ihrer Bewegungen.

Ich zucke mit den Schultern und lese das Blatt durch. *Wir brauchen Ihren Einsatz!*, steht auf Englisch gedruckt.

Das Livingstone Institute in Sansibar Stone Town bietet seinen Zöglingen eine vorzügliche internationale Ausbildung. Deswegen sind wir immer auf der Suche nach qualifizierten ausländischen Lehrkräften und sonstigen Mitarbeitern, die uns dabei unterstützen können, diesen globalen Anspruch zu erfüllen. Wenn Sie aus dem nichtafrikanischen Ausland stammen, Englisch in Wort und Schrift beherrschen, dabei über ausbaufähige Swahili-Kenntnisse verfügen und bereit sind, sich auf das Abenteuer Ihres Lebens einzulassen, dann ist das Livingstone Institute perfekt für Sie! Kurze Anstellungen (z.B. während Ihrer Ferienzeit) sind jederzeit möglich. Melden Sie sich per Telefon oder schauen Sie einfach vorbei! Unsere Bürozeiten sind ...

Sabrina liest über meine Schulter mit. „Wo kommt das denn her?", frage ich.

Sabrina gibt die Frage an Amina weiter, dieses Mal auf Kiswahili. Die hebt den dampfenden Teekessel vom Herd auf und dreht sich zu uns. „Sie lag im Postfach auf der Hauptpost", antwortet sie. „Es lagen schon andere im Papierkorb sowie auf der Erde. Ich habe es nur mitgenommen, weil Sabrina gern englische Sachen liest."

Ich lese das Blatt noch einmal durch. *Wenn Sie bereit sind, sich auf das Abenteuer Ihres Lebens einzulassen...* Ich schaue hoch – und sehe mich in Sabrinas schwarzen Augen wiedergespiegelt. „Was sagst du dazu?", frage ich sie.

Sabrina setzt sich mir gegenüber hin. Amina stellt gerade die Teekanne und einen Teller mit aufgetürmten Toastscheiben vor uns hin. „Zwar kennen wir uns erst seit vorgestern", sagt sie, und spielt dabei mit einer Toastscheibe, „aber ich kann die Gedanken meiner Schwester schon wie ein offenes Buch lesen."

„Wie meinst du?"

„Ich glaube nicht, dass du dorthin gehen solltest."

„Dorthin gehen? Ich?" Aber sie hat tatsächlich meine Gedanken erraten.

„Ja. Du. Tu es nicht."

„Aber warum eigentlich nicht?" Ich schenke mir eine Tasse Tee ein. „Ich meine, das ist doch *die* Chance! Ich kann so tun, als ob ich mich für die Stelle interessiere, mich dabei umschauen und gleich wieder verschwinden. Glaubst du wirklich, man wird mich erkennen? Mich kennt doch niemand auf Sansibar!"

Sabrina wendet sich an Amina. „Wie oft hast du solche Werbeblätter im Postfach vorgefunden?", fragt sie auf Kiswahili.

„So etwas?", sagt Amina. „Es ist das erste Mal. Und ich diene deiner Familie schon seit vor deiner Geburt."

Sabrina dreht sich wieder zu mir hin und hebt die Schultern. „Das ist nun wirklich ein großer Zufall, dass dieses Blatt ausgerechnet dann erscheint, als du den Wunsch hast, in dieses Internat zu kommen."

„Glückliche Zufälle gibt es aber", sage ich. „Jedenfalls wäre ich ziemlich blöde, wenn ich die Situation nicht ergreifen würde, oder?"

„Also, du sagst, du wärst blöde, nicht mit offenen Augen in eine Falle zu tappen? Vielleicht steht dir eine neue Definition von ‚blöde' zur Verfügung, die mir noch nicht in den Sinn gekommen ist."

„Ich muss aber wissen, ob meine Vermutung stimmt", antworte ich.

Sabrina beißt in ihren Toast. „Ich sehe, dass du deine Entscheidung schon getroffen hast", sagt sie. „Ich kann sie nicht ändern. Aber weißt du, unser Meister Rumi schrieb, dass ‚jenseits von richtig und falsch ein Ort liegt. Dort treffen wir uns.'" Sie küsst mich auf die rechte Wange. „Ich glaube, du hast eine Vorliebe für solche Treffpunkte. Viel Glück, Schwester."

16

Eine halbe Stunde später sind wir in den Straßen unterwegs. Sabrina hat ihre gelbe Einheitstracht wieder angezogen und sieht wieder aus wie Hunderte von anderen Frauen, die die Straßen von Stone Town bevölkern. Hat jede von ihnen auch ihre eigene, unverwechselbare Geschichte? Ganz bestimmt.

Ich habe mich nach dem hastigen Frühstück umgezogen und trage jetzt eine weiße Bluse und einen knöchellangen Rock mit einem dunkelblauen Paisley-Muster. Ich habe meine Haare gebürstet und zu einem Zopf gebunden, und dabei mein freundlichste Unschuldsmiene im Spiegel geübt.

Das Livingstone Institute befindet sich am Rande von Stone Town. Wir huschen durch die Straßen der Altstadt und sprechen kein Wort miteinander. Ich weiß nicht, was Sabrina gerade denkt, aber ich sehe, wie sie von Minute zu Minute ernster wird. Und ich gebe es zu: Ich finde meine tolle Idee auch nicht mehr so besonders toll. Ich finde sie sogar ziemlich furchtbar. Denn wollte Herr Waldseemüller nicht auch eine Schule besuchen? Aber was kann ich sonst tun? Und schließlich will ich nur ein paar Fragen stellen. Was könnte dabei schief gehen?

Dann biegen wir in die Creek Road ein. Hinter einer Reihe von Palmen sehe ich vor mir eine mannshohe, etwa fünfzig Meter lange weiße Stuckmauer. Dahinten erheben sich ein paar blanke neue Blechdächer. Über dem Holzportal mitten in der Mauer steht ein weißes Holzschild mit der Aufschrift „Livingstone Institute for Modern Education" in großen schwarzen Buchstaben. Ich will gleich zum Tor vorpreschen, als Sabrina mich am Ärmel zupft und mit ihrem Finger auf eine Videokamera zeigt, die den Eingangsbereich beobachtet.

„Hör mal, Sabrina", sage ich. „Ich weiß, was du denkst. Ich habe auch ein komisches Gefühl, aber ich sehe keine andere Möglichkeit, dieser Sache auf den Grund zu gehen. Du würdest an meiner Stelle genauso handeln, oder?" Sabrina antwortet nicht, sondern schaut mir direkt in die Augen. „Ich werde es so kurz wie möglich machen. Wartest du hier auf mich? Wenn ich innerhalb der nächsten zwei Stunden nicht wieder draußen bin ..."

„Innerhalb der nächsten *einen* Stunde", widerspricht Sabrina.

„Gut – wenn ich in einer Stunde nicht wieder hier draußen vor dir stehe, dann ... Dann weißt du, dass etwas nicht Ordnung ist. Dann musst du deinen Vater informieren oder ... oder so etwas."

Sabrina lächelt zum ersten Mal an diesem Tag. Aber es ist ein gequältes Lächeln. „Oder so etwas", wiederholt sie.

Ich drücke sie kurz, dann gehe ich selbstbewusst über die Straße, bis ich voll im Blickfeld der Überwachungskamera stehe. Ich beachte sie aber gar nicht, sondern drücke auf den Knopf für die Kommunikationsanlage. „*Hodi*!", rufe ich.

Die Stimme am anderen Ende antwortet aber nicht „*Karibu*", wie in Ostafrika üblich ist, sondern fragt auf Englisch, „Sie wünschen?"

„Es geht um die Stellenannonce, die ich heute in der Post vorgefunden habe", sage ich. „Ich wollte mich bewerben."

Ich höre, wie sich eine Tür öffnet und wieder zuschlägt. Einen Augenblick später dreht sich ein Schlüssel im Schloss und die Tür geht auf. Ein hagerer Afrikaner in einer improvisierten Khaki-Uniform mustert mich von oben bis unten. „Ihr Name?", fragt er.

„Jane Sanders", antworte ich. Den Namen habe ich mir schon beim Frühstück zurechtgelegt.

Der Wächter sieht mich misstrauisch an. „Ausweis?"

Damit habe ich nicht gerechnet. Will ich das alles wirklich durchziehen? Richtig mit Namen und Adresse? Zu spät ... Ich ziehe meinen Reisepass hervor. Der Wächter nimmt ihn und schreibt meinen Namen in klobigen Buchstaben auf einem Schreibblock auf. Ein Glück! Den Unterschied zwischen den beiden Namen scheint er gar nicht bemerkt zu haben. Dann reicht er mir den Pass zurück und nickt mir zu. „Willkommen im Livingstone Institute", sagt er gelangweilt.

Ich trete durchs Tor und befinde mich auf einem breiten, mit Gras bepflanzten Areal. Etwa zehn Meter vor mir erstreckt sich ein drei Meter hoher Maschendrahtzaun etwa fünfzig Meter in beiden Richtungen. Er ist gekrönt von Stacheldraht. Dahinten stehen rund ein Dutzend lange weiß gestrichene Backsteinbaracken mit Blechdächern. Das Areal wirkt sauber und aufgeräumt. Blumen und Rosenbüsche umrahmen die Häuser in ordentlichen Beeten. Affen und Vögel rufen von den Jacaranda- und Eukalyptusbäumen. Zwischen zwei Häusern sehe ich vier afrikanische Mädchen in weißen Hemden und schwarzen Röcken spazieren. Irgendwo im Hintergrund höre ich Kindergeschrei. Ich vermute einen Spielplatz.

Alles in allem sieht das Institut nicht so viel anders aus als die anderen Internate, die ich gesehen habe. Im Vergleich zu vielen Schulen, die ich auf meinen Reisen mit meiner Mutter besucht habe, wirkt dieses geradezu luxuriös. Wenn nicht dieser Stacheldraht wäre ... Der Wächter wühlt einen Augenblick in seiner Hosentasche und zieht einen Schlüsselbund hervor. Er führt mich an ein breites Tor im Zaun und öffnet das Schloss. „Warum brauchen Sie eigentlich eine Mauer *und* einen Zaun?", frage ich ihn.

Der Wächter schenkt mir einen Blick, als ob er diese Frage zum ersten Mal in seinem Leben hören würde. „Sicherheit" antwortet er. „Auf Sansibar kann man nicht vorsichtig genug sein. Nicht jeder Mensch ist gut."

Allerdings. Als wir das Tor passieren, kommt eine Gestalt zwischen zwei Häusern herausgerannt. Es ist ein junger Weißer, kaum älter als ich und nur einen halben Kopf größer. Er trägt Jeans und ein grünes T-Shirt mit der Aufschrift *„The Livingstone Institute. Teaching a New Africa, One Student at a Time."* Er trägt lockige rotblonde Haare und einen rötlichen Zweitagebart und ist kräftig gebaut. Er ist außer Atem und lächelt wie ein Kind, als er meine Hand in seine Pranke nimmt und sie drückt.

„Josh Ralston", stellt er sich vor. Seine Stimme ist warm und klar, mit einem amerikanischen Unterton. *„I am simply delighted to make your acquaintance. And your name?"*

„Jenny ... Sandau", antworte ich. Ich halte das Blatt hoch. „Danke, dass ich einfach so vorbeikommen kann. Als ich heute Morgen dieses Blatt sah, dachte ich ..."

„Gott sei Dank, dass wenigstens ein Mensch es bekommen hat!", sagt Josh. „Wir haben sie gestern massenhaft in den Hotels ausgelegt und in die Postfächer gestopft. Ich fürchte nur, die Europäer sind alle zu sehr mit ihren Urlauben beschäftigt, als dass sie uns Beistand leisten wollen. Du ahnst gar nicht, Jenny, wie schwierig es ist, kurzfristig qualifiziertes Personal zu finden."

„Eigentlich wollte ich mir nur so eine Art Überblick verschaffen", sage ich. „Ich bin nur kurz auf der Insel."

„Ich verstehe", sagt Josh, „aber das wird garantiert kein Hindernis sein. Ein Problem nur ..." Er denkt nach. „Eigentlich haben wir nicht so früh mit Bewerbern gerechnet. Unsere stellvertretende Direktorin ist gerade noch auf der Insel unterwegs und wird erst in etwa zwei Stunden landen. Ich weiß nicht, ob dein Besuch in diesem Augenblick soviel Sinn macht."

„Oh, es geht mir erst mal darum, mir einen ersten Eindruck

zu verschaffen. Und nachmittags wollte ich eigentlich an den Strand."

Josh lächelt. „Na sicher. Aber warum stehen wir hier in der prallen Sonne? Schließlich willst du doch sehen, worauf du dich bei uns einlässt!"

Wir gehen über den frisch gemähten Rasen, während er von sich erzählt. „Ich bin selber erst seit zwei Wochen hier. Weißt du, meine Eltern sind beides Lehrer, das ist mir einfach ins Blut übergegangen, sodass ich schon immer wusste, dass ich selber diesen Beruf ergreifen will. Wissen und Weisheit an neue Generationen weitergeben. Weißt du? Aber dass ich eines Tages in einer so tollen Schule landen würde, das gibt's nicht! Es ist zwar nur eine halbe Stelle, aber es ist ein Anfang. Stell dir vor: Ich habe gerade das Lehrerseminar in Kalifornien absolviert, und wurde sofort hier eingestellt! Die Alternative wäre wohl so eine Innenstadt-Schule in L.A. mit all den sozialen Problemen von dort gewesen, obwohl, was die Probleme angeht, Livingstone auch nicht ganz ohne ist, das kannst du mir glauben!"

Er schließt eine der Baracken auf und zeigt mir ein einfach eingerichtetes, aber helles Klassenzimmer mit ordentlichen Schreibtischen, einer schwarzen Tafel und einer Leinwand sowie mehreren Landkarten an den Wänden und ein halbes Dutzend Computer-Arbeitsstationen. „Hier unterrichte ich Erdkunde und Politik", erklärt Josh stolz, als ob ihm alles gehören würde. „Die Kinder haben aber gerade Sportunterricht. Unsere Schule hat eine der besten Fußballmannschaften auf der Insel!"

„Fantastisch", sage ich. „Sag mal, das hier scheint eine Art Eliteschule zu sein."

Josh nickt stolz. „Unsere Schüler bilden tatsächlich eine Art Elite. Aber wir bezahlen das Schuldgeld, Jenny. Denn das sind keine Nobelschüler hier, sondern alles Straßenkinder aus ganz Ostafrika: Kriegs- oder Aids-Waisen und Armutskinder. Deren Geschichten sind zum Teil unglaublich, wenn man sie hört." Josh blinzelt und wischt sich eine Träne aus den

Augen. „Aber sollen sie deswegen keine Chance haben? Wir, Jenny, bieten ihnen diese Chance. Diese Schule ist die erste Station auf dem Weg in ein neues Leben, damit sie sich richtig einbringen können. Denn davon profitieren letztendlich alle!"

Plötzlich verstummt er und schaut mich an. „Sorry. Das klingt wohl ganz schön schwülstig, habe ich Recht?"

Ich muss lachen. „Das wäre mir niemals in den Sinn gekommen", sage ich.

Nun lacht Josh auch und fährt sich durch den rötlichen Haarschopf. „Tut mir Leid, Jenny. Das färbt ab, weißt du? Meine Chefs sind echte Idealisten. Du hast keine Ahnung, was sie alles mit dieser Schule vorhaben. Das muss man erst mal erlebt haben."

Während wir uns zur nächsten Baracke hinbewegen, fragt er mich aus. Ich bin auf der Hut, obwohl Josh recht zuverlässig aussieht, mit einer Freundlichkeit, die bei Europäern hier in Afrika selten ist. Ich nehme mir vor, ihm nur meinen Namen und ein paar belanglose Details zu nennen, aber bald ertappe ich mich dabei, meine Jahre in Zimmermann's Bend zu beschreiben, und wie ich dorthin kam und was ich jetzt mache. Ich will ihm fast von Josephs Verschwinden und sogar von meinen Vermutungen wegen des Instituts erzählen, als ich merke, dass wir schon lange stehen und er mir aufmerksam in die Augen schaut und immer wieder dabei nickt.

„Was du alles schon erlebt hast!", sagt er. „Jenny, du wirst eine echte Bereicherung für unser Institut werden. Und jetzt, wo du sowieso fast die Schule durch hast, könntest du neben deiner Arbeit hier Punkte bei uns sammeln und einen international gültigen Schulabschluss machen. Und gleichzeitig nebenbei Geld verdienen! *Isn't that sweet?* Aber komm ... du hast noch gar nichts gesehen. Ich zeige dir den Rest und du kannst dich dann immer noch entscheiden."

Er führt mich zu einem langgestreckten Bau, in dem gut vierzig kleine Jungs und Mädchen in schwarzweißen Schuluniformen auf langen Bänken sitzen und ihrem afrikanischen Lehrer englische Vokabeln nachsprechen. In der nächsten Baracke inspizieren wir einen Schlafsaal mit Reihen von ordentlich bezogenen Betten. Als wir wieder draußen stehen, sehe ich am Rande des Geländes vier Land Rover stehen und dazu den langgestreckten amerikanischen Schulbus in weiß mit „Livingstone Institute" in schwarzen Buchstaben darauf. „Unser Fuhrpark", sagt Josh. „Von hier aus fahren wir mit den Kids auf Exkursionen. Kreuz und quer über die Insel. Heute zu den Gewürzfarmen, morgen zu mittelalterlichen islamischen Ruinen, am Tag darauf zu den Delfinen. Und einige unserer Schüler verdienen nebenbei etwas Geld bei der Feldarbeit. Nur drei Stunden am Tag, alles nach Tariflohn. Es ist ihre einzige Chance, etwas für die Zukunft zu sparen." Ach so – das erklärt die Kinder auf der Gewürzplantage!

„So, das war also meine Blitzführung", erklärt Josh. „Nun zeige ich dir unser Verwaltungsgebäude. Wenn du willst, dann kannst du auf unsere stellvertretende Direktorin warten. Es dauert nicht mehr lange. Aber unter uns", sagt er und zwinkert mir zu, „für mich hast du den Job schon! Jedenfalls bekommst du meine Stimme!"

Aber das will ich doch gar nicht!, will ich ihm zurufen. Schließlich geht's gleich weiter mit Mama und Daniel nach Bolivien ... oder Alaska. Oder weiß der Kuckuck wohin. Davon habe ich ihm natürlich nichts erzählt. Aber ich muss schon zugeben, dass das Internat wirklich gut aussieht. Vorbildlich sogar. Von Menschenschmuggel keine Spur. Und Josh ist sehr nett. Das Angebot ist mehr als verlockend – vor allem dann, wenn Joseph wieder auftauchen würde und wir hier zusammen sein könnten. Aber darum geht's jetzt wirklich nicht. „Klar, ich kann ein paar Minuten warten", sage ich. „Ich meine, bevor ich etwas unterschreibe," ergänze ich.

Das Verwaltungsgebäude ist mir schon bei der Ankunft aufgefallen. Es sieht genauso aus wie die anderen, ist aber etwa doppelt so lang. Neben dem Eingang steht eine Fahnenstange, von der zwei Fahnen in der Morgenbrise wehen: die schwarz-gold-blau-goldene Fahne Tansanias und eine weiße Fahne mit den Buchstaben „LS" in dicken schwarzen Buchstaben. Josh lässt mich durch eine Seitentür eintreten. Ich stehe nun in einem langen Flur mit gebohnerten Fliesen, die streng nach Zitronen-Putzmittel riechen. Hier sehe ich weitere Mitarbeiter, Afrikaner und Europäer, die mich im Vorbeigehen anlächeln. Auf der linken Seite erstreckt sich eine Reihe blank polierter Fenster.

„Hier lang", sagt Josh und führt mich zu einer der weißen Holztüren. Er klopft an. Als keiner antwortet, schließt er die Tür auf und wir treten ein. Das Büro misst etwa fünf mal vier Meter. Vor uns, an einem Fenster, das auf den Hinterhof geht, steht ein massiver Holzschreibtisch mit Papierstapeln und einem Computermonitor. Ein Regal mit Ordnern sowie ein Ledersofa vervollständigen den Raum. An den Wänden hängen eine Reihe von Schwarzweiß-Porträts in schwarzen Rahmen: David Livingstone, Mahatma Gandhi, Albert Schweitzer, Martin Luther King, Nelson Mandela, und ein Mann, der gar nicht in diese Reihe zu passen scheint: ein hagerer weißer Mann mit spärlichen, fast glatt rasierten Haaren und wässrigen, traurig dreinblickenden grauen Augen. Wer das wohl ist?

„Die Direktorin wird jeden Augenblick eintreffen", sagt Josh. „Nimm erst mal Platz. Du hast bestimmt Durst, oder?"

„Und wie!"

„Ich schaue nach, ob die anderen uns etwas übrig gelassen haben."

Ich setze mich auf das Sofa, während Josh zu einem kleinen weißen Kühlschrank neben der Tür geht und daraus eine halbvolle große Flasche Cola nimmt. „Die Flasche ist schon angebrochen", sagt er mir. „Ich hoffe, es macht dir nichts aus?" Ich schüttle den Kopf. Er schenkt uns ein und reicht mir ein Glas. „Ich muss jetzt mein Klassenzimmer vorbereiten, aber ich habe mich echt gefreut und bestimmt sehen wir einander sehr bald wieder, oder?"

„Ja, ich hoffe." Damit winkt mir Josh zu und verschwindet mit seinem Glas durch die Tür.

Ich nippe an meinem Glas. Das Cola ist zwar kalt, schmeckt aber fade. Ich stelle das Glas ab und schaue mich um.

Auf einem Aktenschrank an der Wand neben dem Schreibtisch tickt eine Uhr in einem hölzernen Gehäuse. 11.15 Uhr. Die Stunde ist um, und die Direktorin könnte jederzeit eintreffen. Was wird Sabrina denken? Aber ich kann doch nicht weg, wo ich noch fast gar nichts weiß.

Während die Minuten vergehen, betrachte ich das Büro. Es sieht aus wie ein ganz normales Schulbüro, recht modern und gut ausgestattet für afrikanische Verhältnisse. Nur die Fotos irritieren mich. Sie sind offenbar Vorbilder für irgendjemanden, genau wie die Bilder von Ahmadou Bamba und den anderen Sufi-Heiligen in Ibrahims Wohnzimmer. Schließlich hat jeder seine eigenen Vorbilder. Wer ist aber auf dem letzten Foto dargestellt? Ich denke an alle möglichen Persönlichkeiten der Gegenwart, von denen ich jemals etwas gehört habe: den UNO-Generalsekretär, den EU-Ratspräsidenten, die letzten paar Friedensnobelpreisträger ... Nichts.

Er kommt mir vage bekannt vor. Mein Gehirn läuft jetzt auf Hochtouren.

Moment mal, denke ich. Jetzt weiß ich, warum er mir so bekannt vorkommt. Eigentlich sieht er doch aus wie ...

Nein – ich weiß es wirklich nicht. Ich trinke noch einen Schluck und stehe auf.

Mir hat die Hitze wohl zugesetzt. Das Büro kommt mir plötzlich kalt vor, obwohl ich immer noch schwitze. Außerdem tut mein Kopf jetzt weh. Am liebsten würde ich noch etwas trinken, aber der fade Beigeschmack schreckt mich ab.

Plötzlich entdecke ich eine Tür neben dem Bücherregal. Ich drehe den Griff und trete ein. Dieser kleinere Raum liegt im Halbdunkel, aber ich erkenne, dass er als Behandlungszimmer ausgestattet ist, mit geweißten Wänden, einer Liege und medizinischen Geräten auf einem Metalltisch. Vor dem großen Fenster ist die Jalousie herabgelassen. Wohl das Behandlungszimmer der Schulschwester, denke ich.

Ich könnte jetzt auch eine Schwester brauchen. Mein Magen dreht sich – und mein Mageninhalt gleich mit. Mein Kopf pocht. Wenn es bloß nicht so dunkel wäre! Ich greife nach der Schnur und ziehe die Jalousie hoch. Licht durchflutet das Zimmer, sodass ich einen Augenblick geblendet bin. Als ich die Hände von meinen Augen wieder wegnehme, sehe ich, wie das Licht auf den Schreibtisch fällt. Irgendetwas liegt da. Etwas Weißes.

Ich durchquere das Zimmer und schaue es mir an.

Ein Monatskalender von April, eingeteilt in einzelne Quadrate. Jedes Quadrat ist mit Einträgen übersät, in Englisch und Kiswahili, alle in einer geschwungenen weiblichen Schrift. Auf dem Quadrat für vorgestern steht „9.00 Uhr", und darunter steht ein Name.

H. Waldseemüller.

„Er lag die ganze Nacht da", hatte Ibrahim gestern gesagt. „Der arme Mensch!"

In diesem Augenblick packt mich der Schwindel. Mir wird grau vor den Augen. Dann grün, dann schwarz. Ich stürze, falle und verschwinde ins Nichts, bis die Bodenfliesen wie kalte Finger nach meinem Körper greifen.

17

„Na, guck mal, wer wieder wach ist!" Ich rolle mich auf den Rücken. Ich muss meine Augenlider geradezu von meinen Pupillen schälen. Ein Gewühl von krausen rotblonden Haaren erscheint über mir. Josh schaut mich lächelnd an. „Ich dachte fast, wir hätten dich verloren!"

„Was ist passiert?", frage ich und setze mich auf. Ich fühle mich schwach, aber die Übelkeit hat einem milden Unwohlsein Platz gemacht. An der Tür steht eine dicke schwarze Frau in einer weißen Schwesternuniform. Sie nickt Josh zu und verlässt den Raum.

„Hitzschlag. Du hast einfach zuviel Sonne abgekriegt. Ich sah es schon kommen, als ich mit dir die Führung machte. Du kennst doch den alten Spruch aus der Kolonialzeit: Wenn die Sonne hoch steht, trauen sich nur Hunde und Engländer auf die Straße. Und Berlinerinnen offenbar auch."

„Ich lebe seit drei Jahren in Afrika, und ich habe noch nie einen Hitzschlag gekriegt." Ich reibe mir die Stirn.

„Aber du hast nicht hier an der Swahiliküste gelebt. Wenn die Luft so schwül ist wie heute, kippen Europäer sofort um. Es passiert fast jedes Mal. Außerdem war die Cola überlagert. Ich musste meine gleich auskippen. Bloß gut, dass du das Glas nicht ausgetrunken hast."

Ich schaue ihn an, mit seinen rotblonden Haaren und der hellen Haut. Dann fällt mir Herr Waldseemüller wieder ein.

„Jenny, was ist los mit dir?", fragt Josh. „Du siehst aus, als hättest du gerade ein Gespenst gesehen!"

„Wie lange war ich weggetreten?"

Josh schaut auf seine Uhr. „Zwei Stunden. Unsere Schwester hat dich gerade angeguckt und dir strikte Bettruhe verordnet. Sie hat auch gesagt, dass du leicht halluzinieren könntest. Bleib einfach ruhig liegen, bis unsere Direktorin eintrifft. Sie ist praktizierende Ärztin. Sie ist mit Verspätung abgeflogen und besteht nun darauf, dass du hier im Zimmer liegen bleibst, bis sie dich selbst untersuchen kann."

Nein, ruhig liegen bleiben werde ich sicher nicht. Ich setze mich auf der Liege auf. Ich bin schwach wie ein neugeborenes Baby. Mein Mund brennt. Mein Hals fühlt sich wie Sandpapier an. Sabrina wird ausrasten, sage ich mir. Sie wollte gar nicht, dass ich hierher komme, und was wird sie jetzt denken?

Ich ziehe mein Handy aus meiner Umhängetasche heraus. Ich versuche es einzuschalten, aber das Display bleibt schwarz. Dabei habe ich es die ganze Nacht aufladen lassen! „Gibt's hier irgendwas zum Trinken?", frage ich. „Außer Cola, meine ich?"

Josh, der mich die ganze Zeit freundlich angeguckt hat, nickt. „Ein großes Glas Mineralwasser und ein halber Teelöffel Salz. Das ist das Richtige für einen Hitzeschlag." Er geht aus dem Zimmer.

Nein, hier kann ich unmöglich bleiben. Aber Herr Waldseemüller hat etwas hier gesucht. Ich kann nicht verschwinden, ohne etwas in der Hand zu haben.

Ich schaue mich um. Das Zimmer ist klinisch rein. Rechts neben der Tür entdecke ich einen mannshohen grünen Aluschrank. Meine Augen bleiben daran hängen. Ich stehe auf und lege meine Hände auf die beiden Türgriffe. Ich rüttle daran, aber die Türen sind verschlossen.

Die Zimmertür geht wieder auf und ich sprinte zur Liege zurück. Josh kommt wieder herein mit einem Glas und einer neuen Flasche Mineralwasser in den Händen. Er dreht den Verschluss auf und füllt das Glas bis an den Rand. „Langsam trinken", sagt er. „Und wenn du dann immer noch Durst hast, dann bediene dich einfach selbst."

Ich danke ihm und nehme ihm Glas und Flasche aus der Hand. „Ich trinke gleich", sage ich. „Ich fürchte nur, ich könnte mich jeden Augenblick übergeben."

Josh nickt und zeigt auf eine weiße Plastikschüssel auf der Anrichte. „Glaubst du nicht, dass du mir sagen solltest, was eigentlich los ist?", fragt er. „Du bist nämlich ganz schön aufgeregt. Keine Sorge, ich erzähle es nicht weiter. Du siehst nur aus, als ob du jetzt einen Freund gebrauchen könntest."

Ich sehe ihn an. Sein Gesicht, seine Haare, sein breites Lächeln und die großen schneeweißen Zähne. Ja, ich könnte jetzt wirklich einen Freund gebrauchen. Aber ... *traue niemandem*, hatte mir Herr Waldseemüller mit auf den Weg gegeben.

„Wo warst du vorgestern?", frage ich.

„Vorgestern?" Josh zuckt die Schultern. „Ich war in Dar einkaufen. Für die Schule. Warum interessiert dich das?"

„Sagt dir der Name Waldseemüller etwas?"

„Waldsee...

„...müller."

Josh kratzt sich am Kopf. „Den Namen habe ich tatsächlich gehört. Na klar – er arbeitet bei „Lehrer ohne Grenzen". Macht Inspektionen und schreibt darüber. Ich glaube sogar, er wollte irgendwann hier vorbeikommen."

„Und ist er tatsächlich gekommen?"

„Du fragst mich? Wenn's dir wichtig ist, kannst du gern unsere stellvertretende Direktorin fragen. Sie ist gerade gelandet und wird jeden Augenblick durch die Tür kommen."

Ich schlucke. „Josh, ich muss hier weg."

Er schüttelt den Kopf. „Jenny, das geht nicht. Mit einem Hitzschlag ist nicht zu spaßen."

„Das war kein Hitzschlag, Josh." Ich sehe ihm in die Augen. „Ich weiß nicht, was du mit alledem zu tun hast – mit den vermissten Jugendlichen, mit Herrn Waldseemüllers Tod – aber ich muss fort. Du musst mir helfen."

„Wovon redest du überhaupt?" Josh schüttelt den Kopf. „Für diese Schule lege ich meine Hand ins Feuer. Und meinen Kopf auch!"

„Aber ich habe ihn doch gesehen", antworte ich. „Er war auf dem Weg hierher. Josh, hier gehen Dinge vor. Schreckliche Dinge. Und deswegen musst du mir helfen, hier raus zu kommen und Hilfe zu holen. Es wird dir auch nichts nützen, wenn uns alles um die Ohren fliegt und du immer noch hier bist und für diese Menschen arbeitest." Und ich erzähle ihm kurz von Joseph und meinem Verdacht.

Josh streicht sich nachdenklich die Haare aus der Stirn. „Okay, okay", sagt er. „Ich bin nur als Hilfslehrer hier und weiß gar nicht, was sonst hier abgeht. Stell dir vor, ich würde dir jedes Wort glauben. Was sollte ich deines Erachtens tun? Sollte ich etwa die Polizei holen? Das Institut ist doch mein Arbeitgeber. Das wäre Verrat, findest du nicht?"

„Sie tun etwas mit den Kindern", erkläre ich. „Ich weiß nicht was, aber das darf nicht weitergehen. Und sobald die Welt davon erfährt, wird es ein Ende nehmen. Egal wie korrupt die Regierung auf dieser Insel ist."

Josh macht den Mund auf, dann macht er ihn wieder zu

und zupft sich am rechten Ohr. „Na gut, Jenny. Ich weiß nicht, ob es stimmt, was du sagst, aber wenn die Kinder illegal hier sind und wenn Menschen sterben, dann muss das natürlich sofort aufgeklärt werden. Was willst du, das ich tue?"

„Ich brauche ein funktionierendes Telefon, mein Handy geht nicht. Dann rufe ich meine Freundin Sabrina an, und sie wird ihren Vater benachrichtigen. Er hat viel Einfluss auf der Insel. Und dann schnappen wir Joseph und hauen ab!"

Josh nickt. „Okay, okay. Wenn ich mir überlege ..." Er denkt nach. „Ja, ich habe auch schon etwas gehört. Es war kurz, bevor ich abflog. Da ging so eine komische Geschichte um – dass meine Chefs vielleicht nicht ganz das sind, wofür sie sich ausgeben. Aber ich wollte das nie glauben und habe mich nicht darum gekümmert." Er seufzt. „Ich hoffe nur, dass du mit alledem Recht hast, Jenny. Du bekommst dein Telefon. Aber es dauert ein paar Minuten, also bleib bloß ruhig, damit niemand Verdacht schöpft!"

Er verschwindet durch die Tür. Ich stehe auf und gehe wieder zum Aluschrank und rüttle erneut an den Türen. Das Schloss ist winzig, und wird offenbar mit einem kleinen Sicherheitsschlüssel geöffnet. Was suche ich darin? Ich kann es nicht erklären, aber mein Gefühl sagt, dass ich diese Türen aufkriegen muss.

Ich öffne eine Schublade in der Anrichte. Darin entdecke ich ein Stethoskop und mehrere Packungen Wattetupfer. Die nächste enthält Tabletten. Erst in der dritten Schublade finde ich Werkzeug: eine Zange und einen Satz Schraubenzieher. Ich greife nach einem mittelgroßen Schraubenzieher und laufe zum Schrank zurück. Ich stecke das Teil etwa einen Zentimeter in den Spalt zwischen den Türen und drücke, bis das Aluminium anfängt, sich zu wölben. Ich brauche nicht viel Druck anzuwenden, denn schon springt die Tür auf.

Drinnen sind sechs Regalfächer, gefüllt mit Aktenordnern. Ich greife nach einem blauen und öffne ihn. Auf der Titelseite, unter dem Logo der Firma LifeForce, steht das Wort *Adoptions*. Adoptionen. Es folgen Personalakten mit

Fotos von kleinen schwarzen Kindern. Ich blättere sie schnell durch und schaue nur auf die Geburtsorte. Die meisten kommen aus Sansibar und Tansania, aber weitere Blätter weisen auf Sambia, die Demokratische Republik Kongo, Mosambik, Kenia und Simbabwe.

Ich stelle den Ordner wieder in die Reihe zurück und nehme einen gelben Ordner vom nächsten Regal. *Labour* steht darauf. Arbeitskräfte. Ich schlage den Ordner auf. Hier sind wieder Personalakten, dieses Mal von erwachsenen Männern und Frauen. Wieder Geburtsorte in ganz Ost- und Zentralafrika. Ich stelle den Ordner zurück und überspringe zwei Regale, bis ich eine Reihe von weißen Ordnern finde. Hier steht das Wort *Recycling* auf der Titelseite. Die Fotos hier sind verschieden und zeigen alte, junge, gesunde und kranke Menschen. Auf manchen der Fotos sehen die Leute extrem krank aus, oder gar ... tot. In der Mitte des Blattes ist jeweils ein dicker schwarzer Stempel zu sehen. *Niere* steht auf den meisten, bei anderen *Leber*, wiederum bei anderen *Herz* oder *Kornea*. Mein Gott, sage ich mir, das kann doch nicht das bedeuten, was ich denke...

Ich stelle auch diesen Ordner zurück. Insgesamt sind hier bestimmt Akten über mindestens tausend Menschen. Auf dem obersten Regal stehen nur vier Ordner, dieses Mal in schwarz. Sie sind alphabetisch geordnet. Auf den Deckeln steht das Wort *Special* in dicken weißen Buchstaben. Ich hole den Ordner mit den Buchstaben T-Z herunter und blättere ihn durch, bis ich die Akte für Joseph Tajomba finde. Ich sehe aber nur ein Foto von ihm, denn bevor ich lesen kann, was in dem Ordner steht, höre ich schon Schritte.

Nun höre ich auch Stimmen – viele. Was ist passiert? Ist die stellvertretende Direktorin nun doch gekommen? Mit Verstärkung? Ich versuche, die Akte aus dem Ordner zu reißen, aber sie gibt nicht nach. Zu spät – ich stelle den Ordner zurück and schließe die Tür. Die Stelle, wo ich das Schloss aufgebrochen hat, zeigt nur eine winzige Delle.

Ich sprinte zurück auf die Liege und warte.

Die Fußtritte und Stimmen draußen mehren sich, und bevor ich weglaufen kann, wird die Tür mit einem gewaltigen Krach aufgebrochen.

18

Ein Kopf taucht durch die zerborstenen Türrahmen auf. Er trägt Dreadlocks und grinst übers ganze Gesicht. „Kein Augenblick zu früh", sagt er.

„Du?", frage ich und stehe auf.

Tony tritt ein, gefolgt von Sabrina und zwei anderen Afrikanern, die ich noch nie gesehen habe. Draußen kracht es weiter.

„Nun haben wir dich doch gefunden, Schwester", sagt Sabrina und umarmt mich. „Du hast mir so einen Schreck eingejagt."

„Was macht ihr denn hier?", frage ich und setze mich erst mal wieder auf die Liege. „Wie seid ihr überhaupt hereingekommen?"

„Keine Zeit", sagt Tony. Er fasst mich an den Schultern. „Wir müssen von hier verschwinden, bevor die Polizei auftaucht."

Ich verstehe gar nichts, aber dann rieche ich Rauch. „Es sind Kinder im Haus!", rufe ich. „Und Joseph ist auch hier!"

„Joseph?", fragt Sabrina. „Bist du ganz sicher?"

Ich bin mir gar nicht sicher, aber ich nicke voller Zuversicht. Tony blickt zu Sabrina und nickt ebenfalls. Dann zieht er mich raus auf den Korridor. Eine Alarmglocke läutet. Zerlumpte Gestalten rasen durch das Gebäude. Eine Rauchwolke brennt mir in den Augen, in die Nase. „Brecht alle Türen auf!", ruft Tony in die Menge auf Kiswahili. „Sie halten Kinder gefangen!"

Sofort höre ich das Krachen von eingeschlagenen Türen. Und während wir durch den Korridor laufen, kommen Kinder zum Vorschein – große, kleine, kranke, gesunde. Wir rennen den Korridor nach links und entdecken eine schwere Holztür. Sie ist rot gestrichen und mit einem schweren Vorhängeschloss abgesichert. Tony wirft sich dagegen, aber sie gibt nicht nach. Ich hämmere mit den Fäusten gegen die Tür. „Joseph, bist du drin?" Ich bekomme keine Antwort.

„Ich brauche Hilfe!", ruft Tony.

Vier Männer halten inne. Einer trägt ein Montiereisen. Er stemmt es in die Türspalte und drückt. Sofort zersplittert das Holz und das Schloß gibt nach. Ich renne ins Zimmer. Es ist eine kahle weiße Zelle mit einem Tisch, einem Stuhl, einem Waschbecken und Klo, und einer Pritsche mit weißen Laken. Darauf liegt eine lange dunkle Gestalt im Trainingsanzug und döst. Das ist doch...

„Joseph!", rufe ich. Ja, er ist es! Ich knie vor ihn hin und schüttle ihn. Er rührt sich, versucht sich wegzudrehen. Ich schüttele ihn weiter, und endlich macht er die Augen auf. Er blinzelt mich an und sagt, „Jenny? Du hier ...?"

„Komm!", sage ich. „Wir müssen sofort hier raus!"

Tony greift Joseph unter die Schultern, Sabrina und ich nehmen jeweils ein Bein und wir ziehen ihn hoch und schleppen ihn zur Tür hinaus.

Ich kann den Korridor vor lauter Rauch nicht mehr sehen. „Sind alle Kinder raus?", ruft Tony.

„Alle", antwortet ein vorbeieilender Mann. Joseph macht sich frei. „Es geht schon", sagt er. Nur auf Tony gestützt, folgt er Sabrina und mir hustend zum Ausgang. Draußen haben sich schon Dutzende von Menschen versammelt: Mitarbeiter, Patienten in Kitteln, dazu einige Kinder und Jugendliche in ihren schwarzweißen Uniformen.

Im Hintergrund sehe ich Josh, der mich aus großen Augen anschaut. Er hält ein Handy hoch. „Jenny!", ruft er. „Lass mich dir helfen!" Aber Sabrina greift nach meinem Arm und zerrt mich weiter.

Die Eindringlinge ziehen ab. Wir überqueren den heruntergerissenen Maschendrahtzaun und gehen auf das zerborstene Tor zu.

„Mensch, ihr habt ganze Arbeit geleistet", sage ich.

„Die Anlage hier ist eine einzige Fehlkonstruktion", sagt Tony. „Die Umzäunung wurde gebaut, um Menschen einzusperren, nicht auszusperren."

Auf der Straße, mitten unter der fliehenden Meute, wartet ein Taxi. Am anderen Ende der Straße sehen wir schon die ersten Polizeiwagen anfahren. Wir steigen sofort in das Taxi und Sabrina und ich nehmen Joseph zwischen uns.

Kaum hat der Fahrer den Motor angelassen, hören wir einen Knall. Eine schwarze Rauchwolke steigt hinter der Mauer auf. Während der Fahrer den Gang einlegt und losfährt, hören wir einen zweiten Knall. Der Fahrer zögert aber nicht, sondern gibt Gas, dreht sofort auf eine Seitenstraße ab und lässt die Polizei weit hinter uns zurück.

19

„Tut's irgendwo weh?"

Ich lege einen kühlen Waschlappen auf Josephs Stirn. Er liegt auf dem Sofa im großen Salon ausgestreckt und blickt mich mit seinen großen dunkelbraunen Augen an. „Jetzt nicht mehr", sagt er. „Nur der Kopf." Ich massiere ihm die Stirn und die Schläfen. „Und den Nacken. Und die Schultern." Ich knete seine Muskeln, bis er stöhnt. Nun lächelt er mich an. „Und den Rücken, und die Knie, und die Ellenbogen ..." Wir lachen beide.

„Ich denke, er wird sich erholen." Sabrina zwinkert mir zu. Sie sitzt gegenüber von Tony und mir an einem Mahagonitisch und trinkt den heißen süßen Pfefferminztee, den Amina uns gerade allen gereicht haben. Sogar Hakim und Sayyid haben ihr Computerspiel unterbrochen und starren uns vom Türrahmen aus an.

Meine Gedanken sind ein einziger Wirbel. Ich kann gar nicht glauben, dass ich Joseph wieder habe. Dass er okay ist – geschwächt, leicht verwirrt, aber gesund – dass wir ihn befreit haben. Wie das auch immer geschehen ist.

Joseph lächelt mich weiter an. Dann dreht er seinen Kopf zu Tony und fragt, „Wie ist die Schule in Brand geraten?"

Tony schüttelt seine Dreadlocks. Seine lumpigen Klamotten stinken nach wie vor nach Schweiß und Holzrauch. „Genau weiß ich es nicht. Aber der Brand ist auf jeden Fall in der Küche entstanden. Ich nehme an, ein paar von den Männern haben den Koch erschreckt, und so ist es wohl passiert. Ich glaube nicht, dass einer von das beabsichtigt hat."

„Wie habt ihr das überhaupt angestellt?", frage ich. „Wer waren diese Menschen?"

Tony schaut zu Sabrina. Sie schaut zu ihm, und dann zu mir. „Es war Tonys Idee", sagt sie.

„Du bist zu *Tony* gegangen?", frage ich.

„Wir hatten keine Zeit", sagt Tony. „Deine Freundin hat mich unten in den Furudhani-Gärten aufgesucht und erzählt, dass du in Gefahr bist. Ich griff zum einzigen Mittel, das mir zur Verfügung stand."

„Und das war ...?", frage ich.

„Na, die Demonstranten, natürlich." Sabrina schaut zu Tony und schneidet ein Gesicht „Was sollte ich machen, als meine neue Schwester nicht zurückkam? Ja, Jenny, du weißt doch, wie aufgebracht die Leute gerade sind, drei Tage vor der Wahl. Tony ist einfach zum nächstbesten Demonstrationszug am Haus der Wunder gegangen und hat das Gerücht verbreitet, dass der Insel-Präsident gerade in Stone Town sei und sich ohne Bewachung im Livingstone Institute aufhalte. Den Rest weißt du ja."

Ich muss lachen, höre dabei aber nicht auf, Joseph die Stirn und die Schläfen zu massieren. Und dass Sabrina ausgerechnet Tony um Hilfe gebeten hat! „Ich dachte, ihr wart bewaffnet", sage ich. „Ich meine, die Explosionen ..."

„Damit haben wir nichts zu tun." Tony greift in seine verrauchten Dreadlocks. Asche rieselt wie Schuppen auf seine Schultern. „Das war Benzin. Wer lagert schon Benzin in einem Schulgebäude – in der Nähe der Küche? Irgendjemand wollte keine Beweise hinterlassen. Obwohl, was sie genau verbergen wollen, kann ich nicht sagen."

„Ich weiß es", sage ich, und nun erzähle ich den anderen

von meinem Besuch im Institut und von den Akten, die ich im Büro entdeckt habe.

„Und was stand da drin?"

„So genau weiß ich das nicht", sage ich. „Es ging um jeden Fall um Adoptionen, und irgendetwas mit Körperteilen. Was Joseph betrifft, hatte ich keine Zeit ..."

Tony pfeift durch die Zähne. „Okay, eins nach dem anderen. Allein genommen, bedeutet das alles gar nichts. Es könnte alles auch ganz harmlos sein. Aber wenn dem nicht so ist, dann verstehe ich, warum sie ihr Verwaltungsgebäude vernichten wollten. Schade, dass du Josephs Akte nicht mitbringen konntest. Denn ohne sie ..."

„Was meinst du?", frage ich.

„Er meint, Schwester, dass wir nichts in der Hand haben", sagt Sabrina. „Das heißt, wir haben eine Schule gestürmt und unabsichtlich in Brand gesteckt und haben nichts, keinen Beweis, dass irgendetwas da nicht richtig ist, falls es zur Anzeige kommt."

„Oh Gott", sage ich. „Daran habe ich noch nicht gedacht ..." Ich denke plötzlich an die stellvertretende Direktorin, die nun alle meine Daten hat. Ich denke an die Beobachtungskamera, die bestimmt zahllose Bilder von mir gespeichert hat. Und ich denke an Josh, dem ich gerade meine ganzen Vermutungen ausgeplaudert habe. Er scheint vertrauenswürdig zu sein, aber was soll er jetzt seiner Chefin sagen, wenn sie eintrifft und ihr Verwaltungsgebäude in Schutt und Asche vorfindet? Ich sehe zu Tony hin. „Was sollen wir jetzt machen?", frage ich ihn, als ob ausgerechnet er alle Antworten hätte.

„Ich denke, wir sollten uns erst mal um Joseph kümmern, bevor wir uns die nächsten Schritte überlegen." Er reibt sich Ruß vom Gesicht. „Es ist stickig hier drin", sagt er. „Können wir Joseph an die frische Luft bringen?"

„Wir können ihn in den Garten tragen", sagt Sabrina. „Oder, noch besser, ins Teehaus. Da gibt es eine frische Brise, und auch ein Bett."

Ich helfe Joseph auf die Beine. Tony stützt ihn und gemeinsam gehen sie nach oben.

Sabrina greift nach ihrem Teeglas. Sie schließt ihre Hände darum.

„Hast du Sorgen?", frage ich. Sie schüttelt den Kopf. „Wo ist eigentlich dein Vater? Wir müssen ihm alles sagen, damit er etwas in die Wege leiten kann."

„Mein Vater ist heute früh ins Innenministerium in Dar gefahren und ist nicht wiedergekommen. Er wollte sich schon vor Stunden melden."

„Oh, nein", sage ich. „Glaubst du, dass er ...?"

Sabrina schüttelt wieder den Kopf. „Ich glaube gar nichts, außer dass mein Vater für sich selbst sorgen kann. Er wird wieder auftauchen, *Inschallah*. Nein, es ist so ein Gefühl, das ich habe." Sie versucht zu lächeln. „Aber du willst dich bestimmt um Joseph kümmern. Amina kann frische Sachen für ihn besorgen – und für Tony auch. Dann lasse ich ein bisschen Abendbrot zu euch hochschicken."

„Musst du nicht", sage ich. „Ich komme gern runter. Ich muss sowieso meine Sachen heruntertragen, wenn ich bei dir übernachten soll."

Sabrina lächelt mich an. „Geh erst mal zu ihm hoch."

20

Die Sonne taucht in den Ozean. Die safrangelben Gardinen flattern in der Abendbrise. Joseph liegt auf dem Bett. Er trägt immer noch den zerknitterten, befleckten Trainingsanzug. Als er mich die Treppe hochkommen sieht, setzt er sich auf und lächelt mir entgegen.

„Für mich ist das alles ein großes Wunder, Jenny." Er schiebt das Moskitonetz beiseite. „Ich sah schon keinen Ausweg mehr für mich. Und dann als ausgerechnet du an meinem Bett standest ..." Er greift nach meinen Händen und hält sie fest.

Ich setze mich zu ihm aufs Bett. „Was ist überhaupt passiert, Joseph? Warum hast du mich damals nicht am Haus der Wunder getroffen?"

Joseph zieht seine Hände zurück und reibt sich am Nacken. Das Erinnern scheint ihm schwer zu fallen. „Ich war schon unterwegs nach Dar zurück. Während des Fluges von Straßburg nach Zürich kam ich ins Gespräch mit meinem Sitznachbarn, einem europäischen Geschäftsmann. Er sagte, sein Chef würde nach jungen Menschen wie mir Ausschau halten und hätte ein sehr interessantes Jobangebot für mich. Er würde mich am Flughafen von Zürich auf eine Tasse Kaffee einladen, während ich auf meinen Anschlussflug warte. Ich habe seine Einladung angenommen."

„Wer war dieser ‚Chef'?", frage ich.

„Ein Europäer um die sechzig. Hochgewachsen, dünn, mit einem kahlen Kopf und einem permanent traurigen Blick. Er ließ mich schon in der Abflughalle von einem Assistenten abholen. Ich traf ihn in einem leeren Flugzeughangar. Die Situation war mir sehr unheimlich."

„Und was wollte er von dir?"

„Arbeit anbieten, wie mir sein Mitarbeiter gesagt hatte. Er malte mir eine wunderbare Zukunft aus. Es klang zunächst sehr gut. Ich weiß nur noch, dass ich irgendwann stutzig wurde. Denn ich wollte meine eigene Zukunft gestalten. Und ich wollte zu dir. Das war mein letzter Gedanke. Ich wollte zu dir."

Ich streichle ihn über die Wange. „Was meinst du mit ‚letzter Gedanke'? Was hat er mit dir gemacht?"

„Der Mann im Flugzeug hatte mir Tee aus einer Thermosflasche zu trinken gegeben. Ich fühlte mich plötzlich unwohl. Schwach und müde. Im Hangar hat mir der Chef – er nannte sich Jacques – eine Spritze verpasst. Und danach erinnere ich mich an gar nichts mehr."

Ich denke an die fade Cola, die ich getrunken habe. „Und dann?"

„Danach befand ich mich lange Zeit in einer Art

Dämmerzustand. Ich weiß nicht mehr, was Traum und was Realität war. Ich träumte, dass ich in einem Flugzeug geflogen bin – das muss aber wirklich passiert sein, denn jetzt bin ich hier. Dann war ich an vielen Orten, konnte aber nicht sprechen. Zum Schluss war ich auf dem Gelände von dem Livingstone Institute, das man eine Schule nennt. Aber es ist keine Schule."

Ich nicke. „Und was haben sie dort mit dir gemacht?"

„Ich weiß nur noch, dass ich in den ersten Tagen mehrfach untersucht wurde. Und dass ich an Maschinen angeschlossen wurde und viele Spritzen bekommen habe. Man stellte mir unzählige Fragen, die ich offenbar alle beantwortet habe. Da war eine Europäerin dabei – glaube ich zumindest. Ich hatte Angst vor ihr. Man brachte mich oft an die frische Luft. Die sind auch einmal mit mir durch die Stadt gelaufen. Abends, bei Dämmerung."

„Also doch!", sage ich nur.

„In den letzten Tagen wurde es ruhiger", erzählt er weiter. „Es gab keine Spritzen mehr, und ich erholte mich rasch. Sie wollten mich offenbar im wachen Zustand. Ich habe hauptsächlich geschlafen."

„Und du weißt nicht, was sie mit dir vorhatten?"

Joseph schüttelt den Kopf. „Nur eines weiß ich genau: Das sind keine Schüler in diesem Internat. Man hat etwas mit ihnen vor, und das darf nicht weitergehen, Jenny. Wir müssen etwas tun."

Ich höre Schritte auf den Holzstufen. Amina kommt mit einem Tablett die Treppe hoch und bringt uns Keramikschüsseln, gefüllt mit Ziegenfleisch, Kochbananen in Kokosmilch, Reis und Gemüse. Erst jetzt merke ich, wie hungrig ich bin. Josephs Augen weiten sich auch erfreut, als Amina die Schüsseln direkt auf der Matratze aufbaut. Als sie wieder geht, krieche ich zu ihm aufs Bett und ziehe das Moskitonetz hinter mir zu. Dann lassen wir es uns gut schmecken und trinken dazu eiskalten Pfefferminztee aus winzigen goldumrandeten Gläsern.

„Ich dachte schon, ich sehe dich nie wieder", sage ich. Die Schüsseln sind inzwischen alle leer und ich fühle mich so richtig satt. Die dicke rote Kerze, die auf dem Nachttisch aufgestellt ist, flackert in der Salzbrise. „Aber ich hätte mich niemals damit abgefunden. Ich hätte die ganze Insel nach dir abgesucht. Und dann hätte ich mit dem Festland angefangen. Ich hätte nie aufgehört, bis ich dich wieder bei mir hatte."

Joseph lächelt und hält meine Hände fest. „Und ich wäre irgendwann entkommen", sagt er, „egal wie viel Gift sie mir in die Adern gespritzt hätten. Und ich hätte dich gefunden. Wir wären uns auf halber Strecke begegnet. Das bin ich mir sicher."

„*Jenseits von richtig und falsch liegt ein Ort*", zitiere ich. „*Dort treffen wir uns.*"

„Was sagst du?"

„Das ist von einem Sufi-Dichter namens Rumi", sage ich. „Erst durch ihn fange ich an, das alles hier zu verstehen. Joseph, ich habe soviel gelernt in den letzten Tagen. Gute Dinge – und schreckliche Dinge. Und es hat mich alles zu dir geführt."

Er lehnt sich nach vorne und küsst mich. Ich lasse es einfach geschehen, und lehne mich an ihn. Wir liegen Arm in Arm schweigend auf den kühlen Bettlaken.

Ein ovaler Mond steigt auf und erhellt die Türme und Teehäuser von Stone Town. Silberne Wolkenfetzen jagen über sein bleiches Gesicht hinweg. Eine Fledermaus flitzt durch den Raum und verschwindet wieder. Eine frische Brise füllt die Gardinen und fordert sie immer wieder zum Tanz auf.

Unsere Hände berühren sich und Joseph hält mich fest. Wir küssen uns. Ich habe keine Vorstellung mehr, wie viele Minuten oder Stunden verstrichen sind, aber irgendwann lange ich über den Bettrand und suche nach meinem Rucksack. Wo ist er bloß? Das Teehaus ist nur noch mit Mondschein beleuchtet und ich bin hilflos in einem fremden Haus in einer fremden Welt. Endlich finde ich ihn doch. Ich grabe tief in die vordere Tasche hinein, bis meine Finger an die kühle Folie geraten. Ich ziehe das kleine Paket heraus, das mir meine Mutter vor der Reise zugesteckt hatte, nachdem sie mir zum xten Mal ihren Standardvortrag über Liebe und Verantwortung und Schwangerschaft und Aids und, und, und gehalten hatte. Mit dem bunten Folienstreifen in der Hand, wende ich mich wieder zu Joseph.

Er atmet regelmäßig und räkelt sich im Schlaf.

Ich lächle und streichle ihm sanft übers Gesicht. Lass ihn schlafen, denke ich. Er muss wieder zu Kräften kommen, und ich muss es schließlich auch. Ich lege die Packung wieder in den Rucksack und ziehe die Bettdecke über uns beide.

21

Ich liege mit dem Kopf auf Josephs Brust, als ein Ruf – scharf wie eine Messerklinge – mich aus meinen Träumen reisst. „Hakim! Sayyid!"

Ich rolle mich zur Seite und blinzle. Die Sonne geht gerade über den Blechdächern Stone Towns auf. Ein kühler Wind weht vom Ozean her und ich sehe Tau im Moskitonetz glitzern.

Ich höre Schritte. Sabrina steckt ihren Kopf durch die Luke. „Du hast sie nicht gesehen?"

„Deine Brüder?", erwidere ich. „Nein, bestimmt nicht."

Sabrina streicht sich nachdenklich durch die Haare. „Sie sind weder im Haus noch im Garten", sagt sie.

„Warte." Ich stehe auf und ziehe meine Jeans und ein T-Shirt über Slip und BH. Joseph streckt sich und setzt sich auf. Ich küsse ihn auf die Wange. „Ich bin gleich wieder da", flüstere ich ihm zu.

Barfuß folge ich Sabrina die Treppe hinunter. Unten im Innenhof steht Amina neben einem gut angezogenen jungen Mann mit gepflegten Dreadlocks. Kann das wirklich Tony sein? Er hat offenbar gebadet, seine Dreadlocks gewaschen und seine Wangen bis auf einen kurzen Schnurbart und Kinnbart glatt rasiert. Er trägt ein gebügeltes weißes Hemd und riecht nach Nelkenseife. Er sieht auf einmal zehn Jahre jünger und – wenn nicht gerade respektabel – viel weniger furchteinflößend aus. Sabrina hält sich trotzdem fern und schaut ihn nach wir vor wie einen Einbrecher an.

„Ich habe alle Zimmer durchsucht." Amina zittert und wischt sich die Tränen ab.

„Hatten sie das Haus verlassen?", frage ich.

Amina schüttelt den Kopf. „Sie sind bei Sonnenaufgang in den Garten gegangen", erzählt sie. „Ich habe sie noch Tischtennis spielen gehört, als ich auf den Markt ging, um Milch und Obst zu kaufen."

„Wie lange waren Sie unterwegs?", fragt Tony.

„Zwanzig Minuten und nicht länger", sagt Amina. „Die Vordertür hatte ich selbstverständlich abgeschlossen."

„Wo hätten sie hingehen können?", frage ich. Sabrina antwortet nicht, aber Tony wirft mir einen Blick zu, der mir sagt, ich hätte mir die Frage besser sparen sollen.

„Tony, Amina, helft ihr mir, sie zu suchen?", fragt Sabrina. Beide nicken. Sie wendet sich an mich. „Jenny, wartest du bitte hier? Rufe mich auf meinem Handy an, falls sie wieder auftauchen."

Ich nicke und setze mich auf einen Bastsessel. Ich habe plötzlich so ein flaues Gefühl im Magen. Ein Zittern, das sich in meinem ganzen Körper ausbreitet.

Sabrina wirft mir ein Lächeln zu, als ob sie mich beruhigen will, obwohl sie selber bestimmt vor Sorge halb verrückt ist. Dann verschwindet sie mit den Beiden in den Flur. Ich höre die schwere Holztür knarren.

Und dann höre ich einen Schrei.

Es ist Sabrinas Stimme. Ich spurte zur Tür. Schon stehe ich neben ihr. Als ich mich umdrehe, sehe ich es auch.

In meterhohen roten Buchstaben prangen diese Worte am Gemäuer:

„WENN IHR DIE BEIDEN WIEDER LEBENDIG SEHEN WOLLT, DANN MÜSST IHR SOFORT TAJOMBA HERAUSRÜCKEN. SONST HOLEN WIR IHN SELBER."

Sabrina ist in die Knie gegangen und schlägt sich auf den Kopf. Tony macht einen Schritt auf sie zu, wagt es aber nicht, sie anzurühren. „Dafür ist jetzt keine Zeit", sagt er. „Wir müssen klar denken. Jetzt!" Nun übernimmt er das Kommando. Er geht an die Mauer und berührt die Buchstaben mit seiner Hand. Dann reibt er die Farbe zwischen den Fingern und schnuppert daran. „Die Farbe ist ganz frisch", sagt er. „Sicherlich haben sie die Wand besprüht, sobald Amina wieder ins Haus ging. Hast du irgendetwas Ungewöhnliches gesehen?"

Amina schluchzt und schüttelt den Kopf. „Da war keine Seele auf der Straße."

„Das habe ich mir gedacht", sagt Tony. „Sie sind jedenfalls nicht durch die Vordertür gekommen. Aber verschwinden wir hier erst mal." Wir folgen ihm ins Haus und in den Garten hinaus. „Seht mal hier." Er führt uns an den Tischtennistisch. Ein Schläger liegt auf dem Tisch, der andere im Gras in einiger Entfernung. Der Ball liegt noch weiter weg. „Sind die beiden immer so unordentlich?", fragt er.

„Niemals", antwortet Sabrina. Sie scheint ihren ersten Schock überwunden zu haben. Ihre Zurückhaltung gegenüber Tony teilweise auch. Seine Führung tut uns allen gut.

„Eben", sagt Tony. Er geht weiter zu einem Bougainevillea-Busch. „Die Entführer sind hier in den Garten gelangt", erklärt er. „Sie sind wahrscheinlich mit einer Strickleiter über die Mauer geklettert. Wie Piraten, die ein Schiff entern. Sie haben die beiden wahrscheinlich eine Weile beobachtet, dann sind sie in den Garten gesprungen, haben die beiden gefangen und geknebelt, und sind mit ihnen wieder über die Mauer geklettert. Die ganze Aktion hat bestimmt nicht länger als ein paar Minuten gedauert."

„Was ist passiert?" Joseph steht im Garten. Er sieht jetzt ausgeschlafener aus, fast wie früher, und trägt die schwarze Hose und das weiße Hemd, die Amina gestern Abend für ihn rausgelegt hat. Ich schmiege mich an ihn und er legt seine Arme um mich. Als Tony ihm erklärt, was mit den beiden

Jungs passiert ist, beißt er sich auf die Oberlippe. „Wir müssen sofort die Polizei informieren", sagt er.

„Keine Polizei." Sabrina tritt hervor. „Jetzt wo mein Vater wahrscheinlich festgenommen worden ist, werden sie sich freuen, wenn etwas seiner Familie angetan wird. Vielleicht hängt die Polizei sogar mit drin."

„Ich verstehe gar nichts", sagt Joseph.

„Ich auch nicht", sage ich.

„Wir können nicht länger hier bleiben", sagt Tony. „Ich weiß nicht, was sie vorhaben, aber ihre Drohung müssen wir ernst nehmen."

„Und wo können wir hingehen?", fragt Sabrina.

„Hat eure Familie nicht Grundbesitz auf Sansibar?", fragt Tony. „Gibt es einen Platz, wo wir unentdeckt bleiben können, bis wir wissen, was wir für Hakim und Sayyid tun können? Und hast du etwas Bargeld?", fügt er hinzu.

Sabrina blickt ihn misstrauisch an, denkt aber nach.

„Warum stehen wir herum?", fragt Joseph. „Sie wollen mich, nicht euch. Am besten verschwinde ich gleich von hier. Oder ich lasse mich gegen sie eintauschen."

„Falsch", sagt Tony. „Keiner von uns wird sicher sein, am allerwenigsten Hakim und Sayyid. Wir stehen sicherlich unter Beobachtung." Er wendet sich an Sabrina. „Denk nach! Wo können wir jetzt hin?"

„Es gibt ein Haus", sagt Sabrina. „Da lebt seit Jahren keiner mehr. Kaum jemand wird überhaupt davon wissen"

„Wir müssen hier sofort weg. Gibt es einen anderen Ausgang, wo wir das Haus unbeobachtet verlassen können?"

„Im Keller gibt es einen Durchgang zum Nachbarhaus", fällt Amina ein.

„Stimmt! So haben wir früher die Nachbarskinder besucht", erklärt Sabrina. „Von dort kann man in die Kiponda Street gelangen."

„Und dort gibt's Schwarztaxis", sagt Tony. „Okay, jeder nimmt mit, was er für die nächsten Tage braucht. Etwas

Kleidung, ein paar Lebensmittel, Handys ausschalten, und wir brechen in einer Viertelstunde auf."

Mein Herz klopft schneller. Ich spüre eine Angst in mir, die ich sonst kaum kenne. Dabei weiß ich nicht, ob sie Hakim und Sayyid gilt, oder mir selber. Oder aber ... Joseph, den ich gerade erst wieder gefunden habe und den man mir schon wieder entreißen will.

Oben im Teehaus nehme ich den kleineren meiner beiden Rucksäcke und werfe nur wenige Dinge hinein – als würde es sich um eine Übernachtung bei einer Freundin handeln. Wo werde ich diese Nacht verbringen? Und die nächste ...?

Als ich wieder unten bin, sind die anderen fast fertig. Amina hat Joseph noch einige Hemden aus Ibrahims Kleiderschrank geholt und Sabrina packt sie für ihn in einen Rucksack ein. Tony hat auch nichts, aber Sabrina hat auch etwas für ihn bereit gelegt. Sie selbst hat sich wieder in ihre gelben Sachen gehüllt. Amina hat unterdessen einen ganzen Rucksack mit Brot, Konserven, frischem Gemüse und Wasserflaschen bereitgestellt.

„Muss ich auch mit?", fragt Amina Sabrina. „Ich weiß nicht, wo ihr alle hinwollt. Ich würde lieber zu meiner Mutter, hier in Stone Town. Ich kann euch ja anrufen, wenn ich etwas höre."

„Danke, Amina", sage ich. „Ich denke auch, das wird das Beste sein."

Wir sind bereit. Sabrina und Amina führen uns die Küchentreppe hinab in die kühlen, dunklen Gewölbe des Kellers. Hier liegen Vorräte aufgestapelt: ein Berg von Konserven, dazu unzählige Wasserflaschen, in Achterpackungen gebündelt und eingeschweißt, dann Zwanzig-Kilo-Säcke mit Kartoffeln und Reis und auch eine mannsgroße Traube grüner Kochbananen. Wir bewegen uns durch einen dunklen Korridor, der nur noch von nackten Glühlampen beleuchtet ist. „Die Übergänge wurden vor langer Zeit gebaut, damit die Menschen sich von Haus zu Haus bewegen konnten, wenn draußen eine Krise war", erzählt

Sabrina uns. Wenn jemals eine Krise war, denke ich, dann jetzt.

Wir stehen nun an einer schweren Holztür. Amina holt einen schweren eisernen Schlüsselbund aus ihrer Schürze und steckt einen Schlüssel ins Schloss. Der Schlüssel dreht sich schwer, aber die Tür geht auf und wir befinden uns in einem zweiten Keller. Hier liegen Flaschen und alte Kisten aufgestapelt. Es ist dunkel wie in einer Gruft. Amina holt eine Taschenlampe aus ihrer Schürze und wirft einen gelben Kegel hellen Lichts in die Schatten. Wir gehen die Treppe hinauf und kommen an eine Tür. Amina rüttelt an der Klinke. „Abgeschlossen", sagt sie. Nun klopft sie. „*Hodi*!", ruft sie. Und dann ... Stille.

Na toll, denke ich. Aber schon dreht sich ein Schlüssel und die Tür springt auf. Eine schmale Frau in einem gelbschwarz gemusterten Kanga schaut verdutzt durch die Türspalte. „*Karibuni*", sagt sie. Ihr Gesicht hellt auf, als sie Amina und Sabrina erkennt. „Was führt euch zu mir?", fragt sie.

„Ich erkläre dir alles ein anderes Mal, *Inschallah*", erwidert ihr Amina „Jetzt darf uns keiner sehen."

Die Frau nickt, als ob sie mit solchen Situationen vertraut wäre, und führt uns durch das fast leere, baufällige Haus. Wir treten über den leeren Innenhof, auf dem Zementsäcke und Kacheln aufgestapelt stehen, und huschen durch einen leeren Salon. Am Ende des Saals treffen wir auf eine weitere kleine Tür, die in ein kleines, verlassenes Wirtschaftsgebäude führt. Hier stehen Kisten mit Fingerbananen und Papayas. Die Frau fummelt mit einem Schlüsselbund und öffnet eine kleine Tür, durch die wir auf die offene Straße gelangen.

Ein Bus und zwei vollgepackte Lastwagen rattern über die Schlaglöcher. Frauen in bunten Kangas huschen von einem Marktstand zum anderen. Tony lässt sich von alldem nicht beeindrucken. Er stellt sich in die Straße und winkt. Sofort bleibt ein alter Toyota-Kombi stehen. „Sind Sie frei?", fragt er den Fahrer, ein Mann mittleren Alters mit einem schmalen Schnurbart.

Er nickt und wir steigen alle ein. Unser bisschen Gepäck passt perfekt in den Laderaum des zerbeulten Taxis. Tony setzt sich vorne zum Fahrer und Joseph, Sabrina und ich nehmen hinten Platz. Tony und Sabrina erklären dem Fahrer den Weg und schon brausen wir los.

„Sabrina, wenn der Polizei nicht zu trauen ist, an wen können wir uns dann jetzt wenden?", frage ich.

Sabrina schaut geradeaus. „Bis mein Vater wieder auftaucht, sind wir alle auf uns selbst gestellt. Hakim und Sayyid natürlich auch."

Bei der Erwähnung der beiden Jungs habe ich wieder dieses flaue Gefühl im Bauch. Ich drücke Josephs Hand, und er streichelt mir über die Haare.

Mittlerweile haben wir das Zentrum von Stone Town hinter uns gelassen. Es folgen einige Dutzend halb verfallene Lehmhütten, und schon rasen wir über eine schmale Landstraße, die uns durch dunkelgrüne Eukalyptushaine nach Norden führt.

Was können wir bloß tun? Ich ziehe mein Handy aus meiner Umhängetasche heraus. Der Akku zeigt kaum noch Leistung. Drei SMSs sind drauf – zwei von Mama und eine von Daniel. Sie wollen beide wissen, warum ich mich nicht melde. Ich denke nicht nach, sondern drücke gleich auf Mamas Nummer. Ich bekomme aber nur Ihre Mailbox. Klar – um diese Zeit am Morgen wird sie gerade mit dem Frühstück fertig sein und schon bei ihren ersten Patienten sein. „Mama, ich habe so eine ... Situation", stottere ich. „Melde dich doch, sobald du kannst." Dann piepst das Handy dreimal und das Display wird dunkel.

„Kein Handy!", ruft Tony vom Vordersitz.

„Keine Sorge", sage ich. „Es ist mal wieder aus."

Einen Augenblick lang spiele ich einen wunderbaren Gedanken durch: Mama, Daniel und Will steigen alle drei in Wills Cessna und suchen uns aus der Luft ... und retten uns und die Jungs im richtigen Augenblick.

Aber was können sie in so einer Situation bewirken? Ich

muss Sabrina Recht geben: Wir sind alle erst mal auf uns allein gestellt.

22

„Fahren Sie langsam", sagt Sabrina zum Taxifahrer. Wir befinden uns etwa dreißig Kilometer nördlich von Stone Town. Unterwegs haben wir ein halbes Dutzend Dörfer passiert, aber nun fahren wir durch eine öde Landschaft, wo bald keine Hütten mehr zu sehen sind. Auf einen Sandweg ohne jegliche Markierung biegen wir dann ab. Nach dreihundert Metern fahren wir durch einen Palmenhain hindurch. Als wir wieder herausfahren, sehe ich weit vor mir die Reste eines Hauses stehen. Die Steinmauern stehen zwar noch, aber die Blechdächer, die einst die drei Flügel des Anwesens bekrönten, sind teilweise eingestürzt. Mannshohe Bäume wachsen aus den Gemäuern. Etwa dreihundert Meter weiter glitzert der Ozean in der hellen Vormittagssonne.

Wir rollen über den Betonweg, der das verlassene Anwesen mit der Außenwelt verbindet und halten vor dem Haus. Tony nimmt ein paar Geldscheine von Sabrina entgegen und bittet den Fahrer, absolutes Stillschweigen zu bewahren. „Ich habe ihm gesagt, dass du als Journalistin hier bist und vom Präsidenten verfolgt wirst", erzählt er mir. „Er war sehr beeindruckt. Ich glaube nicht, dass er unser Versteck verraten wird."

Das Haus besteht aus einem längeren mittleren Teil und zwei kleinen Flügeln. Als ich näher komme, sehe ich, dass es einmal richtig prächtig gewesen sein muss – ein kleiner Palast – und irgendwann zurückgebaut wurde, um eine Art Sommerhaus daraus zu machen. Inzwischen hat es aber bestimmt schon seit Jahren keinen einzigen Farbtropfen mehr gesehen.

„Das Haus gehörte früher einem reichen arabischen Geschäftsmann", erklärt uns Sabrina, als wir davor stehen. „Mein Großvater hat es erst mal bewirtschaftet, und als ich klein war, haben wir dort ein paar Mal Urlaub gemacht, wenn es in Stone Town zu heiß wurde."

„Warum steht es leer?", frage ich. „Leer stehende Häuser in Afrika werden doch immer schnell besetzt, oder?"

„Oh, das ist leicht erklärt", antwortet Sabrina. „Kein Mensch will hier wohnen. Der Mann, der das Haus erbaute, war Sklavenhändler. Er soll nach alter Tradition die Fundamente mit menschlichen Knochen gemauert haben. Das Haus gilt seither als verhext."

Das hat uns gerade noch gefehlt, denke ich.

Ein Flügel des Hauses ist immer noch halbwegs intakt. Zwar hängt die Tür in den Angeln, aber die Fenster sind noch einwandfrei und innen drin ist es trocken und halbwegs sauber. Die Luft riecht nach Nelken und Kreuzkümmel. In den Holzkisten, die an den Wänden aufgestapelt stehen, werden offenbar Gewürze gelagert. Ein Eimer voller Pech steht an der Wand. Sabrina nimmt einen Strohbesen und fängt an zu fegen. Tony räumt einige Kisten weg und beginnt, unsere kargen Vorräte auszupacken. Sabrina geht ihm aus dem Weg, als würde er immer noch Lumpen tragen und nach Elendsviertel riechen.

Aber nun leben wir alle im Elend, und ich merke, dass Tony sich in solchen Situationen ganz und gar zu Hause fühlt. Sollen Joseph, Sabrina und ich wirklich hier wohnen? Und für wie lange? Wir haben nicht einmal Matratzen, geschweige denn Decken oder gar Schlafsäcke. „Können wir wenigstens Tee kochen?", frage ich Tony, der gerade dabei ist, zwei tote Ratten aus dem Fenster zu werfen.

Er schüttelt den Kopf. „Wir dürfen kein Feuer machen", sagt er. „Kein Mensch darf erfahren, dass jemand hier ist."

Ich stelle meinen Rucksack auf den Boden und setze mich drauf. Na toll, denke ich. Es stehen lediglich zwei halb kaputte Stühle an einem kleinen Holztisch mitten im Raum. Wie entscheiden wir, wer sitzen darf? Da werden wir wahrscheinlich Lose ziehen müssen. Oder die Reise nach Jerusalem spielen. Oder werden Joseph und Tony Gentlemen sein und den Damen den Vortritt lassen? Auch peinlich.

Als ich mich genauer umschaue, stelle ich fest, dass beide Stühle keine Sitzfläche haben. Keine Chance für Gentlemen. So sitzen wir alle auf dem Boden und essen schweigend den kalten Kardamomreis, den Sabrina aus der Küche mitgenommen hat, auf Papptellern.

Ich sehe Sabrina an. Sie isst den Reis in kleinen Bissen. Einmal treffen sich unsere Blicke und sie lächelt mich an wie immer. Was muss sie jetzt durchmachen? Sie müsste wahnsinnig vor Angst um ihre Brüder sein. Aber sie lässt sich nichts davon anmerken.

Als wir fertig sind, treten Joseph und ich auf den Hof. Hier muss es früher einen wunderschönen Ziergarten gegeben haben. Die Nachkommen der Rosen und Bougainevillea-Sträucher, die vor ewiger Zeit hier gepflanzt wurden, blühen bunt und frisch. Wir spazieren Hand in Hand im Schatten der Tamarindenbäume. Ihre leichten grünen Nadeln flattern wie Federn in der lauen Brise, die vom Inland herüber weht. Schwarze Vögel zwitschern in den kahlen Ästen eines riesigen Affenbrotbaums.

Der verwilderte Garten ist mit Ruinen übersät. Wir setzen uns auf eine verfallene Mauer und richten unsere Augen auf den blauen Streifen des Ozeans vor uns. Der Horizont verschwimmt zwischen Himmel und Erde. Ich denke an Tonys Worte über den Horizont, und über den Ort, der zwischen hier und da, *jenseits von richtig und falsch* liegt, aber den man niemals erreicht.

In weiter Ferne kann ich gerade das weiße dreieckige Segel einer arabischen Dhau ausmachen. Ein Schauder läuft mir den Rücken hinunter. Früher hat das Meer für mich immer Freiheit bedeutet – die weite Welt, unbegrenzte Möglichkeiten. Heute aber sehe ich es als eine unüberwindliche Mauer – höher, breiter und tödlicher als die Mauer, die einst Berlin umringte.

Im Kopf lasse ich alle anderen schwierigen Situationen, die ich seit meiner Ankunft in Afrika erlebt habe, an mir vorbeiziehen. Wie Daniel und ich damals unseren Stiefvater von der

Luft aus gesucht haben, als er entführt wurde. Wie wir zwei Verbrecher in einem Nachtflug zum Kilimanjaro verfolgt haben. Wie ich auf den Grund des Victoriasees getaucht bin. Wie ich mit Müh und Not über die Arktis von Amerika nach Ostafrika geflogen bin. Ja, ich war schon sehr oft in großer Gefahr. Aber damals war ich immer sicher, dass ich durchkommen wurde. Und ich wusste, dass mein Bruder und womöglich auch meine Eltern irgendwo in der Nähe waren. Aber jetzt? Meine Familie ist weit weg, Ibrahim ist verschwunden, und was können Sabrina und Tony ausrichten? Und Joseph?

Ja, Joseph. Ich drücke seine Hand kräftiger. Er lächelt mich an und küsst mich am Ohr.

„Ich habe vergessen, es dir zu sagen", sagt er.

„Was denn?"

„Danke." Er küsst mich auf die Stirn. „Einfach Danke. Ohne dich würde ich immer noch dort sitzen. Oder vielleicht schon ganz woanders.,"

Ich lächle schwach. „Ja, schon", sage ich. „Aber wofür habe ich dich gerettet? Was passiert mit uns jetzt? Und überhaupt – was passiert jetzt mit Hakim und Sayyid?" Ich fühle schon die Tränen in meine Augen steigen. „Was habe ich da bloß angerichtet?"

Joseph schüttelt den Kopf. „Du hast dich in die Höhle des Löwen gewagt", sagt er. „Das war richtig. Aber wenn man sich erst hineingewagt hat, kommt man nicht unverändert wieder hinaus. Was einem dort passiert, hängt schließlich auch vom Löwen ab, nicht nur von einem selbst."

„Und Hakim und Sayyid?", frage ich. „Sie haben mit dieser Geschichte nichts zu tun. Wenn ich nicht ins Livingstone Institute gegangen wäre, wäre ihnen nie etwas geschehen."

Erst als ich die Wörter ausgesprochen habe, merke ich, wie hässlich sie klingen müssen. Aber bevor ich etwas sagen kann, schneidet mir Joseph das Wort ab.

„Du hast es nicht nur meinetwegen getan", sagt er energisch. „Denk an all die anderen Menschen dort. Sie sind erst mal frei. Ohne dich wäre das nie passiert."

Ich denke an die vielen Kinder und jungen Menschen, die bei dem Brand ziellos durchs Gelände gestreunt waren. Ohne Chancen, ohne Zukunft. Woher soll ich wissen, was ihnen bevorsteht?

„Dennoch bin ich nicht frei", sagt Joseph. „Noch nicht. Denn ich habe meine Freiheit mit der Freiheit von Hakim und Sayyid gekauft. Bis sie wieder frei sind, ist meine Freiheit nur geborgt."

„Ich bin so eine Idiotin", sage ich.

„Nein, du warst mutig", sagt Joseph. „Zwar albern, aber mutig. Und so wie du dich für mich in die Höhle gewagt hast, wirst du es auch für Hakim und Sayyid tun." Er küsst mich auf die Lippen. „Wenn die Zeit kommt, wirst du wieder mutig sein und das Richtige tun. Für uns alle. Und ich auch."

Ich verstehe nicht, was er meint. Aber ich frage nicht nach, sondern ergebe mich dem Augenblick. Denn jetzt, wo er seine Arme um mich legt und mich an sich zieht, ist mir das alles nicht mehr wichtig. Ich bin bei Joseph und wenigstens für diese kostbaren Minuten ist die Welt in Ordnung.

Die Brise weht stärker in den Tamarinden. Ich lasse Joseph los und schaue auf meine Armbanduhr. Es ist schon vier durch. Uns allen steht ein langer Abend und eine längere Nacht bevor. Als ich aufstehe, klingelt mein Handy in meiner Umhängetasche. Mein Handy? Aber der Akku ist doch tot!

„Mein Gott, was habt ihr nur für einen schlechten Empfang da draußen", sagt Billys Stimme, als ich abnehme. „Weißt du, wie lange ich gebraucht habe, um euch zu orten?"

„Wie kannst du uns orten?", frage ich, nachdem ich mich von meiner Überraschung erholt habe.

„Hey, spiel nicht die Blöde", antwortet Billy. „Du weißt doch, dass man einen Menschen mit seinem Handy orten kann."

„Aber mein Akku ist leer!"

„Dein Akku zeigt eine Leistung von fünfundneunzig Prozent. Bei dir handelt es sich offensichtlich um einen

Wackelkontakt. Ich würde mir an deiner Stelle sofort ein neues Handy kaufen."

„Sehr hilfreich!", sage ich.

„Nein, ich helfe dir auf andere Weise. Ich habe euch nämlich hier auf dem Bildschirm – ihr seid dreißig Kilometer nördlich von Stone Town in der Nähe eines verfallenen Hauses an der Küste, richtig?"

„Unglaublich, wie du das wissen kannst!", sage ich.

„Nichts leichter als das", sagt Billy. „Jedenfalls wollte ich dir sagen, dass ich alle Handy-Nummern, die über das Konto der Schule bezahlt werden, geknackt habe. Frag mich nicht wie, aber ich hab's geschafft. Und nachdem du nicht mehr im Café aufgetaucht bist, fing ich an, dich zu suchen."

„Und, was hast du über die Handy-Nummern herausbekommen?"

„Tja, ich weiß zum Beispiel, wo sich die Besitzer der Handys befinden."

„Wo denn?"

„Auf dem Weg zu euch – mit etwa achtzig Stundenkilometer. Wenn sie diesen Kurs einhalten, wovon ich ausgehe, treffen sie in etwa zwanzig Minuten bei euch ein."

„Oh Gott!"

„Das kannst du wohl sagen. Und wenn ich mich nicht irre, sind sie in Begleitung von etwa einem halben Dutzend Polizeiwagen."

Ich springe auf. „Aber ... wie konnten sie uns finden?"

„Wie?" Billy kann die Verachtung in seiner Stimme nicht verbergen. „Genauso wie ich dich gefunden habe. Ihr hättet genauso gut eine Leuchtreklame aufstellen oder eine eigene Webseite aufbauen können mit den Worten: ‚Hier sind wir!'. Jetzt gebe ich euch den Rat, so schnell zu verschwinden, wir ihr könnt. Sie haben nämlich gerade das Tempo erhöht."

23

Ich drücke auf die Aus-Taste. Am liebsten würde ich das idiotische Handy ins Meer schmeißen. Ich greife nach Josephs Hand und rase mit ihm zum Haus zurück.

Ich brauche Sabrina und Tony nichts zu sagen, denn mein Gesichtsausdruck sagt schon alles. Sie springen sofort vom Boden auf, wo sie sich gerade offensichtlich gestritten haben, und haben unsere Vorräte im Nu eingepackt. Tony nimmt eine Handvoll Ingwer, dazu eine Handvoll Kreuzkümmel und schüttet sie in seine beiden Hosentaschen. Dann schnappt er sich den Pecheimer und Stöcke. Offensichtlich hat er schon einen Plan.

„Ich führe euch", sagt Sabrina mit Blick auf Tony. Sie greift ihre Tasche und ihr Kopftuch und stürzt los. Wir folgen ihr über den Garten bis zum Affenbrotbaum. Auf dem blauen Wasser sehe ich, wie die Dhau, die ich vorhin gesichtet habe, tapfer gegen den Wind kämpft. „Dort", sagt Sabrina. „Neben dem Felsen. Seht ihr die Öffnung?"

Schon stehen wir an einer Steinsäule nicht weit vom Abhang. Ein dunkles Loch öffnet sich vor uns. Sabrina zögert nicht, sondern klettert hinein. Tony folgt ihr und Joseph und ich klettern hinterher. Sobald wir unter der Erde sind, ist es dunkel wie im Bauch eines Wales. „Hier können wir nicht durch." Ich bleibe stehen. „Ich sehe keine Handbreit vor mir."

Tony murmelt etwas und ein paar Augenblicke später entzündet sich ein Streichholz. Ich sehe Tonys glänzend schwarzen Oberkörper aufleuchten. Neben ihm steht Joseph und hält eine Fackel in der rechten Hand. Das Ende des Stockes ist mit Stoffstreifen von Tonys Hemd umgewickelt und ist mit einer stinken schwarzen Masse getränkt. Natürlich, der Pecheimer! Tony entzündet die Fackel mit seinem Streichholz. Sie brennt lichterloh und sprüht Funken. Sabrina ergreift die Fackel, während Tony weitere Streifen von seinem Hemd abreißt. Joseph zieht auch sein Hemd aus und fängt an, weiße Streifen abzureißen und um weitere Stöcke zu binden.

„Wir müssen nicht hier bleiben, oder?", frage ich. Die Passage ist dunkel und muffig. Zwei Eidechsen huschen über die feuchte Steinwand. Eine Ratte springt quietschend zwischen meinen Füßen durch.

Sabrina schüttelt den Kopf. „Dies ist nur der Eingang. Du wirst gleich sehen."

Der Eingang wozu? Schon habe ich die Horrorvorstellung von endlosen unterirdischen Gängen. Die unglaubliche Menge an Fackeln – Tony und Joseph haben fast schon ein Dutzend davon fabriziert – lässt nichts Gutes ahnen.

Ich zögere. Um nichts in der Welt will ich da hinein, um mich bei lebendigem Leib von der kalten, feuchten Erde verschlingen zu lassen. Aber Joseph führt mich an der Hand und es geht weiter.

Der Gang führt steil nach unten, zunächst über Geröll, dann über raue Stufen, die irgendwann vor langer Zeit in Stein gehauen wurden. „Ich habe früher als Kind hier gespielt", erklärt uns Sabrina, während wir immer tiefer gehen. „Kein Mensch weiß, wie alt diese Passage ist. Ich weiß nur, dass sie vor über hundert Jahren von den Sklavenhändlern als Geheimgang benutzt wurde, um ihren Handel aufrechtzuerhalten, nachdem die Engländer ihn verboten hatten."

Wir wandern mindestens zehn Minuten weiter, bis die erste Fackel faucht, wieder aufflackert und dann rasch zu Ende geht. Joseph zündet eine weitere Fackel an der sterbenden Glut der anderen an. Dann greift er wieder nach meiner Hand und wir gehen weiter. Weit vor uns höre ich ein Brausen und Rauschen. Der Gang weitet sich und wir treten in eine hohe und schmale Höhle. Die Wände glänzen, das Meer vor uns schimmert schwarz wie Tinte. An der schmalen, hohen Öffnung weit vor uns leuchtet die Spätnachmittagssonne. Sabrina zieht ihre Sandalen aus und springt ins Wasser. Wir folgen ihr. Das Wasser ist lauwarm und geht bis an unsere Waden. „Geht vorsichtig", warnt uns Sabrina. „Hier wimmelt's vor Seeigeln. Wenn ihr nicht aufpasst, werdet ihr es bereuen."

Die Höhlenwände verstärken das Rauschen der Brandung. An einer Stelle in der Wand sickert Wasser durch das Gestein. Ich befeuchte meinen Finger und lecke daran. Keine Spur von Salz. Hier werden wir wenigstens nicht verdursten.

„Ist es Ebbe oder Flut?", frage ich.

„Ebbe", antwortet Sabrina. „Aber das Wasser steigt nur bis zum Vorsprung oben." Ein Dutzend in den Fels gehauener Stufen führen zum Vorsprung. Ein gut vier Meter langer Einbaum liegt oben an seiner Seite gegen die Felswand gelehnt. Tony klettert hoch und wir folgen ihm. Oben angekommen, nehmen wir alle Platz auf dem sandigen Boden. Bierflaschen und alter Plastikmüll zeugen davon, dass dieser Platz wohl öfter als Versteck verwendet wurde.

Joseph und ich setzen uns und ich lehne meinen Kopf gegen seine Brust. „Wie lange müssen wir hier bleiben?", frage ich.

Sabrina lächelt mich an. „Hast du eine leichtere Frage, Jenny?" Sie macht es sich so bequem wie möglich auf ihrem Rucksack. „Die Sklaven wurden manchmal tagelang hier behalten, bis sie in der Dunkelheit abgeführt werden konnten. Später, nachdem der Händler gestorben war, haben die entflohenen Sklaven in dieser Gegend sich selbst hier versteckt. Wir müssen erst mal die Nacht abwarten. Wie es morgen weitergeht ..."

„Aber wenn sie uns bis zur Öffnung folgen?", sage ich. „Ich meine, wenn sie Spürhunde dabei haben."

„Deshalb habe ich Gewürze im Garten gestreut", erklärt Tony. Er steckt gerade die restlichen Fackeln senkrecht in den Sand. „Wenn sie die Öffnung finden, dann wird es garantiert nicht an unserem Geruch liegen."

„Weiß irgendjemand von der Höhle?", frage ich.

„Sicher", sagt Sabrina. „Sogar Touristen werden manchmal hierher geführt. Aber der normale Zugang ist vom Strand her."

„Aber ..." Aber nichts. Ich brauche nicht weiter zu fragen. Nun ist die Lage klar.

Ich sehe schon, wie das Wasser Stufe für Stufe höher steigt. Ich hoffe, dass Sabrina Recht hat mit der Flut. Draußen tobt der Wind. Die Dhau erscheint nun in der Ferne, vom Höhleneingang umrahmt. Ich schaue zu, wie sie gegen die Wellen kämpft. Wenigstens kann sie kämpfen, denke ich, während wir nur noch sitzen und warten können.

Tony hebt den Kopf. Nun legt er beide Hände an die Ohren und hört konzentriert zu. „Sie sind da", flüstert er. Und ich weiß – er hat uns nur hierher geführt, um Zeit zu gewinnen. Er schaut zu Joseph und Sabrina und sie nicken.

Nun passiert alles sehr schnell. Joseph und Tony greifen nach dem Einbaum und ziehen ihn vor. Sie schieben ihn bis an den Rand des Vorsprungs und stürzen ihn ins Wasser. Er plätschert, kippt um und richtet sich wieder auf. Joseph und Tony klettern hinunter und hinein.

Ich soll in diesen Kahn? Sogar von hier oben sehe ich, dass das verschimmelte Boot mit vier Personen hoffnungslos überladen sein wird. Aber Sabrina lässt mir keine Zeit zum Nachzudenken, sondern greift nach meiner Hand. „Das schaffen wir, *Inschallah*", flüstert sie mir zu. Sie zerrt mich hinter sich her und schon sitzen wir im Boot. Joseph, Sabrina und ich nehmen auf dem glitschigen Boden des Einbaums Platz, während Tony ins Wasser springt und nun, bis zur Taille im Wasser, das Boot bis zur Höhlenöffnung schiebt. Wir legen uns alle flach. Der Einbaum stößt ein-, zweimal gegen die Felswände. Aber dann sind wir hindurch. Ich blinzle im prallen Sonnenlicht. Tony schwingt ein Bein über den Rand und klettert triefnass in den Einbaum. Er und Joseph nehmen die Ruder in die Hand.

Eine Welle schleudert uns fast zurück gegen die Felsen. Überhaupt weht der Wind jetzt stärker und der Ozean scheint überzukochen. Jetzt, wo wir die Felsen überwunden haben, türmen sich die Wellen fast zwei Meter hoch. Tony und Joseph kämpfen gegen sie an, während ich mich mit aller Kraft festhalten muss.

Die Dhau segelt nur noch ein paar hundert Meter von uns

entfernt. Sabrina und ich springen auf, um ihm zuzuwinken. Der Einbaum wackelt, kippt, und richtet sich wieder auf.

Schon treiben wir aufs offene Meer zu. Eine Welle bricht über die linke Seite des Einbaums und bespritzt uns mit weißem Gischt. Ich sitze plötzlich bis zu den Knöcheln im Wasser. Das Boot füllt sich – kein Wunder bei diesem krümeligen, verschimmelten Holz, das sich nun gänzlich auflöst.

Joseph und Tony rudern weiter. Die Dhau ist gleich vor uns. Aber nun verlangsamen wir unser Tempo. Ich spüre schon, wie schwer und träge der Einbaum wird. Das Wasser steht mir bis zu den Waden, dann bis zu den Knien. „Springt!", ruft Tony.

Das ist das Letzte, was ich höre, bevor eine neue Welle kommt und mich wie eine alte Stoffpuppe in den Ozean spült.

24

Schwere Holzbalken knarren unter mir. Gespanntes Segeltuch flattert im Wind. Der Gestank von Fäulnis und Salz steigt mir in die Nase, als sich der raue Holzboden unter meinem Rücken hebt und senkt. Ich schlage die Augen auf. Die Sonne blendet mich wie ein Blitz. Ich setze mich auf. Sofort überkommt mich eine Welle von Übelkeit, sodass ich mich gleich wieder auf die Ellenbogen zurücklehnen muss.

„Langsam", sagt Josephs Stimme. Eine kühle Handfläche legt sich auf meine Stirn. „Du hast eine Menge Meerwasser geschluckt."

Ich schlage wieder die Augen auf. Joseph lächelt mich an. Als ich endlich aufrecht sitze, sehe ich, dass ich mich auf einem Segelschiffe befinde. Zwei drahtige schwarze Jugendliche in kurzen Hosen ziehen gerade eine Leine fest. Sabrina hockt sittsam auf einem aufgerollten Hanfseil, gewickelt in ein dunkelblaues Gewand und winkt mir zu. Tony, immer noch ohne Hemd, hilft einem anderen Afrikaner am Steuerrad.

Ein weißhaariger Afrikaner mit einem räudigen Halbbart

gesellt sich zu Joseph und mir. Er trägt ein zerrissenes Hemd und eine Hose aus grauem Leinen und ist barfuss wie die anderen Männer. Er hat Goldringe in seinen verwitterten Ohrläppchen und eine Augenklappe bedeckt sein rechtes Auge. Panik ergreift mich, als ich sein narbiges Gesicht sehe. Für einen Augenblick glaube ich, ein Holzbein zu sehen und einen Papagei auf seiner Schulter. Ich blinzle zweimal, und sie sind wieder weg. Der alte Mann aber bleibt und schaut mich neugierig an. Er reicht mir die Hand und zieht mich hoch, bis ich aufrecht stehe. Ich schwanke und lehne mich an Joseph.

„Ich bin Bwana Djalil", sagt er mir auf Kiswahili. „Kapitän dieser Dhau. Ich dachte zuerst, du wärst ertrunken."

„Was ist passiert?" Die Übelkeit verzieht sich wieder. Ich merke einen sauren Geschmack in meinem Mund.

„Du bist über Bord gegangen, als wir gerade an det Dhau angelangt waren", erklärt mir Joseph auf Kiswahili. Seine braune Haut glänzt im Abendlicht. „Kapitän Djalil musste seine ganze Mannschaft ins Wasser schicken, um dich herauszuholen."

„*Asante sana*", sage ich. Danke schön. Der Ausdruck kommt mir aber mehr als dürftig vor.

„Zum Danken ist später Zeit", sagt Kapitän Djalil. „Und nun versuche am Besten zu schlafen. Wir müssen bei Sonnenaufgang in Chake Chake sein."

„Chake Chake?", frage ich.

„Das liegt auf Pemba", erklärt mir Joseph. „Es ist die Hauptstadt der Insel. Der Kapitän hat sich freundlicherweise bereit erklärt, uns mitzunehmen. Obwohl das Festland für uns besser wäre."

„Was ist das für ein Schiff? Ist es etwa ...?"

„Ein Piratenschiff?" Kapitän Djalil öffnet den Mund und lacht zwischen seinen braunen Zahnstümpfen.

„Djalils Dhau pendelt zwischen den Inseln", sagt Joseph weiter, diesmal auf Englisch. „Was er für Waren an Bord hat, hat er uns nicht verraten. Jedenfalls ist es etwas, was nicht gut riecht, wie du vielleicht schon festgestellt hast. Es ist vielleicht besser, das Thema gar nicht erst anzusprechen. Fakt ist, er mag die Behörden nicht, und deswegen macht es ihm Spaß, vier Flüchtlinge ein Stück des Weges mitzunehmen."

Der Kapitän ist mittlerweile in seiner Kajüte verschwunden. Ich gehe ein paar Schritte und schaue mich um. Das Segelschiff misst etwa vierzig mal zehn Meter. Alles ist aus Holz und könnte hundert Jahre alt sein. Die Bugspitze ist zu einem grinsenden Kamelkopf geschnitzt. Von jedem Balken hängen silberne Amulette mit der Hand der Fatima und fünfzackige Sterne. Von einer der Leinen wehen blaue, schwarze und gelben Fahnen. Nein, das sind keine Fahnen – das sind doch Sabrinas Kluft und die Hosen von Joseph und Tony! Die beiden Männer tragen ebenfalls dieselben grauen Leinenhosen wie die drei Matrosen. Erst jetzt spüre ich, wie kalt und klebrig ich mich fühle. Ich schaue auf meine eigenen Klamotten. Mein klammes T-Shirt klebt an meiner Haut und meine Jeanshose fühlt sich an wie eine nasse Windel.

„Du solltest dich auch lieber umziehen", sagt mir Sabrina und küsst mich auf die Stirn. In ihrem dunkelblauen Gewand sieht sie wie eine sansibarische Prinzessin aus.

Ich nicke. „Wo ist mein Rucksack?", frage ich.

Joseph schüttelt den Kopf. „Es ist alles ins Meer gespült worden. Wir können froh sein, dass Kapitän Djalil uns aus dem Wasser geholt hat."

Kein Rucksack ... Alle meine Klamotten, mein Kulturbeutel, mein Handy und mein neues Notizbuch.

„Komm mit", sagt Sabrina und nimmt mich an die Hand. „Kapitän Djalil hat unter anderem eine Ladung Altkleidung an Bord, die er an einen Händler in Chake Chake liefern will. Vielleicht ist auch etwas für dich dabei."

Ich lasse mir das nicht zweimal sagen, sondern folge Sabrina bereitwillig in die Kabine. Dort riecht es nach Schweiß und starkem Tabak. Vier riesige Bündel Kleidung liegen auf der Erde. Sabrina macht einen davon auf und wir durchwühlen die Sachen. Zum Glück sind sie gewaschen –

der Schweiß stammt offensichtlich von den Matratzen, die zusammengerollt an der Wand stehen und den Männern offenbar als Bettplätze dienen.

Die Sachen sind hauptsächlich Männerkleidung, und stammen eindeutig aus Europa. Plötzlich fallen mir diese Kleidersammelkästen in Berlin wieder ein, wo man seine abgelegten Klamotten und Schuhe schnell und unauffällig entsorgen kann und dabei ein gutes Gewissen bekommt. Und da enden sie – auf einem Schmugglerschiff auf dem Weg zum Wochenmarkt in Chake Chake. Sabrina schaut mich an und lacht. Sie hält eine Männerunterhose hoch, die groß genug für ein Elefantenbaby wäre. Ich lache ebenfalls und setze meine Wühlaktion fort.

„Wie wäre denn das?", fragt Sabrina nach einer Weile. Sie hält ein bedrucktes Kleid hoch. Es sieht wie eine Kanga aus, ist aber etwas modischer geschnitten. Es ist dunkelblau und dunkelgrün mit einem eingearbeiteten Muster, das wie Paisley aussieht, aber das ich nicht ganz definieren kann.

„Es ist wunderschön", sage ich. „Aber wirklich nicht mein Fall. Ich stehe lieber auf Jeans, wenn es darum gehen soll, über die Insel zu gehen."

Sabrina schüttelt den Kopf. Sie hält ein weiteres Tuch hoch, das mit demselben Muster bedruckt ist. Es ist ein Kopftuch mit Gesichtsschleier. „Darum geht's nicht, Jenny. Zwar weiß ich nicht, was uns auf Pemba erwartet, aber ich glaube kaum, dass du da erkannt werden willst, oder? Nach Pemba kommen nur wenige Touristen, und du mit deinen blonden Haaren und der hellen Haut wirst mehr als auffällig sein."

„Du meinst, ich soll verschleiert herumlaufen?" Ich kann nicht anders – die bloße Vorstellung ist so was von verrückt, dass ich einfach lachen muss. Aber Sabrina schaut mich mit ernsten großen Augen an. Nun lache ich nicht mehr. „Ehrlich, Sabrina", flehe ich sie an, „du kannst nicht wirklich erwarten, dass ich wie eine Fundamentalistin auftrete."

Sabrina seufzt. „Schließlich kommt es darauf an, was man im Herzen trägt, und nicht, was man auf den Schultern trägt.

Jenny, ich weiß nicht, ob du an Gott glaubst, und das ist mir nicht wichtig. Ich weiß aber sehr wohl, dass du an das Gute im Menschen glaubst, was für mich genau dasselbe bedeutet. Die Menschen aber, die hinter uns her sind, glauben nicht daran. Im Gegenteil. Deshalb darfst du nicht entdeckt werden. Außerdem sind die Menschen auf Pemba ziemlich fromm. Wir müssen uns auf sie einlassen, bevor sie sich auf uns einlassen."

Erst als sie die Worte ausgesprochen hat, wird mir klar, wie ernst die Lage ist. „Gut", sage ich. „Ich werde mich darauf einstellen."

Sabrina findet noch einen Slip und einen BH für mich, und außerdem ein paar vernünftige Frauenschuhe aus schwarzem Leder, die wie angegossen passen. Sie lässt mich allein und ich ziehe mich um.

Ich binde das bunte Tuch über meinen Kopf und schlüpfe in meine neuen Schuhe. Als ich wieder aufs Deck gehe, drehen sich alle Köpfe zu mir. Sabrina lächelt mir zu, aber Kapitän Djalil und seine Mannschaft starren mich mit offenen Mündern an. Tony stemmt die Arme in die Hüfte und Joseph schüttelt seinen Kopf vor Verwunderung. „Na, wie sehe ich aus?", frage ich.

Joseph kommt auf mich zu und nimmt meine Hände in seine. „Wie meine Tante Clara in Dodoma", sagt er.

„Danke. Das habe ich befürchtet." Ich hänge meine Jeans und das T-Shirt an einem Seil auf.

Joseph neigt den Kopf und lächelt. „Nein, du siehst aus wie Jenny. Dich erkenne ich überall."

Wir segeln noch eine halbe Stunde, bis die Sonne schnell untergeht und der Himmel sich dunkelblau färbt. Auf einmal reckt sich der Kapitän und schaut zu den anderen. Der Steuermann übergibt das Steuer Tony und alle fünf Mann versammeln sich auf das Hauptdeck, richten sich nach Norden und rollen Gebetsteppiche aus. Dann stehen sie einen Augenblick still und legen ihre Hände an die Ohren. „*Allahu Akbar*", rufen sie. „*Bismillahir-Rahmanir-Raheem* ..." Sie verbeugen sich und legen die Hände auf die Knie. „*Subhaana rabbiy al.'azeemi wa bihamdih.*" Dann knien sie nieder und legen die Stirn auf die Holzplanken. Sie stehen wieder auf und wiederholen die Prozedur. Die ganze Zeit sprechen sie die Worte vor sich hin. Sabrina hat eine Matte von der Leine genommen und tut es ihnen gleich, während Joseph, Tony und ich stumm zuschauen. Ein Bild taucht in meiner Fantasie auf. Vor mir sehe ich einen kleinen Mann in einem weißen Gewand, der seinen Gebetsteppich in die Hand nimmt und ins Wasser springt, um ungestört sein Gebet zu verrichten...

Dann ist es vorbei und die Männer kehren an ihre Arbeit zurück. Einer der Matrosen, ein kleiner, drahtiger Mann namens Muhammad, entpuppt sich als der Schiffskoch. Er verschwindet in die Kajüte und kocht uns einen großen Eisentopf mit Reis und kleingeschnittenen Fingerbananen. Während ein Matrose am Steuer steht, sitzen wir alle in einem Kreis auf dem Deck und essen den süßen, duftenden Reis aus kleinen Bambusschälchen mit unseren Fingern. Jetzt, wo es dunkel wird, ändert sich die Windrichtung und wir werden schnell vorangetragen. Die Balken ächzen. Der Dampf steigt von dem süßen, milchigen Tee in meinem Blechbecher auf und kitzelt mich an der Nase.

Jetzt, wo wir schweigend zusammensitzen, nehme ich meine Umgebung erst richtig wahr. Die Dhau ist tatsächlich komplett aus Holz gebaut und wird mit Seilen zusammengehalten. Ich entdecke kein Funkgerät, kein Echolot, kein GPS oder irgendein anderes modernes Gerät. Ich fühle mich in die Zeiten von Sindbad dem Seefahrer zurück versetzt. Sicherlich ist er damals, als Kalif Harun al-Raschid im alten Bagdad herrschte, auf ähnlichen Booten gefahren. Ich erwarte fast, im alten Basra zu landen und an den Hof des großen Kalifen selbst geführt zu werden.

„Wer von euch hat eine Geschichte für uns?" Kapitän Djalils raue Stimme holt mich in die Gegenwart zurück.

Zuerst denke ich, dass er mich anschaut, aber stattdessen sehe ich, dass er seinen Blick auf den ersten Stern am

Nichthimmel gerichtet hält. Als keiner antwortet, beginnt er zu erzählen.

Es war einmal ein Kaufmann, der seit seiner Jugend immer wieder zur See gefahren war. Obwohl er das Reisen liebte, lebte er für seinen wunderschönen Blumengarten, den er aber nur selten zu sehen bekam. Eines Tages, nachdem er schon viele Jahrzehnte auf allen Meere dieser Erde gesegelt war, beschloss er, das Meer aufzugeben und nur noch in seinem Garten zu sitzen und seine Rosen zu pflegen.

In den ersten Tagen und Wochen freute er sich über die bunten Blumen und er zählte sich zu den glücklichsten Menschen auf Erden. Sein Garten lag in einer großen Stadt, die weit weg vom Meer lag, sodass er nur noch Steinhäuser um sich sah und das Geräusch der Wellen und der Möwen fast gänzlich vergaß. Aber bald musste er feststellen, dass sein Augenlicht immer schwächer wurde. Es war so schlimm um ihn bestellt, dass er seine geliebten Blumen nicht mehr voneinander unterscheiden konnte, bis er eines Tages ganz und gar blind wurde.

Nun lief er von einem Arzt zum anderen. Der eine verschrieb ihm Pulver, der andere Tropfen, ein dritter gab ihm kalte Kompressen. Aber keiner konnte ihn von seiner Blindheit heilen.

Eines Tages hörte er von einem weisen Geistlichen, der in einer Hütte auf einem hohen Berg lebte. Der Mann, der inzwischen keine Handbreit vor den Augen mehr sehen konnte, ließ sich von seinem Diener hinaufführen. Als der Geistliche von seiner Not hörte, gab er ihm keine Pulver, keine Tropfen und keine Medizin. Stattdessen führte er ihn an der Hand, bis sie beide am Fuße des Berges standen. „Nun, lauf alleine los", sagte der Geistliche, „und richte deine Augen auf den Horizont vor dir. Lauf immer weiter, bis du weißt, dass du aufhören musst." Der Mann lief nun geradeaus, der Geistliche neben ihm her, bis seine Füße den kühlen Wellensaum spürten.

„Ich kann sehen", sprach der Mann. „Ich sehe das Meer vor mir. Du hast mich geheilt."

"Nein, du hast dich selbst geheilt", sagte der Geistliche, „indem du das Weite gesucht hast. Und nun musst du wieder zur See fahren und deine Augen immer auf den Horizont richten. Solange du das Weite nicht suchst, wirst du das, was nah liegt, auch nicht finden."

„Das ist ein schönes Märchen", sage ich.

Kapitän Djalil schaut mich überrascht an. „Wieso Märchen?", fragt er. Und nun weiß ich, dass es tatsächlich kein Märchen ist, dass dieser sagenhafte Kaufmann gerade vor mir sitzt.

Kapital Djalil wendet sich nun an uns. „Beim Reisen, wie im Leben selbst, ist es immer der Gedanke an das, was hinter dem Horizont liegt, was uns in Bewegung hält. Verliere den Horizont aus deinem Blick, und du verlierst deine Richtung, deine Orientierung, du verlierst deine Hoffnung. Du musst immer deine Augen auf den Horizont richten. Denn daher kommt das Licht."

Tony räuspert sich. „Ich kenne auch eine Geschichte", sagt er. *„Es war einmal ein kleiner Junge in einem Dorf am anderen Ende Afrikas. Als er in die Welt hinausging, passte er nirgendwo hin. Er hatte immer die falschen Ideen, die falschen Wünsche, das falsche Aussehen, den falschen Glauben. Vor allem wollte er immer nur das machen, was er wollte, und nicht das, was man von ihm forderte. Als eines Tages Menschen zu ihm kamen und ihm ein angenehmes Leben versprachen, wenn er nur seinen Namen auf ein Stück Papier setzen und ihnen für alle Zeiten gehorchen würde, versteckte er sich auf einem Schiff und fuhr, soweit er konnte auf der Suche nach einem Ort, wo man ihn als das akzeptierte, was er wirklich war, und nicht als das, was andere aus ihm machen wollten. Und diesen Ort sucht er noch heute."*

„Traurig", sagt Sabrina.

Das finde ich auch. Aber ich sage: „Ich kenne auch eine Geschichte. Es war einmal ein Mädchen, das immer das Richtige tun wollte, aber immer das Falsche tat."

„Das ist noch trauriger", sagt Kapitän Djalil. Joseph nimmt meine Hände in seine und drückt sie.

Am Horizont sehe ich nur noch Sterne, die hinter einem Dunstschleier verschwinden. Ich rolle mich in eine Decke und schlafe ein.

25 Piraten mit Säbeln und Augenklappen verfolgen mich in meinen Träumen. Ich höre ein Kratzen und Knarren und öffne die Augen. Ich erblicke einen diesigen Himmel und das fahle Glimmen der Morgensonne, die gerade aus den Fluten gestiegen ist. Meine Knochen scheinen alle eingerostet zu sein. Kein Wunder: Ich habe auf dem Deck geschlafen, mit lediglich einer Lage Altkleidung als Polster zwischen mir und den rauen Brettern.

Holz stößt gegen Holz. Ich erhebe mich und sehe, wie ein Einbaum neben der Dhau anlegt und wie einer der beiden Insassen, ein junger Mann in einem knallroten T-Shirt und einer kurzen schwarzen Hose, die Strickleiter hochklettert und an Bord kommt. Kapitän Djalil unterhält sich eine Weile mit ihm in leisen Tönen und nickt mit seinem Kopf in unsere Richtung. Der junge Mann sieht ihn ernsthaft an und blickt zunächst zu den anderen, und dann zu mir. Schließlich nickt er und gibt Kapitän Djalil die Hand. „Ihr werdet jetzt mit Omar mitgehen", sagt Djalil. „Er bringt euch an die Küste. Von dort aus müsst ihr euch selber durchschlagen, *Inschallah*. Es ist viel zu gefährlich, wenn wir euch bis nach Chake Chake bringen."

Joseph, Tony und Sabrina stehen bereit. Ich schaue mich um. Ich war schon immer dafür, mit leichtem Gepäck zu reisen, aber dieses Mal habe ich nicht einmal eine Zahnbürste dabei und meine Malariatabletten auch nicht, wie mir einfällt. Meine Knöchel und Waden strotzen geradezu vor frischen Mückenstichen, die ich mir wohl gestern im verfallenen Haus zugezogen habe. Meine eigenen Klamotten will ich aber nicht zurücklassen. Ich reiße die noch klamme Jeans und das inzwischen steif getrocknete T-Shirt von der Leine herunter, dann verschwinde ich in die Kajüte, wo ich sie unter meine neuen Sachen anziehe.

Ich will Kapitän Djalil danken und reiche ihm die Hand, aber er schüttelt nur den Kopf und sagt, „Beeilt euch. Der Seegang wird höher und ich möchte euch längst an Land wissen, bevor es richtig hell wird."

Ich rufe ihm und dem Rest seiner Mannschaft dennoch ein lautes „*Asante sana!*" zu und folge den anderen zum Einbaum hinunter. Der andere Mann, ein kräftiger älterer Mann in einem weißen Hemd und mit zerrissenen Jeans, hält die Strickleiter fest und sorgt dafür, dass der Einbaum im bewegten Wellengang nicht umkippt. Ich steige ein und quetsche mich in den schmalen Spalt hinter Joseph. Schon wieder muss ich das über mich ergehen lassen. Ein Einbaum ist nicht wesentlich breiter als die eigenen Hüften und man sitzt unter der Wasserlinie. Die Pfütze unter meinem Sitz lässt mich leicht hochschrecken – zu sehr erinnert mich das Gefühl an das gestrige Unglück.

Sobald wir alle darin sitzen, steigt Omar vorne ein und stemmt uns von der Dhau ab. Nun greifen beide Männer nach ihren schmalen Holzpaddeln. Gleichzeitig lässt Kapitän Djalil den Anker lichten und die Segel hieven und setzt das Schiff in Bewegung. Ich winke ihm und seiner Mannschaft nach, bis sie hinter einem Nebelschleier verschwinden.

Die beiden Männer paddeln, ohne dabei zu sprechen. Der Nebel löst sich auf und ich sehe, dass wir nur etwa zweihundert Meter von einem weiten Sandstrand entfernt sind. Dahinter erstreckt sich ein Palmenwald, aus dem Vogel- und Affenrufe bis zu uns dringen. Bald geraten wir in eine leichte Brandung, aber die Männer paddeln weiter, bis wir von einer letzten starken Welle ganz an den Strand getragen werden. Ich ziehe mir die Schuhe aus und hüpfe aus dem Einbaum auf eine feuchte Tangdecke. Ganz in unserer Nähe liegen weitere Einbäume aneinandergereiht. Netze trocknen auf klapprigen Holzgestellen. Ein träger Rauchkringel steigt vom Palmendach einer winzigen braunen Lehmhütte am Waldesrand hinauf.

„Hier lang", sagt Omar. Als wir die Hütte erreichen, ruft er „*Hodi!*"

„*Karibuni!*" ertönt eine Frauenstimme von innen. Omar führt uns durch einen schweren Vorhang aus schwerem braunem Stoff bis ins Innere. Dort stehen zwei junge Frauen über einem Holzfeuer gebeugt und kochen Hirsebrei in einem eisernen Topf auf drei Steinen. Die Frauen tragen bunte Kangas. Sie beachten uns nicht Die ältere der beiden rührt mit einem Holzlöffel, während die andere Zucker hineinschüttet. „Ihr werdet hoffentlich mit uns essen, bevor es weitergeht", sagt Omar.

„Ihr seid sehr großzügig", sagt Sabrina. Wir nehmen zusammen mit den beiden Männern Platz auf die Matten. Eine der beiden Frauen bringt einen Plastikeimer mit Wasser und eine graue Plastikschüssel. Sie gießt Wasser über unsere Hände, während die ältere uns ein Handtuch reicht. Dann schütten beide Frauen den dampfenden Brei in eine einzige große Bambusschale und geben jedem von uns eine Tasse heißen, milchigen Tee in Blechtassen. Ich wärme eine Hand an dem Becher und stecke die andere in den Hirsebrei, genau wie alle anderen. Der Brei schmeckt süß und wärmt mich durch und durch.

„Was machen wir jetzt?", frage ich.

„Wir müssen ins Landesinnere gelangen", sagt Sabrina. „An irgendeinen Ort, wo man uns nicht finden kann, bis wir uns einen Plan überlegt haben." Sie wendet sich an Omar. „Wo befinden wir uns?", fragt sie ihn.

„Im Dorf Mtangani", erklärt er. „Etwa fünfzehn Kilometer von Chake Chake entfernt."

Sabrina nickt. „Das dachte ich mir", sagt sie. „Hat hier irgendjemand ein Handy oder eine Telefonverbindung?" Der Mann im roten Hemd schüttelt den Kopf. „Könnt ihr uns dann bis Mchatogi führen?"

Die Männer tauschen Blicke. Die Ältere der beiden Frauen, die bis jetzt die ganze Zeit den Brei umgerührt hat, hält inne und schaut Sabrina zum ersten Mal direkt an.

„Was ist in Mchatogi?", frage ich.

„Da werden wir sicher sein", antwortet Sabrina. Die beiden Männer flüstern miteinander.

„Ist etwas?", fragt Joseph.

Die Männer schweigen. „Der Wald ist verhext", antwortet die ältere der beiden Frauen. Die andere nickt.

„Wieso verhext?", fragt Tony. „Was meinst du damit?"

„Es ist ein Hexenwald", sagt die andere Frau. „Wer dort hineingeht, kommt nicht wieder heraus."

„Verstehe ich nicht", sage ich. „Was sollen das für Hexen sein?"

Endlich spricht Omar wieder. „Bi Kirembwe." Er spricht das Wort aus, als ob es ihm bitter im Munde liegen würde. Bi Kirembwe? Hoffentlich ist das nicht – die Hexe aus Pemba, die Menschenfresserin, von der Sabrina den Jungen neulich erzählt hat.

„Aber Bi Kirembwe ist nur ein Märchen", sagt Joseph. „Ihr wisst doch, dass sie nur von den arabischen Plantagenbesitzern erfunden wurde, um ihre Arbeiter einzuschüchtern."

„Es mag wohl sein, dass unsere Herren diese Geschichte erzählt haben", sagt Omar. „Aber es heißt noch lange nicht, dass sie nicht wahr ist."

Sabrina schaut zu mir und beißt sich auf die Unterlippe. Nun sehe ich zum ersten Mal Unsicherheit in ihrem Blick. „Könnt ihr uns trotzdem hinbringen?", fragt sie.

Omar schaut sie lange an. „Ohne seinen Segen dürfen wir es nicht", sagt er. „Wir brauchen einen Segen."

„Ich glaube schon, dass er euch seinen Segen schenkt, wenn wir da sind", sagt Sabrina.

„Was für einen Segen?", frage ich. Sabrina antwortet nicht.

„Könnt ihr dafür bürgen, dass wir den Segen erhalten?", fragt der andere Mann. Sabrina nickt.

Die beiden Männer unterhalten sich angeregt. „In Ordnung", sagt Omar. „Wenn uns sein Segen gewiss ist, bringen wir euch hin."

Als wir mit dem Frühstück fertig sind, danken wir den beiden Frauen und folgen den Männern wieder hinaus. Inzwischen ist die Sonne aufgegangen und strahlt nun in einem fast wolkenlosen Himmel. Das Dorf ist anscheinend voll aufgewacht und einige Leute stehen um die Hütte und schauen uns neugierig an. Ich ziehe das Kopftuch enger um mein Gesicht und möchte ganz schnell verschwinden. Die

Anwesenheit einer jungen *mzungu* in einem Kanga wird sich bestimmt sehr schnell auf der Insel herumsprechen. Wenn ich tatsächlich gesucht werde, darf ich keinen Augenblick länger hier bleiben.

Omar füllt eine Zwei-Liter-Wasserflasche aus einer Tonne und verstaut sie in einen dreckigen Rucksack aus Segeltuch. Dann nickt er uns zu und wir folgen ihm in ein Gehölz hinein. Wir müssen uns zunächst durch Büsche und Sträucher hindurchkämpfen, aber schon wenige hundert Meter weiter lichtet sich die Vegetation wieder und wir befinden uns vor endlosen Reihen von hohen Bäumen. „Wo sind wir hier gelandet?", frage ich.

„Das sind Nelkenbäume", erklärt Tony. „Nelken sind der größte Export von Pemba." Er greift nach einem Zweig und bricht ihn ab. „Schau mal", sagt er. Ich sehe die Blätter und die winzigen rosa Knospen dazwischen. „So sehen Nelken aus, bevor sie geerntet und getrocknet werden." Er bricht eine ab und gibt sie mir. Ich stecke sie mir zwischen die Zähne und beiße darauf. Plötzlich füllt sich mein Mund von einem wunderschönen frischen Geschmack, der mich wie ein prickelndes Mundwasser wieder munter macht.

Wir setzen unseren Weg durch die Baumreihen fort.

„Warum gehen wir nach Mchatogi?", frage ich Sabrina.

„Dort wohnt Scheich Bashir", antwortet sie. „Er ist ein *shamba mwalimu* – ein Landlehrer, wie wir sagen – und der Vorsteher einer kleinen Gemeinschaft hier auf Pemba. Er hat auch Anhänger auf Sansibar. Die Scheiche seiner Linie waren schon immer die geistigen Berater meiner Familie. Wann immer mein Vater ein Problem hat oder eine neue Einsicht braucht, kommt er auf die Insel und berät sich mit Scheich Bashir. Ob er auf mich hört, weiß ich aber nicht."

„Nun verstehe ich die Sache mit dem Segen", sage ich. „Aber was meinen die Leute hier bloß mit Bi Kirembwe? Wie können sie nur so abergläubisch sein?"

„Dass sie abergläubisch sind, überrascht mich nicht im geringsten", sagt Sabrina. „Pemba ist berühmt dafür. Aber dass sie es plötzlich so weit treiben ..." Sie bleibt einen Augenblick stehen und schaut mir ins Gesicht. „Du hast ja die Angst in ihren Gesichtern gesehen. Sie passt nicht zu diesen Menschen, die sonst in ihrem Glauben ruhen wie in Abrahams Schoß. Irgendetwas hier stimmt nicht. Die Welt ist aus dem Lot."

Vögel schreien von den Wipfeln der Nelkenbäume. Vor mir schlittert eine Kobra über den Weg und in die Büsche hinein. Ich schrecke zurück, fasse mich aber wieder und gehe weiter. Nach einer guten Viertelstunde sind wir hindurch und stehen wieder vor einem dichten Wald. Hier bückt sich Omar nach vorne und verrichtet ein kurzes Gebet. „*Bismillahir-Rahmanir-Raheem* ..." Dann schaut er uns zweifelnd an und geht weiter.

Wir folgen ihm. Die Angst spricht aus jeder seiner Bewegungen und greift auch bald auf mich über. Ich muss sagen, dieser Wald sieht zumindest verhext aus, so als könnte jederzeit Bi Kirembwe in Gestalt eines finsteren Untiers auftauchen und uns alle verschlingen. Wir steigen über Dornengestrüpp, das mit spitzen Krallen nach unseren Kleidern greift. Vögel schreien von den Bäumen und Affen hocken auf Baumwipfeln und scheinen uns auszulachen.

Die Luft ist schwer und schwül und riecht nach Fäulnis. Ich schwitze unter meinem langen Kleid und das Kopftuch klebt auf meiner Stirn. Die Bäume werden dichter und es wird um uns herum dunkler. Ich höre ein Plätschern und schon spüre ich die ersten Regentropfen auf meiner Haut. Auch das noch, denke ich. Wir gehen trotzdem weiter.

Keiner von uns spricht. Jeder ist mit seinen eigenen Gedanken beschäftigt, ob sie Sabrinas Brüdern oder der Bi Kirembwe gelten. Dennoch wirkt Joseph durch seinen Gang und durch seine Haltung immer verschlossener, als könnte er sich nun ganz aus dieser trüben Realität, die wir uns geschaffen haben, ausklinken.

Auf einmal rieche ich Holzrauch. Der Wald lichtet sich und wir stehen vor einer Rodung. Gut drei Dutzend Bambushütten bilden eine bescheidene Siedlung. Eine Gruppe von Frauen in bunten Kangas nimmt uns wahr und kommt uns entgegen, gefolgt von einer Schar von kleinen Kindern.

„Zieh dein Kopftuch straff!", befiehlt mir Omar. „Und den Schleier vors Gesicht. Du darfst nicht erkannt werden."

Ich gehorche ihm und sorge dafür, dass nicht ein Zentimeter meiner bleichen Haut zu sehen ist. Meine blauen Augen sind ein anderes Problem. Ich ziehe das Kopftuch noch tiefer über meine Stirn. Schon sehe ich selber wie ein Waldgeist aus ...

Omar geht voraus und spricht mit den Frauen. Ein Mann in einem weißen T-Shirt und einer Machete in der Hand kommt aus einer der Hütten heraus und Omar geht auf ihn zu. Er gibt ihm die Hand, dann zeigt er auf uns und diskutiert angeregt mit Omar. Der nickt und denkt eine Weile nach. Weitere Männer gesellen sich zu ihnen, bis eine große diskutierende Gruppe entsteht. Auch Tony schließt sich an. Nach einigen Minuten scheinen sie sich zu einer Entscheidung durchgerungen zu haben. In der Zwischenzeit stehen wir im Nieselregen und zittern. Omar winkt uns zu und wir folgen der Gruppe zu einer kleinen schäbigen Hütte am Dorfesrand. Nun macht Omar die Tür auf und gibt Sabrina und mir zu verstehen, dass wir hineingehen sollen.

Wir gehorchen. Innen ist es gänzlich kahl, bis auf einige Bastmatten auf dem Sandboden und eine Feuerstelle in der Mitte. „Hier müsst ihr bleiben", sagt Omar.

„Für wie lange?", frage ich.

Tony seufzt. Dann sagt er zu mir auf Englisch: „Omar hat ihnen gesagt, dass du und Sabrina vor euren Ehemännern auf Sansibar geflohen seid und gesucht werdet. Sie haben nichts dagegen, wenn ihr einige Tage hier bleibt. Aber wenn du dein Gesicht zeigst, dann werden sie wissen, dass etwas nicht stimmt. Außerdem wird sich das Gerücht sehr schnell auf der Insel verbreiten, dass eine Weiße sich versteckt hält, und dann wird es für uns alle sehr schwierig werden. *Wazungu* sind nämlich auf Pemba recht selten."

„Aber wie sollen wir hier leben?", frage ich. „Die Hütte ist gänzlich leer."

Tony schaut sich um. „Ich kümmere mich darum", sagt er. „Nun musst ihr euch in der Geduld üben."

Er geht wieder und macht die Tür hinter sich zu. Sabrina und ich schauen einander an. Sie lächelt schwach, dann legt sie sich auf eine der Matten und scheint zu schlafen. Ich setze mich auf eine andere hin und lehne mich gegen die Wand. Wenigstens kann ich hier mein Kopftuch abnehmen. Es klebt vor lauter Schweiß und Regenwasser auf meinen Haaren. Von den Bananenblättern, aus dem unser Dach besteht, plätschern immer wieder Regentropfen. Eine Fliege summt durch die muffige Luft. Ich schließe die Augen, aber der Schlaf kommt nicht.

Gegen Abend klopft es an der Tür. „Jenny", sagt Tony. „Ich wollte es dir nicht sagen. Aber er ist fort."

„Wer denn?", frage ich. „Du meinst doch nicht ..."

„Ja, Joseph. Er hat eine Nachricht hinterlassen." Und er hält mir ein Wahlplakat mit dem Bildnis des Präsidenten vor die Nase. *Folgt mir bitte nicht*, steht auf der Rückseite in Joseph's eleganter Handschrift geschrieben, *denn meine Freiheit war nur geborgt. Die Jungs sind meine Verantwortung. Rettet euch!*

26

Zwei Tage leben wir schon hier. Ohne Joseph, ohne Hakim und Sayyid, ohne Hoffnung. Sabrina verlässt die Hütte mehrmals am Tage, aber ich darf nicht über die Schwelle, wenn mir mein Leben lieb ist. Nun haben sie und Tony die Kunde verbreitet, dass ich krank bin und strenge Bettruhe brauche. Wohl deshalb kommt uns niemand besuchen. Ich darf nicht einmal heraus, um das Klo zu benutzen. Frauen vom Dorf bringen einen Deckeleimer und frisches Waschwasser. Ich komme mir vor, wie in einem Käfig – in einem Käfig aus Bambus und Bananenblättern, der mich aber fester umschließt als die wuchtigsten Festungsmauern.

Tony hat uns zwar einen Tisch, zwei Stühle, einige Decken und zwei Schlafmatten besorgt, aber die Hütte wirkt genauso karg wie zuvor.

„Wie kannst du es hier nur aushalten?", frage ich Sabrina. Der Abend ist kühl. Wir sitzen auf unseren Matten und schlürfen heißen Ingwertee. „Du bist ja einen ganz anderen Lebensstil gewohnt."

Sabrina lächelt. „Es ist alles eine Frage der Einstellung", erklärt sie. „Es gibt nämlich eine alte Geschichte. *Sie handelt von einem alten Sufi, der in einer ärmlichen Hütte wohnte, sehr weit von der Stadt entfernt. Einmal wachte er nachts auf und sah, dass ein Dieb in seine Hütte eingedrungen war. Der Dieb, der dachte, der Sufi schliefe noch, durchwühlte die Hütte auf der Suche nach irgendetwas Brauchbarem, fand aber gar nichts. Der Sufi schaute ihm die ganze Zeit zu und spürte großes Erbarmen. Als der Dieb die Hütte wieder unverrichteter Dinge verließ, lief ihm der Sufi hinterher und warf ihm seine Wolldecke nach, was sein einziges Besitztum ausmachte. Damit er nicht mit leeren Händen weggehen musste!*"

Sabrina schaut mich an. Ich lasse die Geschichte durch meinen Kopf gehen und ziehe meine Decke um mich. Dann werfe ich sie von mir und lache. „Ich glaube, du willst mir sagen, dass es immer einen gibt, dem es schlechter geht", sage ich. Sabrina nickt. „Gut, Lektion verstanden. Wenigstens sind wir in Sicherheit."

Jedenfalls habe ich jetzt Gelegenheit, mir alles noch einmal zu überlegen. Tony hat mir von irgendwoher einen Kugelschreiber und ein großes Stück braunes Packpapier besorgt, sodass ich meine Gedanken festhalten kann. Denn was weiß ich überhaupt, außer dass wir uns jetzt in diesem Dorf vor der Polizei und vor wem sonst noch verstecken müssen, bis alles vorbei ist, und wann wird das sein? Ich weiß nur, dass der Bürotrakt des Livingstone Institutes erst mal in Schutt und Asche liegt, und das kann nur gut sein. Es sei denn ... Woher weiß ich so genau, dass die Schule tatsächlich keine Schule ist? Ich habe lediglich Josephs Akte zehn Sekunden in den Händen gehalten. Wenn wir nun gefasst werden, haben wir gar nichts in der Hand, was uns retten könnte. Und Hakim und Sayyid sind genauso fern wie zuvor.

Diese Nacht schlafe ich unruhig. In meinen Träumen sehe ich Joseph in meiner Dachkammer in Zimmermann's Bend, dann die Kinder in den schwarzweißen Uniformen im Livingstone Institute. Ich sitze wieder in einer tiefen, dunklen, glitschigen Höhle am Wasser. Dann fahre ich über die Wellen in einem Einbaum. Ich stürze ab, falle ins Meer, sehe eine große dunkle Welt des Todes sich vor mir eröffnen, wo bleiche Unterseewesen mich aus mitleidslosen Glupschaugen wie ein Zootier anstarren. Ich falle immer tiefer, bis zum Mittelpunkt der Erde. Ich kann nicht atmen, ich kann nicht schreien, ich kann nur fallen, mich auf das Ende gefasst machen ... Bis ich von einer starken Hand gegriffen und an der Schulter aus der Tiefe herausgezogen werde. Ich drehe mich um und finde mich in Josephs Armen wieder – auf dem Deck einer Dhau, die uns zum Horizont fährt ... Zu einem Ort, der jenseits von richtig und falsch liegt.

Zu unserem Treffpunkt.

Ich mache die Augen auf. Die Sonne scheint durch das kleine Fenster hindurch. Ich setze mich auf und schaue mich um. Sabrina ist verschwunden, aber ihre Sachen liegen noch da. Bestimmt macht sie einen Morgenspaziergang, denke ich. Wann werde ich wieder so frei sein...?

Die Frauen vom Dorf haben uns schon Waschwasser bereitgestellt. Ich hebe den orangenen Plastikeimer hoch und gieße etwas Wasser in eine Bambusschale. Dann nehme ich das Stückchen Seife, das auf dem Tisch liegt, und wasche mir das Gesicht mit einem Seeschwamm, der so groß ist wie ein Kohlkopf. Als ich fertig bin, drücke ich den Schwamm aus und trage die Schüssel ans Fenster, um es auszuschütten. Das wird schwierig sein, denn ich muss das Wasser weg schütten, ohne dass man mich dabei sieht. Deshalb verstecke ich mich hinter der Wand der Hütte und halte die Schüssel aus dem Fenster. Das Wasser fließt hinaus und plätschert auf den Sandboden ... und dann gleitet mir die seifige Schüssel aus der

Hand und plumpst ebenfalls auf die Erde. „Sch...", sage ich. Was mache ich nun? Ich will mich ja zu Ende waschen und nicht warten, bis Sabrina zurückkommt.

Dann habe ich eine Idee. Ich ziehe mir das Kleid und das Kopftuch über und passe auf, dass ich vollständig bedeckt bin. Dann schleiche ich an das Fenster heran und lausche. Erst dann ziehe ich den Vorhang zurück und lehne mich aus dem Fenster. Ich muss mich tiefer bücken, als ich erwartet habe, und ich muss höllisch aufpassen, dass ich nicht auf den Kopf lande. Ich strecke mich und fasse gerade den Rand der Schüssel an, als ich draußen ein Geschrei höre. Eine Frau schreit, dann ruft sie. Ich hebe die Schüssel hoch und ziehe mich in die Hütte zurück. Aber schon höre ich wieder Stimmen und Schritte. Ich habe gerade den Vorhang wieder vorgezogen, als er heruntergerissen wird und ich direkt ins Gesicht eines kleinen Jungen schaue. Er sieht mich zunächst mit großen Augen an, dann zeigt er mit dem Finger auf mich und ruft: „*Mzungu!*" Draußen wird gebrüllt und gerufen. Schon höre ich weitere Kinderstimmen. Ich ziehe mich zurück, verstecke mich am fernsten Ende der Hütte, aber nun stehen schon vier, fünf, sechs, ein Dutzend Kinder am Fenster und schauen mich aus großen Augen an. „*Mzungu! Mzungu!*", erschallt der Ruf durchs Dorf.

Die Tür geht auf. Sabrina tritt ein und starrt mich entsetzt an. „Jenny, was hast du bloß angestellt!"

„Es tut mir Leid!", sage ich. „Das wollte ich nicht. Sie müssen meine Hände gesehen haben, und dann ..."

Sabrina rennt zum Fenster und schubst die Kinder weg. „Ihr dürft niemandem erzählen, was ihr hier gesehen habt!", ruft sie. Die Kinder weichen zurück. Viele von ihnen nicken und geloben Gehorsam. Aber andere starren weiterhin auf mich. „*Mzungu!*", gurren sie immer wieder. Und draußen höre ich immer wieder den Ruf „*Mzungu!*" von einem Ende der Siedlung zum anderen erklingen, als ob sich ein weißer Elefant gerade ins Dorf verirrt hätte.

Sabrina kommt auf mich zu und legt mir die Hände auf die

Schultern. „Jenny, es ist alles vorbei. Innerhalb von Stunden wird die ganze Insel wissen, dass eine junge weiße Frau sich hier versteckt hält, und dann bist du nicht mehr sicher. Wir müssen etwas tun."

„Aber was?", frage ich. „Wir können nicht wieder nach Sansibar zurück."

„Nein, das können wir tatsächlich nicht", sagt Sabrina. „Unsere Gastgeber im Dorf können uns auch nicht mehr helfen, zumal wir auch sie hinters Licht geführt haben."

„Was können wir tun?", frage ich.

Sabrina sieht mich einen Augenblick sehr ernst an. Dann lächelt sie wieder. „Es gibt einen, der uns helfen kann. Er hat es bisher abgelehnt, mich vorzulassen, aber nun ist das nicht mehr wichtig. Komm, wir gehen zu ihm. Wenn irgendjemand eine Antwort hat, dann wird er es sein."

27

Vor unserer Hütte steht das ganze Dorf versammelt. Ich habe mein Kopftuch fest um mein Gesicht gezogen und lasse keinen Zentimeter meiner Haut sichtbar, aber irgendwie können sie doch alle meine helle Haut so deutlich sehen, als würde ich splitternackt vor ihnen hergehen. Die Menge teilt sich und lässt uns hindurch. Die Menschen schweigen. Nur ein paar Kinder tuscheln miteinander. „*Mzungu*!", höre ich immer wieder, bis ich am liebsten losschreien möchte.

Sabrina führt mich an den Dorfrand. Wir treten wieder in den Wald hinein und laufen bis zu einer Lichtung, die etwa fünfhundert Meter vom Dorf entfernt liegt. Dort steht eine Bambushütte, die schäbigste, die ich bisher gesehen habe.

„Hier kann euer Ratgeber unmöglich wohnen", sage ich.

„Wieso?", fragt Sabrina. „Glaubst du, dass große Geister in großen Häusern wohnen müssen?"

„Dann hast du die Geschichte mit dem Sufi und dem Dieb ernst gemeint."

Sabrina lächelt. „Von wem habe ich sie wohl gehört?"

Ein kleiner Junge in einem weißen Kaftan und mit einer gestickten weißen Mütze sitzt an der Tür. Als er uns kommen sieht, steht er auf und stellt sich breitbeinig vor die Tür. Sabrina grüßt ihn und wechselt einige Worte mit ihm. Der Junge nickt, dann dreht er sich zur Tür und ruft „*Hodi!*" Lange Zeit hören wir nichts. Der Junge will gerade wieder sprechen, als das Wort „*Karibuni*" durch die Tür zu hören ist.

Der Junge öffnet die Tür und wir treten ein in einen Raum, der noch leerer ist als die Hütte, in der Sabrina und ich die letzten Tage verbracht haben. Mitten in der Hütte, auf einem roten Kissen, sitzt ein alter schwarzer Mann in einem schwarzen Gewand und mit einer schwarzen Mütze auf dem Kopf. Im dunklen Inneren der Hütte, wo lediglich ein paar Sonnenflecken die nackte Erde beleuchten, wirkt er selbst wie ein Schatten. Nur seine spärlichen weißen Barthaare erhellen sein Gesicht. Ich erkenne ihn aber wieder. Sein Foto hing in Ibrahims Haus, neben dem Porträt von Scheich Ahmadou Bamba. Vor dem *mwalimu* steht eine Art Buchhocker aus geschnitztem Teakholz, und darauf liegt ein aufgeschlagenes Buch in arabischer Schrift, das er mit schmalen, flinken Fingern durchblättert.

Sabrina geht auf ihn zu und kniet vor ihm nieder. Ich tue es ihr gleich. „*Shikamoo*", sagt sie. „Der Segen Gottes sei mit dir und sein Friede."

„*Marahaba*", antwortet Scheich Bashir nach einer ausgedehnten Pause. Er schaut uns nicht an, sondern blättert weiter in seinem Buch. Die Seiten sind braun und spröde vom Alter. Minutenlang passiert gar nichts. Der Scheich blättert und blättert und liest in einer heiseren Stimme und in einer fremden Sprache vor, die wie Arabisch klingt. Plötzlich seufzt er und legt beide Hände auf das Buch. Er murmelt ein Gebet und lehnt sich zurück. Zum ersten Mal schaut er Sabrina an. „Was führt dich zu mir, mein Kind?"

„*Meshaikh*, meine Freundin und ich wissen nicht weiter", sagt Sabrina. In leisen Tönen erklärt sie ihm, wer ich bin, von Josephs Verschwinden, vom Livingstone Institute, von der

Entführung von Hakim und Sayyid und von unserer Flucht nach Pemba.

Bevor sie zu Ende sprechen kann, hebt der Greis beide Hände. „*Babubabu!*", ruft er. Alles der Reihe nach. „Soviel brauchst du mir nicht zu erzählen, Kind. Das ist mir alles kein Geheimnis."

„Aber wie kannst du das alles genau wissen?", fragt Sabrina.

„In unserer Welt wimmelt es von Geheimnissen. Wo kommen wir her? Wo gehen wir hin? Was sollen wir in der kurzen Zeit tun, die uns beschieden ist?" Er schüttelt den Kopf. „Das sind echte Geheimnisse. Was du mir erzählst, sind nur Neuigkeiten. Die habe ich schon längst gehört."

„Was kannst du uns raten, Scheich Bashir?", fragt Sabrina.

„In eurer Situation? Mit Entführungen und Verfolgungen?" Scheich Bashir legt seine Hände aufeinander und spreizt die Finger. „Die Polizei anrufen! Euch unter den Schutz des Staates stellen. Wie alle anderen, die sich in Schwierigkeiten befinden."

„Aber mit Verlaub, *mwalimu*", sagt Sabrina, „das geht jetzt nicht. Der Staat wird uns nicht beschützen."

Der Scheich seufzt und hebt seine Hände in Unschuld. „Du fragst nach meinem Rat und ich gebe ihn dir. Denkst du, ich habe meine eigene Polizei, die ich dir zur Verfügung stellen kann? Oder soll ich etwa die Erzengel vom Himmel holen und in deinen Dienst stellen? Wenn nicht einmal die einzige Tochter des großen und reichen Ibrahim Kharusi ihren Willen durchsetzen kann, was soll ein mittelloser *shamba mwalimu* dann bewirken? Wie du siehst, besitze ich nichts, außer dieser Hütte, diesem Gewand und diesem Buch. Draußen steht lediglich Achmet an der Tür, den ich nur beschäftige, um seinen armen Eltern einen Gefallen zu tun. Oder soll ich Achmet beauftragen, den Entführern deiner Brüder nachzustellen?"

Sabrina schweigt. Ich spüre ihre Enttäuschung und auch ihren Unwillen, sich mit Scheich Bashirs Äußerungen zufrieden zu geben. „Komm, Sabrina", sage ich. „Das bringt nichts. Wir gehen lieber."

Der Scheich richtet seine Augen auf mich. „Und du bist diese Jenny, von der meine Sabrina, die Tochter meines guten Freundes, erzählt?"

„Die bin ich, *mwalimu*", antworte ich.

„Ein seltsamer Name", sagt er. „Auf diesen Inseln ist er unbekannt. Er ist nur ein Laut. Er bedeutet nichts."

Das regt mich auf. „Jenny kommt von Jennifer", erkläre ich. „Das heißt ‚hell'."

„Helle Haut hast du", sagt er. „Aber auch einen hellen Geist?"

„Oder er kann auch von ‚Johanna' stammen", versuche ich mich zu rechtfertigen. „Das heißt ‚Gott ist gnädig.'"

Scheich Bashir lächelt. „Ich weiß, was das bedeutet. Kannst du ernsthaft behaupten, dass Gott dir gnädig ist?"

Was soll ich auf so eine Frage antworten? Die ganze Situation ist zu absurd. Warum knie ich hier in dieser Bambushütte vor einem verrückten Alten, wenn ich sofort von hier verschwinden muss? „Die Frage habe ich mir noch nie gestellt, Bwana", antworte ich endlich.

„Das sieht man dir schon an. Aber warst du nie neugierig zu erfahren, warum dir dieses Schicksal zuteil geworden ist?"

„Ich verstehe nicht, was du mit Schicksal meinst", antworte ich. „In der Schule haben wir von Ursache und Auswirkung gehört, nicht von Schicksal."

„Ah, du glaubst an Ursache und Auswirkung", sagt der Scheich. „Und genau welche Ursache hat zu dem Ergebnis geführt, dass du jetzt vor mir kniest und in einer ausweglosen Situation um meine Hilfe bittest?"

Liegt es an seiner heiseren Stimme oder an der düsteren Atmosphäre der Hütte, dass ich für einen Augenblick meine Verärgerung vergesse und tatsächlich anfange, nachzudenken? Die Ereignisse der letzten Tage ziehen an mir vorüber, während der *mwalimu* weiterredet. „Das Schicksal ist eine Verflechtung von Ereignissen. Ein Geflecht von verschlungenen Wegen, die alle auf denselben Weg, auf dasselbe Ziel hinführen. Hättest du deinen Joseph nicht ausgerechnet zu einem Treffen auf Sansibar eingeladen, hätte er sich jemals auf den Weg dorthin gemacht? Wenn du nicht zu diesem Internat gegangen wärest, hättest du jetzt vor der Polizei fliehen müssen? Und wenn ..."

„Das war alles nicht meine Absicht, Bwana", unterbreche ich ihn. „Ich wollte zu Joseph. Und als er in Gefahr geriet, wollte ich ihm zu Hilfe kommen. Etwas anderes ist mir nie in den Sinn gekommen."

Scheich Bashir sieht mich an. „Du bist deinem Herz gefolgt", sagt er. „Und wie wir es auszudrücken pflegen: Wo dein Herz ist, da ist auch der Freund."

Herz? Freund? Der Alte spricht in Rätseln. Aber nun fällt mir wieder ein, was mir Sabrina neulich erzählt hat. Dass für die Sufis Gott nicht ein Herr ist, sondern ein Freund, der uns zum Tanz auffordert.

„Etwas anderes hat mich nie bewegt", wiederhole ich. „Ich fürchtete um sein Leben. Habe ich falsch gehandelt?"

Scheich Bashir blättert wieder in seinem Buch. „In unserem heiligen Buch, dem Koran", sagt er nach einer Weile, „steht geschrieben: Wenn jemand einen Menschen tötet, so soll es sein, als hatte er die ganze Menschheit getötet, und wenn jemand einem Menschen das Leben erhält, so soll es sein, als hätte er der ganzen Menschheit das Leben erhalten." Er befeuchtet seine Finger und blättert weiter. „Und nun hast du Angst, habe ich richtig verstanden?"

„Ich weiß einfach nicht, was ich tun soll", antworte ich. „Ich habe das Gefühl, ich bin am Ende angelangt."

Der alte Mann verlagert sein Gewicht und legt seine Finger wieder zusammen. *„Es war einmal ein großer Sultan"*, sagt er, *„ein mächtiger Herr, der über viele Länder herrschte. Trotz seiner Macht fühlte er sich unwohl auf seinem Thron. Er ließ seine Berater zu sich kommen und sagte ihnen, ‚Meine Reichtümer und meine Armeen verschaffen mir keine Sicherheit. Ich werde gleichzeitig bedroht von Angst und einer falschen Zufriedenheit, die mich beide ins Verderben führen könnten. Ich brauche einen Ring der Weisheit, die mir auf einen Blick die Wahrheit sagt.'*

Die Weisen saßen zusammen und beratschlagten viele Tage lang, bis sie dann den Ring der Weisheit entwarfen. Sie ließen ihn von einem Silberschmied anfertigen und präsentierte ihn mit vielen Verbeugungen ihrem Herrn. Der Herr nahm den einfachen Silberring entgegen und las die Worte, die darauf graviert waren. ‚Ich danke euch', sagte er. Genau so einen Ring habe ich mir gewünscht.' Und er lebte lang und herrschte gerecht und glücklich.

Denn auf dem Ring standen diese Worte graviert:
Auch dies geht vorüber."

„Warum sprichst du in Geschichten?", frage ich.

„Die Geheimnisse des Freundes kann niemand lichten", erklärt mir Scheich Bashir. „Höre daher auf den Sinn der Geschichten, den sie werden jedem einzelnen auf seine Art Aufschluss über ihn geben." Der *mwalimu* faltet seine Hände. „Bei mir bist du fehl am Platz, Jenny, denn das, was du jetzt machen wirst, steht schon geschrieben. Nicht in diesem Buch, das vor mir aufgeschlagen liegt, sondern im Buch des Lebens, das nicht nur Allah, sondern auch die Menschen seiner Schöpfung tagtäglich mit der spitzen Feder ihrer eigenen Handlungen schreiben."

„Und was steht dort geschrieben?"

Scheich Bahir zuckt die Schultern. „Es steht vieles geschrieben. Es gilt, das Geschriebene zu deuten. Unser Meister Rumi schrieb: *‚Wie könntest du jemals an die Perle gelangen, indem du nur aufs Meer schaust? Wenn du die Perle suchst, sei ein Taucher. Der Taucher bedarf mehrerer Eigenschaften: Er muss sein Seil und sein Leben in die Hand des Freundes legen. Er muss aufhören zu atmen. Und er muss springen.'*

Ich denke einen Moment nach. Wie ich nach Sansibar gereist bin, wie ich nach Joseph gesucht habe und alles, was danach kam. „Ich bin ja gesprungen."

Scheich Bashir nickt. „Du hast den ersten Schritt gewagt und bist immer weiter geschritten. Dann bist du gesprungen. Und du musst weiter springen", sagt er. „Denn du bist noch lange nicht unten angekommen." Nun beugt er sich nach vorne. „Du bist noch sehr jung, Jenny. Dennoch hast du schon in deinen jungen Jahren tief und lang im Buch des Lebens gelesen, und auch einige Absätze davon selbst geschrieben. Lies die Zeichen, die dort geschrieben stehen, und handle danach."

Und nun weiß ich, was ich zu tun habe. Alles Schlimme geht vorüber. Diese schwierigen Tage im Dorf sind schon vorübergegangen. Ich kann mich nicht länger verstecken. Ich kann mich nicht auf äußere Kräfte verlassen. Ich muss Joseph und die beiden Jungen selber suchen. Es gibt keinen anderen Weg.

Ich muss den nächsten Schritt wagen, komme was da wolle. Ich muss springen.

"Hat irgendjemand im Dorf ein Auto?", frage ich Sabrina. "Wir müssen nämlich weiter."

28

Der zerbeulte Toyota vom Händler am Dorfrand rüttelt und schüttelt sich wie ein Eimer voller loser Schrauben. Ich sitze hinten mit Sabrina, während Tony vorne neben dem Fahrer sitzt und sich mit ihm in gebrochenem Kiswahili unterhält.

Tony musste ich nicht überzeugen, mitzukommen. Er dreht schon fast durch vor Langeweile und Frustration in diesem Dorf. Mit Sabrina ist das anders. Ihre Haltung bleibt stoisch, aber ich sehe, dass diese Haltung nicht nur von Mut sondern von einem Fatalismus stammt, der jede Aktion verbietet.

"Sobald wir in Chake Chake sind, rufe ich meine Eltern und meinen Bruder an", erkläre ich. "Und wir werden auch herausbekommen, wo dein Vater steckt. Die werden bestimmt etwas ausrichten können."

Das Auto rollt über eine holprige Sandstraße. Nach einer Viertelstunde lassen wir den Wald hinter uns und biegen auf eine größere Landstraße ab, die kaum besser ist. Wir fahren an einer schier endlosen Nelkenplantage vorbei. Ein Duft wie Weihnachtsgebäck strömt durchs offene Fenster. Meine

Gedanken schweifen zurück zur Gewürzplantage auf Sansibar und den Kindern in den weißen Hemden und den kurzen schwarzen Hosen. Was für eine verrückte Inselkette, die auf Nelken aufgebaut ist, denke ich. Aber nicht nur auf Nelken, sondern auf Mord, Verschleppung, Menschenschmuggel und Elend.

Ein Touristenbus überholt uns. Die bleichen Gesichter drücken sich gegen die Scheiben und starren uns an. Ein blondes Kind zeigt auf mich und seine Mutter hebt ihren Fotoapparat und macht ein Foto. Wie im Zoo. „So sehen Fundamentalistinnen aus", werden sie dann ihren Freunden und Verwandten zu Hause sagen. „Man sieht keinen Zentimeter Haut. Das gibt's doch nicht, oder?"

Wir halten an einem Kontrollpunkt. Der Polizist, wie immer in einer streng gebügelten Khaki-Uniform und mit einer schwarzen Mütze auf den kurzgeschorenen Haaren wirft einen gelangweilten Blick auf das Nummernschild und winkt uns durch. Er hat keinen Verdacht geschöpft. Wieso auch? Den Händler kennt er sicherlich von seinen täglichen Fahrten in die Stadt, und Tony sieht absolut unauffällig aus in seinen zerrissenen Klamotten. Zwar kommt er aus Nigeria und ist etwas dunkler als die meisten Menschen hier. Aber die Swahiliküste ist ein Schmelztiegel aller afrikanischen Kulturen. Da wird Tony kaum auffallen.

Bei Sabrina und mir ist die Lage klar. Wir sitzen beide dicht vermummt in bunten Kangas. Sabrina lässt ihr Gesicht frei, während ich zutiefst verschleiert bin wie die frömmste Saudi-Braut mit nur einem schmalen Schlitz für meine Augen. Ja, und wie lange noch? Wann kann ich wieder einfach Jenny sein? Plötzlich spüre ich ein riesiges Verlangen, die vielen Schichten meines tragbaren Gefängnisses abzustreifen, meinen saphirblauen Schwimmanzug anzuziehen und mich an einen der Strände zu legen und Sonne zu tanken. Wie eine ganz normale Touristin.

Der Fahrer meldet sich. „Da drüben liegt Chake Chake", sagt er. Die Straße schlängelt sich durch *shambas* – Felder –

die sich wie ein verbogenes Schachbrett über die Landschaft ziehen. Vor uns, auf einer leichten Anhöhe, sehe ich eine Ansammlung von Hütten und ein halbes Dutzend niedriger Geschäftshäuser aus Stein. Mein Herz sinkt. Was habe ich erwartet? Eine große Stadt wie Stone Town? Oder wenigstens ein halbwegs modernes Dorf? Aber ein Telefon wird es bestimmt doch geben.

Der Fahrer tritt voll auf die Bremse. Wir bleiben hinter einem schweren Lastwagen stehen. Davor läuft eine Truppe von blau gekleideten Matrosen über die Straße. Der Fahrer hupt nicht. Er erstarrt. Ich sehe sogar von hinten, wie sich seine Nackenmuskeln spannen. Einige der Matrosen schauen auf und kommen auf das Auto zu. Sie hauen mit ihren Handflächen aufs Dach und schneiden wüste Fratzen. „Hey, ihr Süßen, was macht ihr da im Wagen mit den beiden Nieten?", fragt einer. Ich kenne den Dialekt. Er ist ein Sukuma aus dem Nordwestteil Tansanias, sehr weit von der Heimat entfernt. „Kommt mal mit uns, wir können euch etwas zeigen."

„Bleibt sitzen!", zischt uns der Fahrer zu.

Tony zittert vor Wut. Er dreht sich auf einmal zu uns zurück und ich sehe den Hass in seinem Gesicht. „Bleib ruhig", sage ich ihm. „Du weißt, dass wir nicht auffallen dürfen."

„Verdammte Matrosen!", sagt Tony. „Vielleicht haben sie euch alle eingeschüchtert auf diesen Inseln, aber ich mache da nicht mit!"

„Tony, ich bitte dich!", sagt Sabrina. „Schau mal, wie viele es sind. Da kannst du nichts ausrichten."

Tony schlägt mit der Faust auf das Armaturenbrett und schluckt seine Wut runter. Die Matrosen lachen und mit einem letzten Schlag aufs Dach ziehen sie weiter. Noch mehr Blauuniformierte kommen und blockieren weiterhin den Verkehr. Diese gehen aber schneller und plötzlich interessiert sich keiner mehr für uns.

„Was ist hier los?", frage ich.

Der Fahrer zuckt die Schultern. „Irgendetwas hat ihre

Aufmerksamkeit auf sich gezogen." Er macht seine Tür auf und steigt aus dem Auto heraus. Nun lacht er. „Ein Stier!", ruft er. „Es wird einen Stierkampf geben!"

Inzwischen sind die anderen Passagiere aus ihren Autos gesprungen. Ich lasse alle Vorsicht fahren und steige ebenfalls aus. Und nun sehe ich es auch. Auf der Wiese neben der Straße hat sich eine riesige Menschenmenge versammelt. In der Mitte steht ein Mann und schaut einem buckligen Zebu-Stier ins Gesicht. Nun fangen Männer an zu trommeln. Frauen trällern.

Ich hatte schon in meinem Reiseführer gelesen, dass die Portugiesen vor vielen Jahrhunderten den Stierkampf nach Pemba gebracht haben. Mit dem spanischen Stierkampf, wo die Tiere gequält und getötet werden, hat das hier gar nichts zu tun. Die Stiere reichen den Menschen nur bis zu den Schultern und es wird ihnen kein Leid zugefügt. Den Stierkämpfern auch nicht, da die Stiere die ganze Zeit angebunden bleiben und zum Schluss mit Blumen geschmückt durchs Dorf getrieben werden.

Meine Neugier steigt wieder auf. Ich würde gern bleiben und zuschauen, aber ... ausgerechnet jetzt?

„Können wir nicht weiterfahren?", frage ich den Fahrer.

Er lacht nur und macht eine wegwerfende Bewegung mit den Händen, als ob er meine Frage beiseite schieben würde. „Jetzt weiterfahren? Weißt du, wann ich zum letzten Mal einen Stierkampf gesehen habe? Das ist der erste in diesem Jahr. Geht zu Fuß, wenn ihr wollt, es ist nur noch ein Kilometer bis Chake Chake."

Ich schaue zu Tony und Sabrina. „Laufen wir das Stück", sage ich ihnen. „Auf die paar Minuten kommt es nicht mehr an." Tony nickt und steckt dem Fahrer eine Faustvoll Schillingi-Scheine in die ausgestreckte Hand.

Ich drehe mich um, um loszugehen. Aber etwas hält mich zurück. Ist es die aufgeheizte, fröhliche Stimmung, die mich auch mitreißen will? Die Trommeln und die Musik? Oder einfach meine Neugier für den Stierkampf?

Immer mehr Menschen strömen herbei, als ob die ganze Insel plötzlich auf den Beinen wäre. Einige Matrosen drängen sich nach vorn und plötzlich bin ich von Tony und Sabrina abgeschnitten. „Sabrina!", rufe ich. Ich sehe sie noch einen Augenblick, dann ist sie weg. Ich laufe nach vorne, werde aber von einer Menschenmasse zurückgedrängt und verliere die Orientierung. Weit vor mir erblicke ich eine lange Gestalt in dunkel bedruckten Kangas. Sie trägt ein schwarzes Kopftuch, einen schwarzen Gesichtsschleier und schwarze Handschuhe. Ich bleibe stehen. Kann das sein? Die Frau beobachtet die Szene. Einen Augenblick lang scheint ihr Blick an mir hängen zu bleiben. Dann schaut sie weiter und macht ein paar Schritte nach vorne. Aber natürlich! Das ist sie doch wieder. Die dunkle Frau.

Bi Kirembwe.

Um sie herum weichen die Menschen zurück. Frauen tuscheln miteinander und öffnen dabei eine Gasse vor ihr. Ich spüre selber eine Abscheu, die mich zurückschrecken lässt. Von der Frau geht eine beklemmende Kälte aus, etwas Unmenschliches. Sie scheint den Schrecken, den sie verbreitet, gar nicht zu merken und schreitet in bedächtigen Schritten den Hang hinauf.

Kann ich sie so verschwinden lassen? Ich drehe mich wieder zurück. „Sabrina!", rufe ich so laut ich kann. Meine Stimme geht im allgemeinen Getöse und im Rhythmus der Trommeln unter. Und was nun?

Es steht geschrieben, hat Scheich Bashir gesagt. Ich höre seine Stimme in meinem Kopf. *Der Taucher muss springen.*

Die Taucherin muss es ja auch. Vor allem sie.

Nein, ich will dieser Frau nicht hinterher springen. Die schwarze Farbe ihres Gewands erinnert mich an einer Totenbahre. An Beerdigungen. An den Teufel. Ich will nicht in ihren Strudel geraten. Dennoch spüre ich, dass sie den Schlüssel zu allem hat. Lass ich sie aus den Augen, sind wir verloren.

Ich hole tief Atem, dann haste ich hinter der Frau her.

Sie verschwindet fast in der Menge, als sich die Gasse wieder hinter ihr schließt. Ich kämpfe mich durch lachende, singende, tanzende Menschen nach vorne. Ich erhasche einen kurzen Blick auf ihr dunkles Kopftuch. Dann ist sie wieder weg. Ich kämpfe mich weiter vorwärts. Die Menge lichtet sich und bald sehe ich die Frau über das freie Feld wandern. Am Straßenrand steht ein dunkelgrüner Land Cruiser mit einem niedrigen Anhänger, der mit einer grauen Plane bedeckt ist. Die Frau steigt vorne ein. Fährt aber nicht weg. Stattdessen sehe ich, wie sie ein Handy vom Instrumentbrett nimmt und spricht.

Ich schaue mir den Wagen und den Anhänger genauer an. Die Plane auf dem Anhänger ist an einer Stelle nicht richtig befestigt.

Die Taucherin muss springen.

Ich schleiche darauf zu. Ich hebe die Plane hoch. Innen liegen unzählige Harken. Wenn ich mich auf die Stiele setze, passiert mir nichts.

Schon höre ich den Starter. Der Motor springt an. Ich höre, wie der erste Gang eingelegt wird.

Die Taucherin muss springen.

Ich husche unter die Plane und ziehe sie hinter mir zu.

29

Wie lange wir fahren, kann ich nicht sagen. Ich muss meine ganze Aufmerksamkeit darauf richten, nicht von den spitzen Harken gepiekst zu werden. Ich weiß nur noch, dass wir nach einiger Zeit die asphaltierte Hauptstraße verlassen und eine Ewigkeit über völlig ungesicherte Sandwege brettern, bis meine Knochen völlig durchgeschüttelt sind. Immer wieder schaue ich nach oben durch einen Riss in der Plane. Als wir losfuhren, war es schon am späten Nachmittag. Nun ist die Sonne untergegangen. Die Dunkelheit schließt sich über die endlosen Reihen der duftenden Nelkenbäume, durch die wir mit Vollgas fahren.

Nun wird die Straße noch holpriger, sodass ich mich an den Rändern des Anhängers festhalten muss, um nicht aus dem Anhänger geschleudert zu werden. Plötzlich höre ich die Bremsen quietschen. Das Auto verlangsamt und bleibt stehen. Mein Herz stockt. „Machen Sie das Tor auf!", ruft eine Frauenstimme auf Kiswahili. Ich zittere. Nein, soweit wollte ich doch nicht fahren. Was nun? Ich erwarte Scheinwerfer und Gewehre, aber ich sehe nur die Sterne durch den Riss in der Plane. Das Zirpen der Grillen konkurriert mit den Klängen von Taarab-Musik aus billigen Lautsprechern.

Was soll ich jetzt machen? Soll ich weiterfahren und das Tor einfach hinter mir schließen lassen – vielleicht zum letzten Mal in meinem Leben? Nein, dieses Ende steht bestimmt nicht geschrieben. Ich soll doch springen, nicht stürzen.

Ich denke nicht lange nach, sondern hebe die Plane und springe hinaus auf den Sandweg. Ich lande unglücklich und zerreiße meine Jeans, die ich nun wieder unter meinem Kleid trage, und schürfe mir das Knie auf. Dann setzt sich das Auto wieder in Gang und fährt weiter. Ich stolpere zehn Schritte ins nächste Gebüsch. Ich sehe gerade noch, wie der Land Cruiser durch ein Tor in einem drei Meter hohen Maschendrahtzaun fährt. Ob man mich gesehen hat? Nein – es bleibt alles ruhig. Ich bin allein. Schon wieder.

Der Mond ist noch nicht aufgegangen. Das einzige Licht kommt von den Sternen sowie von einigen elektrischen Lichtern, die sich weit hinter dem Zaun befinden. Langsam bewege ich mich vorwärts. Als ich mich endlich unter einem Tamarindebaum setze, befinde ich mich in völliger Dunkelheit. Mein Kleid ist in Fetzen, mein Knie blutet. Meine Arme brennen wir Feuer, wo sich das Dorngestrüpp in mein Fleisch gebohrt hat. Ich erschlage drei Mücken, die auf mir krabbeln und versuchen, ihre Stacheln in meine Haut zu bohren. Nun habe ich's geschafft, denke ich. Ich bin der bösen Bi Kirembwe bis zur Öffnung ihrer Höhle verfolgt. Ich bin gesprungen. Ich bin getaucht.

Und nun bin ich ganz unten.

Ich sitze mitten im Wald, ohne Plan, ganz allein. Ich könnte heulen.

Was heißt „könnte"? Ich tue es einfach.

30

Die Äste der Bäume zerren an meinem Kleid, als ob sie Pfoten und Krallen hätten. Ich bewege mich so leise, wie ich nur kann durchs Gebüsch. Aber die Mühe lohnt sich kaum, da die Frösche und Insekten meine Schritte übertönen.

Wo bin ich jetzt? Ich habe keinen Kompass und meine alten Pfadfindertricks helfen mir auch nicht weiter, denn ich kann von diesem Urwald aus keinen einzigen Stern am Himmel erkennen. Zu meiner Linken sehe ich elektrische Lichter brennen, etwa ein bis zwei Kilometer von mir entfernt. Ja, ich bin gesprungen, und nun stehe ich hier. Nebenbei habe ich die letzten beiden Freunde, die mir geblieben sind, weit zurückgelassen. Zu ihnen kann ich jetzt nicht mehr zurückkehren. Auch wenn ich die Straße wiederfinden könnte, wäre ich meines Lebens nicht mehr sicher. Und wenn ich mich endgültig im Wald verirre, dann ist sowieso alles aus. Ich setze mich unter eine Palme. Was kann mir hier passieren? Ich gehe die Möglichkeiten durch: Tod durch Schlangenbiss oder durch andere wilde Tiere, von denen ich keine Ahnung habe, oder einfach durch die Mücken, die mittlerweile drohen, mich gänzlich leer zu saugen.

Der Boden des Waldes besteht aus endlosen Schichten von verrotteten Blättern. Ich mache es mir so bequem wie möglich und richte meine Augen auf die elektrischen Lichter, die wie Sterne funkeln. Für mich sind sie genauso fremd, genauso unerreichbar wie die fernsten Planeten.

Ich muss ein paar Stunden geschlafen haben. Jedenfalls spüre ich die Äste und Wurzeln um mich, die mich in meinem Traum umrankt und umwunden haben. Ich befinde mich mitten in Sabrinas geschnitzter Haustür in Stone Town, bin ein Teil von ihr. Die Äste des Lebensbaums ranken sich fest um als sollte ich ein Teil von ihm werden.

Etwas bewegt sich im Gebüsch. Ich reiße die Augen auf. Dichte Nebelschwaden haben den Wald erreicht und verwandeln ihn immer mehr in einen milchigen Sumpf. Ich sehe, wie die ersten Sonnenstrahlen versuchen, den dichten Schleier zu durchdringen und dabei bunte Streifen bilden.

Hinter mir knackt ein Ast. Ich drehe mich um und sehe plötzlich zwei junge Afrikaner vor mir stehen. Zerrissene kurze Hosen und lumpige graue T-Shirts hängen von ihren schmalen Körpern. Sie tragen Macheten in den Händen.

Sie heben ihre Waffen und kommen auf mich zu.

31

Ich versuche aufzustehen, aber sie werfen sich beide auf mich und halten mich an den Schultern fest. Ich stoße, kratze, beiße mich aus ihrem Griff und stürze los. Nach fünf Schritten haben sie mich eingeholt. „Lasst mich los!", schreie ich auf Kiswahili. Die beiden reagieren nicht, sondern zerren mich mit sich und schubsen mich gegen einen Baum. Der größere der Beiden reißt mir das Tuch vom Kopf. *„Mais c'est une blanche!"*, ruft der andere.

Er mustert mich aus erstaunten Augen, hält mich aber immer noch am Arm fest. *„Eh bien, où est-ce que vous allez comme ça?"*

„Laissez-moi!", rufe ich. Der Größere grinst mich an, dann lässt er tatsächlich meinen Arm fallen. Jetzt bedauere ich sehr, dass ich im Französischunterricht nicht besser aufgepasst habe, denn nun sprudeln die beiden los, sodass ich kaum mithalten kann. Sie wollen alles von mir wissen: wo ich herkomme, was ich in diesem Wald zu suchen habe, wie ich zu den Klamotten gekommen bin. *„Doucement, doucement"*, sage ich. Sie treten beide zurück. Der größere Junge nickt mir zu, dann haut er seine Machete in einen Baumstamm und geht in die Hocke. Der andere macht es ihm gleich. Sie mustern mich

– nicht unfreundlich, wie ich jetzt feststelle. Da sie einfach still da sitzen, fasse ich ein Herz und setze mich auf einen Baumstumpf.

„*Alors?*", fragt der eine.

Ich schaue sie mir genauer an. Ich denke zunächst, dass sie Wächter sind, aber nun sehe ich, dass das kaum möglich ist. Sie sind bestimmt keinen Tag älter als ich. Und sie sind beide ärmlich angezogen. Außer den Macheten, die eindeutig Erntewerkzeuge sind, tragen sie keinerlei Waffen bei sich. Auch die Art, wie sie mich ansehen, passt überhaupt nicht zu einem Sicherheitsdienst. Sie sehen aus wie ... Tja, wie kann ich es besser ausdrücken? Wie *gebrochene Menschen* aussehen. Diese beiden werden mir nichts tun. Im Gegenteil – sie scheinen eher Angst vor mir zu haben. Mir fällt auch etwas anders auf: Ihre Haut ist pechschwarz, viel schwärzer als die der meisten Menschen in Tansania, und die Tatsache, dass sie Französisch sprechen und offenbar kein Wort Kiswahili, zeigt mir, dass sie sehr weit von zu Hause weg sind.

Nun suche ich wie verrückt nach Vokabeln und stottere ein paar Sätze zusammen. Ich sage ihnen lediglich, dass ich auf der Suche nach einem jungen Mann und zwei kleinen Jungen bin, die auf Sansibar gestohlen wurden, und dass ich gerade einer Frau in Schwarz gefolgt bin. „*Une femme en noire.*" Als ich die Worte äußere, zucken beide zusammen.

„*Mais non, mademoiselle*", sagen sie. „*Vous ne devez pas!*" Das darf ich nicht. Als ich wieder den Mund aufmache, macht der größere eine Handbewegung, greift nach seiner Machete und steht auf. „*Venez avec nous*", sagt er, und schon marschieren wir durch den Wald. Wo führen sie mich jetzt hin?

„*Je ne veux pas*", sage ich. Aber nun heben sie wieder ihre Macheten und bedrohen mich. Na gut.

Die Mückenstiche an meinen Beinen und auf meiner Stirn brennen. Die beiden jungen Männer aber marschieren fröhlich weiter und trällern ein Lied vor sich hin. Ich höre zu, verstehe aber kein Wort. „*Vous n'êtes pas d'ici?*", frage ich.

„*Non, mademoiselle*", sagt der kleinere. „*Nous sommes de la*

République Démocratique du Congo." Also, aus dem Kongo kommen sie! Ich will sie gerade fragen, was sie ausgerechnet auf Pemba zu suchen haben, als ich vor uns im Dickicht eine ramponierte Bambushütte erblicke. „*Monsieur, monsieur*", rufen sie, „*nous avons une petite surprise pour vous!*" Sie haben eine kleine Überraschung für ihn? Mein Magen ballt sich zusammen.

Ein grober Fetzen grauen Tuchs bedeckt die Tür. Ein Windzug bewegt ihn. Ich will gerade kehrtmachen und um mein Leben rennen, als das Tuch beiseite geschoben wird und eine dunkle Gestalt heraus tritt. Ich reiße aus, und renne, was das Zeug hält. „*Mademoiselle!*", rufen die beiden Männer, aber ich renne umso schneller.

Aber dann fällt ein Wort. Ein einziges Wort.

Mein Name.

32

Joseph nimmt mich ein seine Arme und hält mich so fest, dass ich fast denke, meine Rippen werden zerspringen. Er küsst mich lang und innig. Wir bleiben zwei ganze Minuten so und die Erde hört so lange auf, sich zu drehen.

Erst dann lässt er mich los und schaut mich von oben bis unten an. Jetzt lacht er. „Jenny, wie siehst du denn aus?" Er nimmt den Stoff meines Gewands zwischen seine Finger. „Bist du immer noch eine Fundamentalistin? Ich wusste nicht einmal, dass du religiös bist!"

Und nun muss ich auch lachen. Die Spannung der letzten Tage fällt von mir ab. Joseph und ich halten uns einfach fest und glucksen wie zwei Vorschüler. Die beiden Männer schauen uns wie Außerirdische an. „*Allez-y!*", ruft ihnen Joseph zu, und sie weichen tatsächlich ein paar Schritte zurück. Dann bleiben sie wieder stehen und tuscheln miteinander. „Das hilft nichts", sagt mir Joseph. „Sie verstehen gar nichts mehr. Gehen wir lieber rein."

Wir treten in die Hütte. Hier gibt es kein einziges Möbelstück, sondern lediglich eine Feuerstelle in der Mitte und sieben Palmmatten auf dem Fußboden. „Bei uns findest du leider keinen Luxus", sagt Joseph. „Wir sind nur froh, dass wir überhaupt ein Dach über dem Kopf haben."

„Mein Gott, was machst du hier?", frage ich. „Und wer sind diese Menschen?"

Joseph schüttelt den Kopf. „Nein, du zuerst. Ich muss wissen, wie du mich gefunden hast."

Ich nicke. Wir setzen uns auf eine der Matten und er nimmt meine Hände in seine. Nun erzähle ich ihm in kurzen Worten, wie es in Mchatogi weiter ging und wie es dazu kam, dass ich die Nacht in diesem Wald verbracht habe.

„Bist du sicher, dass kein Mensch weiß, dass ihr auf Pemba seid?", fragt er, als ich meine Erzählung beende.

„Nur die Männer vom Schiff", sage ich. „Und natürlich alle Menschen im Dorf. Allerdings hat Tony ihnen eine Geschichte über uns erzählt ..."

„... Der keiner glauben wird", sagt Joseph. „Auf dieser Insel sind alle *wazungu* entweder Touristen, Entwicklungshelfer oder etwas ganz anderes. Deine bloße Präsenz hier macht dich äußerst verdächtig. Und dann diese Verkleidung!"

Ich lächle, dann ziehe ich das Kleid aus. Drunter trage ich mein speckiges T-Shirt und die Jeans, die zwar zerrissen sind, aber passen. „Ja, so kenne ich dich besser", sagt Joseph. „Aber wenn du die Hütte verlässt, sollst du die langen Sachen wieder anziehen. Es ist besser so."

„Aber wohin soll ich gehen?", frage ich. „Und was machst du überhaupt hier im Wald?"

„Oh, Jenny, frag mich etwas Einfacheres", sagt Joseph und küsst mich. „Als ich euch verließ, ging es mir nur noch darum, Hakim und Sayyid zu suchen. Und nicht nur das – ich wollte dem, was mir passiert war, ein Ende setzen."

„Aber wie?", frage ich. „Wir haben das Internat aufgelöst. Was hat dich hierher geführt?"

„Du kennst mich doch, Jenny. Nicht umsonst bin

ich ein Experte auf dem Gebiet des Orientierungssinns von Zugvögeln. Außerdem war das Internat nie die Zentrale", fügt Joseph hinzu. „Es war hauptsächlich für das Adoptionsprogramm da. Das Internat war eine Art Musterprojekt – alles ganz legal, versteht sich – um den Rest der Welt von ihrem eigentlichen Plan abzulenken. Obwohl ich mich an wenig erinnern kann, weiß ich noch, dass immer wieder von ‚der Insel' die Rede war. An dem Tag, an dem ihr mich befreit habt, habe ich Mitarbeiter gehört, die sagten, dass die beiden Leiter des Instituts schon wieder ‚auf der Insel' wären."

„Das sagte mir Josh ja auch", sage ich.

„Und da die Fahrtzeiten immer sehr kurz waren, wuchs in mir die Gewissheit, dass es sich nur um Pemba handeln kann. Und nicht nur das." Er hält mich im Arm und küsst mich auf die Wange. „Es fiel immer wieder ein Name. Bi Kirembwe."

„Das ist schon wieder diese Hexe!", sage ich. „Diese Baba-Jaga-Gestalt, von der die Leute auf Sansibar alle reden."

„Ja, ich kenne sie auch", sagt Joseph. „Bibi Sabulana hat mir immer Geschichten von ihr erzählt, als ich klein war. Schließlich hat Bibi jahrelang an der Küste gelebt. Bi Kirembwe war immer so eine Schreckgestalt, die mich jederzeit mitnehmen würde, wenn ich mich nicht richtig benahm."

„Schrecklich!", sage ich.

Joseph nickt. „Ich habe mich im Dorf schlau gemacht. Und dort hörte ich die Gerüchte."

„Was für Gerüchte?", frage ich.

„Dass Bi Kirembwe wieder ihr Unwesen treibt, und zwar ausgerechnet in diesem Wald. Nicht als Märchenfigur, sondern in Wirklichkeit. Die Menschen auf Pemba sind zwar abergläubisch, aber sie sind alles andere als dumm. Man redet überall von einer dunklen, tief verschleierten Frau, die rasend schnell umherfährt und kleine Kinder mitnimmt, als ob man die Menschen damit gezielt einschüchtern möchte. Und es werden tatsächlich viele Kinder vermisst. Vor allem unter den Armen, die für ihre Familien nicht sorgen können und für die tausend Dollar eine Menge Geld bedeutet. Hakim und Sayyid ..."

„Hast du sie gesehen?"

„Martin – der eine Kongolese – behauptet sie gesehen zu haben. Ja, sie sind da, hinterm Zaun."

„Und die Frau in Chake Chake?", sage ich. „Der ich hierher gefolgt bin. Meinst du, sie kann es sein?"

Joseph nickt. „Da besteht kein Zweifel, Jenny. Nein, ich behaupte nicht, dass sie eine echte Hexe ist – was das auch immer heißen mag. Es steckt jemand anders dahinter."

„Und wer sind die beiden Kongolesen überhaupt?", frage ich weiter.

„Sie sind von der Farm geflohen. Sie waren arbeitslose Landarbeiter aus dem Westen der Demokratischen Republik Kongo, und können daher kein Wort Kiswahili. Einmal sind sie in Kinshasa in eine Bar gegangen, um etwas zu trinken. Sie unterschrieben einen Arbeitsvertrag, und als sie wieder aufwachten, waren sie Tausende von Kilometer von zu Hause weg, eben hier auf dieser Farm. Jenny, das ist kein normaler Bauernhof. Die Männer erzählen, dass dort Hunderte von Menschen in Baracken festgehalten werden. Sie werden in halb Afrika aufgabelt, und die Kinder werden sogar hier auf der Insel entführt. Dann werden sie in Chake Chake auf Schiffe und Flugzeuge geladen und in die weite Welt transportiert."

„Transportiert?", frage ich. „Wozu denn?"

Joseph geht nicht darauf ein „Es sind noch vier weitere Leute bei uns. Zwei Männer und zwei Frauen. Wir warten unsere Zeit ab."

„Bis ihr alle fliehen könnt?", frage ich.

Joseph schaut mich verdutzt an. „Wenn wir fliehen wollten, dann hätten wir's längst getan. Nein, wir warten auf den Zeitpunkt, wo wir die Farm stürmen können. Um nicht weniger geht es jetzt, Jenny."

33

„Der Plan ist ganz einfach." Joseph steht neben mir draußen vor der Hütte. Die Mittagssonne brennt auf meinen Kopf. Zwar trage ich immer noch meine eigenen Klamotten, aber ich knote das Kopftuch wieder über meinen Kopf und wische mir die verschwitzen Handflächen an meinem Hosenboden ab. „Diese Farm, genau wie das Livingstone Institute, hat kaum Sicherheitspersonal. Das ist die Achillesferse. Sie setzen darauf, dass die Gefangenen ihnen gehorchen. Die Drogen machen die Menschen träge und hindern sie daran, für sich selber zu denken. Wenn wir mit unserer kleinen Gruppe durch den Zaun eindringen könnten und die Menschen erreichen, könnten wir sie dazu bringen, den Ausbruch zu wagen."

„Aber wie soll das gehen?", frage ich. „Ihr seid nur eine Handvoll Menschen, und ihr seid nicht bewaffnet. Die Gefangenen vermutlich auch nicht."

„Das stimmt nicht ganz." Joseph führt mich zu einer breiten grauen Plane unter einem Tamarindenbaum. Er zieht die Plane zurück und enthüllt dabei einen hüfthohen Stapel frisch gewetzter Macheten. Sie glitzern in der Sonne. „Die Männer und ich werden jeweils einen Rucksack voll mitnehmen und an die Gefangenen verteilen. Außerdem gibt es dort genug Macheten im Lager."

Mir wird schlecht. „Aber Joseph, ihr könnt doch nicht einfach da einbrechen und wild um euch hauen!"

„Meine Idee war das nicht", sagt Joseph. „Jean-Luc hat den Plan schon vor seiner Flucht ausgeheckt. Außerdem gehe ich davon aus, dass es gar nicht dazu kommen wird. Mir geht es nur um Hakim und Sayyid. Je eher das alles ein Ende findet, umso besser für sie."

Natürlich weiß ich das. Ich weiß auch, dass ich irgendwie an die Jungs herankommen muss. Dennoch beschleicht mich ein furchtbares Gefühl. Entsetzliche Bilder aus der Zeit des ruandischen Genozids schießen durch meinen Kopf. Von den Bürgerkriegen in Angola, im Kongo. Während wir da stehen, tritt Martin, der kleinere der beiden Männer, an den

Stapel heran. Er zieht eine Machete hervor und fängt an, sie an einem Stein zu wetzen. Er singt dabei und scheint sich aufrichtig zu freuen. „Und wann soll das Ganze stattfinden?", frage ich.

„Es gibt keine bessere Zeit als jetzt", antwortet Joseph. Er schaut Martin ebenfalls beunruhigt zu. Dann schüttelt er den Kopf und dreht sich wieder zu mir. „Wir starten bei Anbruch der Dunkelheit. Wenn alles gut geht, haben wir es bis zum Aufgang des Mondes geschafft." *Wenn alles gut geht.* Wenn nicht, was ist dann mit Hakim und Sayyid? „Du kannst uns helfen. Wir brauchen dich sogar."

„Wozu denn?", frage ich. „Ich kann mit einer Machete nicht umgehen."

„Ich ehrlich gesagt auch nicht", antwortet Joseph. „Wie ich schon sagte, es wird hoffentlich nicht dazu kommen. Aber wir brauchen eine Wache am Haupttor. *N'est-ce pas, Martin?*", fragt er den Mann mit der Machete. Er spricht kurz auf ihn ein. Martin nickt ihm zu und wetzt eine weitere Machete.

Ich will nicht. Ich will nichts mit alledem zu tun haben. Aber was kann ich sonst tun?

„Wir werden alles machen, was wir für richtig halten", sagt Joseph. „Aber was das ist, werden wir erst wissen, wenn der Augenblick da ist."

Ja. Gerade davor habe ich am meisten Angst.

Ich verbringe den Rest des Tages mit Joseph. Er ist zärtlich und spricht mit sanften Worten auf mich ein, aber ich merke deutlich, wie die Sicherheit immer mehr von seinem Gesicht schwindet.

Die zwei anderen Jungs und die beiden Mädchen tauchen aus dem Gebüsch auf und stellen sich kurz vor. Sie tragen lumpige Kleidung und starren mich aus leeren Augen an. Viel besser sehe ich aber auch nicht aus, fällt mir ein, verdreckt und verschwitzt, wie ich nun bin. Ein Glück, dass es hier keinen Spiegel gibt …

Jean-Luc und Martin kochen uns einen Topf Bananen und Reis, mit frischen Nelken gewürzt. Wir essen aus dem gemeinsamen Blechtopf. Meine Mückenstiche jucken. Ich esse aber nur ein paar Bissen. Ich fühle mich abgeschlagen und heiß.

Nun beginnt unser Strategiegespräch, das wir draußen in einer kleinen Lichtung abhalten. Die Männer und Frauen erzählen von ihren persönlichen Erfahrungen bisher. Nach und nach höre ich einige Puzzlestücke heraus, die sich zu einem Alptraum zusammensetzen: Entführung, Vergewaltigung, Kindesraub, brutale Strafen. Noch nie habe ich mich so nutzlos gefühlt, so völlig fehl am Platz. Die anderen reden buchstäblich mit Händen und Füßen, und meine eingeschlafenen Französischkenntnisse reichen gerade dazu aus, dass ich am Ende den Plan halbwegs verstehe. Mit den anderen, die alle aus Mosambik stammen, ist die Kommunikation noch schwieriger. Sie reden nur ein paar Stammessprachen, dazu Portugiesisch und ein paar Brocken Kiswahili.

Joseph hilft, so gut er kann, als Dolmetscher und wir brauchen einen halben Tag, um wenigstens etwas Klarheit zu schaffen.

Die Sonne neigt sich schon und wird bald hinter die Palmen verschwinden. Auf einmal nickt Jean-Luc mit dem Kopf und wir stehen alle auf. Joseph führt mich an den Rand des Waldes und verabschiedet sich mit einem Kuss.

Wie eine Schlafwandlerin beziehe ich meine Stellung hinter einem Busch am Haupttor. Die Luft ist noch heiß, aber ich spüre eine Kälte in meinen Fingern und Zehen, die mich zittern lässt.

Meine Rolle ist einfach. Ich soll lediglich warten, bis die beiden Torwächter, die lässig da stehen mit ihren Gewehren, zum Essen gerufen werden. Jean-Luc und Martin haben nämlich beobachtet, dass das Tor dann für einige Minuten unbewacht bleibt, bis die Ablösung eintrifft. Der genaue Zeitpunkt variiert aber von Tag zu Tag – manchmal bis zu einer halben Stunde. Sobald das Tor unbewacht ist, soll ich auf einer Pfeife blasen, die einen Vogelruf nachahmt.

Alles ganz einfach.

Geradezu harmlos.

Und dann? Die Mannschaft wird das Gelände mit erhobenen Macheten stürmen. Meine Aufgabe wird darin bestehen, nach Hakim und Sayyid zu suchen, bevor ... Ja, bevor was?

Es ist Wahnsinn.

Ich gebe es zu: Ich habe eingewilligt. In jenem Augenblick, unter den Blicken der Entflohenen, ging es einfach nicht anders. Schließlich hat Joseph zugestimmt, und Joseph hat alle Antworten für mich, oder?

Aber im Herzen spüre ich, dass ich doch nicht mitmachen kann. Ich weiß jetzt schon, wie das alles enden wird, und es wird sicherlich nicht mit der Rettung der beiden Jungs enden. Sondern ...

Ich sehe die Jungs vor mir – in einem Augenblick lachend und sprudelnd, wie ich sie in Stone Town kannte – und im nächsten blutig zugerichtet. Ausgerechnet von Bi Kirembwe, vor der ihre große Schwester sie immer gewarnt hatte. Vor der sie auch immer sicher waren ... bis ich in ihrem Leben auftauchte.

Ich wende mich ab und setze mich mit dem Rücken zum Busch. Nein, ich mache jetzt nicht mit. Der Koranvers, den mir Scheich Bashir rezitiert hat, geht mir durch den Sinn. *Wenn jemand einen Menschen tötet, so soll es sein, als hätte er die ganze Menschheit getötet, und wenn jemand einem Menschen das Leben erhält, so soll es sein, als hätte er der ganzen Menschheit das Leben erhalten.*

Ich will Leben retten. Nichts anderes. Aber was kann so jemand wie ich tun? Mein Geist schweift zu allem, was ich in den letzten Tagen gelernt habe. Ich denke an Sabrina – meine Freundin, meine Schwester, wo bist du jetzt? – und an die Geschichte, die sie in ihrem Zimmer bei Kerzenlicht erzählt hatte. Von dem senegalischen Sufi-Scheich, Ahmadou Bamba, der von den Franzosen auf dem Schiff deportiert wurde und sein Gebet verrichten wollte.

Und ich denke an das Gebet, das mir Sabrina einst beigebracht hatte. „*Bismillahir-Rahmanir-Raheem* ..." Weiter komme ich nicht.

Nun, was ist mit mir? Ich darf auch nicht gegen meine eigene Überzeugung verstoßen. Ich darf auch Joseph und die anderen nicht im Stich lassen, und erst recht nicht Hakim und Sayyid ihrem Schicksal überlassen. Dabei stehen mir weder Teppich noch Wasser zur Verfügung. Und zu Allah beten kann ich sowieso nicht.

Nein, beten kann ich nicht. Aber ich kann reden. Ja, das kann ich noch.

Reden. *Und springen.*

Ich stehe auf. Die Wächter stehen weiterhin am Tor und hören Taarab-Musik aus einem alten Kofferradio. Ich zittere und wickle mein Gewand enger um mich, um warm zu bleiben.

Ich atme tief durch und gehe auf das Tor zu.

„*Hamjambo*", sage ich den beiden Männern. „*Habari?* Ich möchte Ihren Chef sprechen. Lassen Sie mich rein?"

34

Die Sandpiste führt über Spurrillen und Schlaglöcher. Sie zieht sich zwischen Eukalyptusbäumen und Palmen hindurch. In der Dämmerung muss ich höllisch aufpassen, um mir nicht den Knöchel zu verstauchen. Ich zittere vor Kälte, obwohl ich mehrfach die Schweißperlen an meiner Stirn abwischen muss.

Mein Begleiter, der jüngere der beiden Wächter am Tor, singt die ganze Zeit ein Taarab-Lied. „*Wenn du ein echter Mensch bist, setze alles auf die Liebe*", trudelt er in seiner hellen Tenorstimme. „*Wenn nicht, dann sollst du diese Runde verlassen.*" Ich kann die Worte gerade noch vernehmen, aber ich stelle mir vor, dass in seinem Kopf ein ganzes Orchester spielt. Ihm geht's gut, denke ich. Er macht seinen Dienst. Was sonst so passiert, ist nicht seine Sorge.

Lichter tauchen zwischen den Bäumen vor uns auf und bald stehen wir vor einem langen Bungalow aus unverputztem braunen Klinker. „Warten Sie", sagt mir mein Begleiter auf Englisch. Er geht an die Tür und klopft zweimal. Die

Tür öffnet sich und ein junger Weißer schaut hinaus und betrachtet mich. Josh. Er sieht wie beim letzten Mal aus, wenn auch etwas distanzierter, bis ich merke, dass er eine Pistole im Ledergürtel stecken hat. Er nickt meinem Begleiter zu und schenkt ihm einen strengen Blick. Der salutiert lässig mit zwei Fingern und verzieht sich wieder in die Schatten. Ich höre seine Stimme, während er nach seinem erfüllten Auftrag sein Lied fortsetzt und sich immer weiter in die Nacht hinein entfernt. *„Wenn du ein echter Mensch bist, setze alles auf die Liebe. Wenn nicht ..."*

„Du hast also doch alles gewusst", sage ich.

Josh versucht, ein entwaffnendes Lächeln aufzusetzen, aber es gelingt ihm nicht. „Jeder hat in dieser Welt eine Rolle zu spielen", sagt er mir. „Die einen befehlen, die anderen gehorchen. Das ist ein Naturgesetz."

„Wie praktisch für dich", sage ich. „Führst du mich zu deinem Vorgesetzten? Oder bist du hier der Chef?"

Josh schüttelt den Kopf und führt mich tiefer ins Gebäude hinein.

Der Flur, in den ich jetzt eintrete, riecht nach Sägespänen und Autoabgasen. Im Hintergrund höre ich einen Generator knattern, und die Zugluft weht die bitteren Abgase in die Halle hinein. Holzkisten und Werkzeuge stapeln sich an nackten Klinkerwänden. Josh führt mich an blauen Plastiktonnen vorbei zu einer weiteren Wand, in der sich eine blau gestrichene Holztür befindet. Hier klopft auch er zweimal an und ruft *„Hodi!"*.

Ich höre erst mal gar nichts, außer dem Geknatter des Generators und das Pochen meines eigenen Herzens. Wie lange warten wir? Fünf Minuten? Oder nur zehn Sekunden? Endlich ertönt eine weibliche Stimme von innen. *„Karibu."*

Josh macht die Tür auf. Ich schaue in ein weitläufiges Büro hinein, mit einem breiten Mahagonitisch in der Mitte und Aktenschränken an den Wänden. Meine Augen fallen auf einen hölzernen Kleiderständer, der am anderen Ende des Raums steht. An einem Haken hängt ein langes dunkles

Gewand, wie das einer tiefgläubigen Muslimin. Ich erkenne es sofort. Erst dann bemerke ich daneben am Schreibtisch eine schlanke weiße Frau mit langen dunklen Haaren.

Sie steht auf und dreht sich zu mir.

„Das kann nicht wahr sein!", rufe ich.

„Ist es aber." Die Frau, bekleidet mit Jeans und einer weißen Bluse, stemmt ihre Hände in die Hüften. „Willkommen auf Pemba, Jenny. Ich habe mich schon gefragt, wann wir uns wiedersehen würden. Nun, du kommst genau richtig."

35

Als ich Josephine Charpentier das letzte Mal sah, saß sie auf einer Anklagebank in einem Gerichtssaal in Daressalam. Josephine Charpentier, die belgische Mikrobiologin, die sich damals als die harmlose Pilotin Marie-Heloise Benoit ausgegeben hatte. Das war vor etwa einem Jahr. Ihr wurde wegen Mordes, illegaler Menschenversuche sowie der Entführung unseres Stiefvaters der Prozess gemacht und sie wurde für schuldig befunden. Meine ganze Familie hatte gegen sie ausgesagt, und sie kam ins Gefängnis – zusammen mit ihrem Ehemann, dem Drahtzieher der ganzen Operation, den ich dort vor Gericht zum ersten und letzten Mal in meinem Leben sah.

Jacques Lautray ...

Das Foto an der Wand im Livingstone Institute, neben den Fotos von Gandhi und Martin Luther King! Natürlich! Es war ein Foto von Jacques Lautray!

„Du wunderst dich wohl, mich hier wiederzusehen", sagt Charpentier. „Dabei erwarten wir dich seit Tagen."

„Sie wurden beide verurteilt!", rufe ich. „Wie können Sie jetzt hier sein?"

Charpentier seufzt und setzt sich wieder. „In der Tat, Jenny. Wir wurden anschließend nach Belgien ausgeliefert, wo ebenfalls ein Haftbefehl vorlag. Aber dort hatten wir einen ausgezeichneten Rechtsbeistand. Außerdem haben wir nach wie vor Zugang zu bestimmten Informationen, die bestimmte Menschen in Brüssel und anderswo nicht veröffentlicht sehen möchten. Der Prozess ist zunächst unbefristet verschoben. Wir wurden vor einem halben Jahr auf Bewährung freigelassen."

„Warum wissen wir nichts davon?"

„Das war unsere Bedingung", sagt Charpentier. „Mein Mann hat darauf bestanden." Sie gähnt, als ob sie diese Geschichte schon tausendmal erzählt hätte und nichts mehr davon hören will. „Danach, als wir die Möglichkeit bekamen, hierher zu kommen, war es den Behörden bestimmt nur noch peinlich."

Ich schnappe nach Luft. „Sie sind also beide geflohen?"

„Das ist unschön ausgedrückt", antwortet sie und schaut zu Boden. „Aber lass das Vergangene vergangen sein, Jenny." Ihre Augen treffen meine und sie lächelt. „Weißt du, ich bin gar nicht traurig über unsere Verurteilung. Und gegen dich und deinen Bruder hege ich erst recht keinen Groll."

„Wie schön für Sie", sage ich. „Aber nun verstehe ich gar nichts mehr."

„Jenny, das war uns eine Lektion! Jacques und ich haben eingesehen, dass das, was wir mit Montoussaint Biotechnology und der Blackstar Tea Company vorhatten, falsch war. Damals haben wir mit Krankheitserregern experimentiert. Wir wollten in die Geheimnisse der Epidemiologie eintauchen und sie in die Dienste der Menschheit stellen. Unsere Ziele waren zwar alles andere als eigennützig, aber wir wollten sie auf Kosten der Menschen hier verwirklichen. Und das durfte nicht sein."

„Schön, dass Sie sich anders überlegt haben", sage ich. „Das kommt aber reichlich spät."

Sie lächelt wieder. „Du glaubst mir nicht. Stimmt's, Jenny? Aber ich meine es ganz ernst. Denn unser oberstes Ziel war und bleibt dasselbe: der Menschheit zu dienen. Kaum saßen wir im Gefängnis in Daressalam, als mein Mann ein ganz neues Konzept entwarf."

„Das Livingstone Institute, nehme ich an. Sie wollen mir

hoffentlich nicht wirklich weismachen, dass es ein ganz normales Internat ist. Und dass dieses Lager eine ganz gewöhnliche Gewürzplantage ist."

Charpentier streicht einige lose Haarsträhnen aus ihrem Gesicht. „Mit der Schule wollten wir die höchsten pädagogischen Ansprüche erfüllen. Die Welt braucht ausgebildete Arbeitskräfte, und artige, intelligente Kinder kommen überall gut an. Aber sie ist nur eine Komponente unserer viel größeren Vision. Das Unternehmen, das mein Mann und ich in kürzester Zeit aus dem Nichts gestampft haben, und das heute weltweit operiert, heißt LifeSource Industries."

LifeSource ... Natürlich habe ich schon davon gehört. Und überhaupt die Fahne über der Schule: das „LS" in schwarzen Buchstaben auf einem weißen Hintergrund. „Das stinkt wieder mächtig nach Biotechnologie", sage ich.

Charpentier rückt näher an mich heran und neigt sich zu mir. „Nicht Biotechnologie, Jenny", sagt sie, „Menschliche Ressourcen nennt man das heute. Die Menschen selbst! Sie stehen im Mittelpunkt unserer Arbeit. Wie das eben sein muss."

„Verstehe ich nicht. Als Sozialarbeiterin kann ich Sie mir nicht gerade vorstellen."

„Aber das sind wir doch, Jenny. Die Sozialarbeiter der Zukunft. Nach zwei Jahren in Afrika müsstest du schon eine Vorstellung davon haben, wie tiefgreifend die sozialen Probleme auf diesem Kontinent sind. Das Leben ist billig hier. Daher der Name unseres Projekts. LifeSource. Quelle des Lebens."

„Sie müssen sich klarer ausdrücken", sage ich. „Ich verstehe nicht, worauf Sie hinauswollen."

„Wir vermitteln die jungen Menschen dorthin, wo sie gebraucht werden", erklärt Charpentier. Sie hält ihre Hände vor sich, als ob Sie mich umarmen will. „Manchmal als Adoptivkinder, die dann natürlich zur Schule gehen. Und manchmal eben zu anderen Zwecken."

„Zu ... welchen anderen Zwecken?", frage ich.

„Im gegenseitigen Einvernehmen, versteht sich. Und niemals ohne schriftliche Einwilligung der Eltern. Das Wohl der Menschen ist immer unsere oberste Priorität. Und das wissen sie zu schätzen."

Ein furchtbares Bild schießt durch meinen Kopf. Ich sehe wieder die finsteren Verliese am ehemaligen Sklavenmarkt vor mir, und stelle mir das Leiden der Afrikaner vor, die darin hausen mussten und auf ihren ... Verkauf warten mussten.

„Sie verkaufen Kinder!", schreie ich.

„Jenny, wofür hältst du mich eigentlich? Keiner hat etwas vom Verkauf gesagt. Wir vermitteln sie bloß. Wir schenken ihnen das Leben, das ihnen in Afrika vorenthalten wird."

Ich denke an die Geschichten von verschwundenen Kindern, die ich von Ibrahim und Tony gehört hatte. „Wie ... kommen Sie an diese Kinder heran?"

„Wir arbeiten mit vielen einheimischen Organisationen und Agenten zusammen", erklärt sie. „Sie suchen in der ganzen Region nach geeigneten Kindern und Jugendlichen und führen sie zu uns nach Sansibar. Viele sind natürlich Kriegs- und Aids-Waisen, aber nicht alle. Ihre Angehörigen freuen sich immer sehr, dass ihre Zöglinge eine bessere Zukunft erhalten. Oft können wir uns gar nicht vor ihnen retten."

Ich traue meinen Ohren nicht. „Sie sind eine Sklavenhändlerin!", sage ich.

„So ein hässliches Wort, Jenny", antwortete Charpentier. „Aber, auch wenn das so wäre ... sag mir, was daran schlecht sein soll."

„Sie kaufen und verkaufen Menschen!"

„Wir schenken Leben. Und Kultur. Sei ehrlich: Wie viele Chancen hat ein junger Afrikaner heute, egal mit welchem Hintergrund. Das Leben bietet ihnen Schmerzen und einen frühen Tod. Wir dagegen bieten ihnen eine Zukunft."

„Warum erzählen Sie mir das alles?", frage ich.

„Damit du uns verstehst", antwortet Charpentier. „Und damit du mit uns zusammenarbeitest."

„Ich soll mit Ihnen zusammenarbeiten? War das der Grund für dieses Werbeblatt?"

„Uns ist ein Fehler unterlaufen, Jenny. Mein Mann war außer sich, glaub mir. Von deiner Beziehung zu Joseph wussten unsere Agenten nämlich nichts. Dass ausgerechnet du damit involviert wirst, hätte ich mir niemals gewünscht. Wozu auch? Hätten wir dich damals im Bus abgefangen, hätten wir alles gleich klären können. Auf die eine oder andere Weise."

„Im Bus? Die beiden Männer in Iringa damals waren also doch hinter mir her?"

„Bedauerlich nur, dass du dich ausgerechnet zu diesem Herrn Waldseemüller gesetzt hast. Ein furchtbarer Mensch, ein Oberlehrer alten Stils. Keine Fantasie. Keine Spur von Idealismus. Er hätte uns an die Öffentlichkeit ausgeliefert. Was ihm passiert ist, hat er nur sich selber zuzuschreiben."

„Aber ich kannte ihn gar nicht!", rufe ich.

Charpentier zuckt die Schultern. „Umso schlimmer für dich, Jenny", sagt sie, „denn Waldseemüller verfügte über gute Kontakte. Du dagegen hast keine. Bilde dir bloß nicht ein, dass du *mich* gefunden hast. Mein Mann und ich haben dich hierher bestellt."

„Was soll das nun wieder heißen?"

„Wir kontrollieren jede deiner Bewegungen, Mädchen, seitdem du deine Mutter verlassen hast. Unsere Leute haben dich im Bus beobachtet, dich am Hafen in Stone Town gesehen, teilweise sogar deine Gespräche mit dieser Sabrina und diesem unmöglichen Tony belauscht. Wir haben das Flugblatt ausgeteilt, eure Flucht nach Pemba ausgelöst, und die Route der Dhau überwacht. Der Fahrer im Dorf arbeitet für uns, Jenny. Insofern war es kein Problem, dich zu mir nach Chake Chake zu bringen, wo ich dich mit meinem Land Cruiser erwartet habe. Ja, du staunst, aber du sollst langsam begreifen, dass du nicht einmal halb so klug bist, wie du dir einbildest."

„Sie sind krank ..."

„Aber jetzt, wo du unser Gast bist, will ich, dass du unsere Arbeit persönlich kennen lernst, und nicht erst durch die

Verzerrungen anderer. Denn LifeSource bietet dir die beste Chance, die du jemals bekommen wirst."

„Wie meinen Sie das?"

„Welche Möglichkeiten hast *du* in diesem Leben?", fragt Charpentier. „Vergiss nicht, in was für einer Welt wir leben. In dieser Wirtschaft. Was willst du mit deiner kümmerlichen Heimschulung anfangen? Dass ich nicht lache."

„Mein Abitur wird doch international anerkannt!", protestiere ich.

„Na schön." Charpentier lächelt mich herablassend an. „Und was willst du mit deinem tollen Abitur machen? Journalistin willst du werden, wo schon jetzt die Welt ihre Informationen aus unbezahlten Blogs bezieht. Du hast nur Rosinen im Kopf, Jenny. Denn was hast du bisher erreicht? Du hast die letzten Jahre hier in Afrika verschwendet und dabei nur deine lächerlichen Blogseiten geschrieben und ein paar peinliche Reiseberichte, für die sich kein Mensch interessiert. Gib es zu: In dieser Welt wirst du nur noch als Konsumentin gebraucht und zu nichts anderem."

„Warum haben Sie Joseph gefangen?", frage ich.

„Ja, Joseph." Charpentier schaut mich geradezu mitleidsvoll an. „Dieser junge Afrikaner, der dir den Kopf ganz schön verdreht hat. Jenny, es tut mir leid, es sagen zu müssen, aber an diesem Punkt bist du hoffnungslos. Was könnte dieser junge Mensch dir jemals bieten, oder du ihm? Versteh mich nicht falsch – es ist nicht nur der kulturelle Unterschied, obwohl er erheblich ist. Denn, wenn du einmal klar nachdenken würdest, würdest du begreifen, wie schlecht seine Chancen stehen, als Afrikaner in dieser Welt. Mach dir keine Illusionen."

„Aber er ist doch hochbegabt!", sage ich. „Er war der Beste in seiner Klasse in Dar, und nun studiert er sogar in Europa!"

„Gerade das macht ihn so wertvoll, Jenny", sagt Charpentier. „Mein Mann und ich haben ihn für einen ganz bedeutenden Interessentenkreis ausgesucht. Sie versprechen sich große Erkenntnisse von den Tests, die sie mit ihm durchführen wollen. Erkenntnisse, die nur von einem lebenden Menschen bezogen und die nun allen zugutekommen werden. Du hast uns unsere Schule genommen. Uns fast in den Ruin getrieben. Nun liegt es in deiner Hand, den Schaden wieder gut zu machen. Sein Leben gegen das Leben dieser beiden Jungen. Du willst doch nicht, dass die beiden Lieben in den Besitz eines Sammlers in Hongkong oder in Dubai landen, oder? Nein? Das hätte ich auch nicht von dir erwartet."

36

„Und wo sind Hakim und Sayyid jetzt?"

Charpentier lächelt mich an. „Nun muss ich dich bitten, einen Augenblick draußen zu warten", sagt sie. Sie zieht ihr Handy aus der Jeanstasche und tippt ein paar Zahlen ein. „Ich brauche Sie einen Augenblick", spricht sie in den Hörer. Die Tür geht auf und Josh tritt herein. „Bringen Sie die junge Dame in die Wäschekammer." Josh nickt ihr zu und führt mich wieder in die Halle hinaus. Wir gehen ein paar Schritte, bis wir zu einer weiteren Holztür kommen. Er schließt auf und knipst das Licht an. Ein Neonlicht leuchtet auf und ich befinde mich in einem kleineren Raum ohne Fenster. Josh schließt ohne ein Wort hinter mir die Tür ab und geht weg. Ich sehe mich um. Frische Wäsche und Arbeitskleidung stapeln sich auf den Holzregalen. Die Luft riecht nach einer Mischung aus Waschmittel und verschwitzten Unterhosen. Mitten im Raum stehen drei riesige Flechtkörbe voller schmutziger Arbeitsklamotten. Hoffentlich muss ich nicht zu lange hier drin bleiben! Wenn sie mich hier die ganze Nacht einsperren, raste ich irgendwann ganz aus. Wenn ich nicht vorher ganz zusammenklappe, denn ich fühle mich noch schlechter als zuvor. Mein Kopf pocht und ich schwitze, obwohl der Abend kühl ist.

Draußen höre ich wieder ein Handy piepsen. Charpentier hält ihre Mitarbeiter ganz schön auf Trab, finde ich.

Wenn ich jetzt doch selber ein Handy hätte...
Aber was sollen diese Gedanken? Ich habe ja keins.
Obwohl ...
Ich schaue auf die Wäschekörbe. Könnte es sein...?

Ich gehe zum ersten und nehme den Deckel ab. Dann ziehe ich die verschwitzten Klamotten einzeln heraus und taste sie ab. Sie riechen alle wie zwei Monate alter Harzer Käse, sodass ich mich im ersten Augenblick beinahe übergeben muss. Aber ich beiße die Zähne zusammen und ziehe ein Kleidungsstück nach dem anderen heraus. Ich fühle dabei nach Gegenständen in den Taschen. Zunächst finde ich nur klebrige Taschentücher. In einer Hosentasche entdecke ich eine billige Taschenuhr, in einem anderen eine Handvoll Münzen. Ansonsten nichts.

Ich gehe zum anderen Korb und nehme ihm ebenfalls den Deckel ab. Und nun suche ich wieder alle Klamotten durch. Sie häufen sich auf dem Betonfußboden, als ob ein Orkan hindurchgefegt worden wäre. Auch nichts.

Von draußen höre ich ein Geräusch. Jemand geht an der Tür vorbei und stellt ein Radio an. Ich höre Taarab-Musik. Ich zögere. Sollte ich alles wieder hinein schmeißen? Sie werden fragen, was ich mache. Was soll ich tun?

Die Musik wird leiser. Der Mann verzieht sich also. Ich wische mir den Schweiß aus den Augen, dann öffne ich den dritten Korb und hole die Kleider ebenfalls heraus. Ich habe ihn schon halb geleert, als meine Finger sich über einen harten Gegenstand schließen. Ich ziehe eine stinkige graue Hose aus dem Korb und greife in die Tasche. Ich hole ein schwarzes Handy heraus.

Ich klappe den Deckel hoch ... Und die Display leuchtet auf.

Mein Herz macht einen Sprung. Alles scheint zu funktionieren. Nur ist der Akku fast leer. Typisch! Aber was mache ich jetzt damit? Meine Nummern waren doch alle auf meinem alten Handy gespeichert, das sowieso halb kaputt war und nun den Fischen auf dem Grund des Indischen Ozeans als Spielzeug dient. Mein kleines Adressbuch ist auch weg. Mir fällt keine einzige Telefonnummer ein. Was tun? Wenn ich nur irgendeine Nummer hätte, irgendwo, wo ich anrufen könnte, um Hilfe zu holen. Aber ich habe nichts.

Ich könnte laut aufschreien vor Wut. Ich gehe auf und ab und halte das Handy in meiner Hand. Ich stecke meine andere in meine Gesäßtasche ... Und ich spüre etwas. Irgendetwas klebt in der Tasche. Ich taste es mit meinen Fingern ab. Es scheint aus Papier zu sein. Das Salzwasser hat es wie eine Briefmarke auf den Stoff geklebt. Langsam löst es sich in meinen Fingern vom Stoff ab. Bloß nicht wegreißen, denke ich. Nun ist es endlich locker und ich ziehe es aus meiner Tasche heraus.

Es sieht aus wie die Reste einer Visitenkarte. Oben sehe ich in rot die Buchstaben „GST". Darunter in Blau die Buchstaben „...tev... ...c...lr.y". Was kann das sein? Und unten steht eine Nummer. Es ist alles klar zu sehen, nur die letzte Ziffer ist unleserlich.

Was soll's? Ich fange an, die zehnstellige Nummer einzutippen. Als ich zur letzten unleserlichen Ziffer komme, zögere ich. Was sollte ich einsetzen? Mit null anfangen und mich von dort hocharbeiten? Ich überlege nicht lange. Ich tippe einfach eine drei ein. Klingelzeichen. Dann meldet sich eine Frauenstimme. *„Hollywood Florist, how may I help you?"*

„Hören Sie!", flüstere ich auf Englisch. „Sie müssen mir helfen. Ich bin hier auf der Insel Pemba bei Menschenhändlern und brauche sofort Hilfe. Können Sie mich mit Interpol verbinden?"

„Na, hören *Sie* mal, *young lady*!", brüllt es aus dem Hörer. „Sie finden es bestimmt sehr witzig, Menschen einfach so anzurufen und solche Märchen zu erzählen! Sie sollten aber wissen, dass einige Menschen auf dieser Welt immer noch arbeiten müssen und dass wir solche Späßchen gar nicht lustig finden!" Und schon hat sie aufgelegt.

Mist! Was nun? Das Akku-Zeichen blinkt. Ich wähle die Nummer wieder und setze eine Sieben hinten dran. „Kein Anschluss unter dieser Nummer!", meldet das Handy. Ich tippe die Nummer noch mal ein und setze eine Neun dran. Nun meldet sich eine Stimme nach dem ersten Klingelzeichen. „*Hola?*", sagt ein Mann.

„Sie müssen mir helfen!", sage ich wieder. „Wissen Sie, ich bin hier auf ..." Aber nun explodiert die Stimme auf Spanisch. Gleich ist sie wieder weg. Welche Nummer ist jetzt dran? Vor meinem inneren Auge sehe ich Sabrinas Hand der Fatima, die um ihren Hals hängt. Ich wähle die Nummer zum vierten Mal und gebe jetzt eine Fünf ein. Dieses Mal warte ich fünf Sekunden, zehn Sekunden. Am anderen Ende fängt es endlich an zu klingeln.

Einmal, zweimal, dreimal ...

Nach dem vierten Klingeln macht es „klick" in der Leitung und eine männliche Stimme meldet sich. „*Hello, who is it?*", sagt eine männliche Stimme.

„Hören Sie", antworte ich. „Ich brauche dringend Ihre Hilfe! Ich stehe hier ..."

„Wer ist da, bitte?", fragt die Stimme noch einmal.

„Das ist jetzt egal", sage ich. „Es geht darum ..."

„Sie müssen sich zu erkennen geben, ansonsten hänge ich gleich auf. Ich mag keine Werbeaktionen."

„Na gut", sage ich. „Ich heiße Jenny Sandau und bin gerade auf Pemba."

„Ach, Sie sind's ja wieder!", sagt der Mann. Nun klingt seine Stimme ganz anders. „Ich habe mich gefragt, ob Sie sich bei uns melden würden."

„Und wer sind Sie überhaupt?", frage ich.

„Sie wissen es nicht? Na, ich bin doch Steve McElroy. Sie wissen schon, wir hatten neulich das missratene Interview mit diesem alten Mädchen in Zimmermann's Bend geführt. Was kann ich für Sie tun?"

Ich glaube es nicht. „Mr. McElroy, Sie müssen mir helfen!", rufe ich verhalten. Und in wenigen Worten schildere ich ihm meine Situation.

„Menschenhandel? An der Swahiliküste? Ja, ich habe davon gehört."

„Wir können keine Zeit verlieren!", rufe ich.

„Moment, Moment", sagt er. „Das klingt wie eine Story. Wo sind Sie genau?"

„Auf Pemba, bei Sansibar", sage ich. „Aber die genaue Stelle kann ich Ihnen nicht sagen."

„Kein Problem, ich kann Sie per GPS orten", sagt McElroy. „Warten Sie ..."

„Sie müssen Hilfe holen!", rufe ich. „Die Anführer sind Jacques Lautray und Josephine Charpentier! Sie haben Hakim und Sayyid bei sich, zusammen mit Hunderten von anderen Menschen, und sie haben mich auch. Wenn Sie nichts unternehmen, passiert ein Unglück!"

„Sicher, sicher", sagt McElroy. „Lautray und Charpentier sind mir ein Begriff. Warte, ich brauche noch etwa eine halbe Minute. Bleibst du solange dran?"

In dem Augenblick fängt das Handy an zu piepsen. Einmal, zweimal, dreimal. „Hilfe!", rufe ich. Und dann ist die Leitung tot.

Ich schaue auf das Display. Alles schwarz. Der Akku ist endgültig leer.

Draußen höre ich das Radio näher kommen. Wie eine Verrückte schmeiße ich das Handy in einen der Wäschekörbe und werfe die Klamotten so schnell wieder hinein, wie es nur geht. Ich werfe gerade den letzten Deckel auf den letzten Korb zurück, als die Tür aufgeht und Josh wieder vor mir steht. „Du musst jetzt mit mir mitkommen", sagt er.

37

Als ich wieder das Büro betrete, sitzt ein langer, glatzköpfiger Mann mit traurigen Zügen auf einem üppigen Ledersessel. Jacques Lautray. Er trägt eine graue Leinenhose und ein blütenweißes, kragenloses Baumwollhemd. „Tritt näher", sagt Charpentier, die hinter ihm steht und ihm liebevoll die Schultern massiert. „Ich möchte dir meinen Mann vorstellen. Jenny, das ist Jacques Lautray, der Präsident von LifeSource Industries."

Der Mann erhebt sich und macht einen Schritt auf mich zu. „Ich bin sehr erfreut, die berühmte Jenny Sandau unter angenehmeren Bedingungen kennen zu lernen." Er gibt mir die Hand und ich nehme sie automatisch in meine. Sie fühlt sich kalt an, geradezu leichenhaft. Die Kälte springt auf mich über und ich fange an zu zittern.

Ja, ich kenne ihn schon. Damals saß Lautray neben seinem Anwalt im Gerichtssaal, mit einiger Entfernung zu Charpentier, und fixierte mich die ganze Zeit mit einem ironischen Lächeln. Wenn Blicke töten könnten, dachte ich damals, dann hätte ich diese Welt schon längst hinter mir gelassen.

„Ich hätte wissen müssen, dass Sie beide hinter dieser Geschichte stecken", sage ich ihm. Jetzt ist es mir egal, was er von mir denkt.

„Ich glaube, Sie verstehen ein paar Dinge falsch, Mademoiselle Sandau", sagt Lautray. Er schaut mich an, mit einem melancholischen Grinsen, das jede Spur von Ironie verloren hat. „Meine Frau und ich haben uns immer eine bessere Welt vorgestellt. Das war damals am Kilimanjaro so, wo uns der Sieg über die Geißel der Krankheit zum Greifen nahe war. Aber das hat, das wollte kein Mensch verstehen, Jenny. Sie leider auch nicht, obwohl wir uns die größte Mühe gegeben haben, Sie von unseren guten Absichten zu überzeugen. Und nun stehen wir uns wieder auf den Barrikaden gegenüber. Wie schade."

Meine Angst verwandelt sich in Wut. „Ich weiß, warum Sie immer so traurig schauen", sage ich ihm. „Sie tun es deshalb, weil alles, was Sie im Leben versuchen, andere nur unglücklich macht."

„Sie irren sich", sagt Delautray. „Ich trauere, weil kein Mensch begreift, wie gut ich es mit ihm meine. Vielleicht wird auch keiner das begreifen, solange ich am Leben bin. Das ist ein schweres Schicksal. Aber ich bin bereit, es auf mich zu nehmen."

„Wo sind Hakim und Sayyid?", frage ich. Lautray schaut

mich ein paar Sekunden stumm an, dann nickt er. Er steht auf und schlendert zu einem Tisch am verdunkelten Fenster, auf dem ein Flachschirmmonitor steht. Er nimmt eine Fernbedienung in die Hand und drückt darauf. Der Bildschirm springt an und zeigt die beiden Jungs, die sich gegenüber auf zwei Pritschen in einer winzigen Betonzelle sitzen und leise unterhalten. „Wenigstens leben sie noch", sage ich.

„Natürlich leben sie", antwortet Lautray. „Wofür halten Sie mich überhaupt?"

„Ich halte Sie für einen Sklavenhändler", antworte ich. „Für einen Sklavenhändler, der Menschenleben gegen Bargeld verkauft. Das Abscheulichste, was es auf dieser Erde gibt."

Lautray schaltet den Monitor wieder aus und setzt sich wieder. „Jenny, Jenny, Jenny", sagt er. „Sie enttäuschen mich. Ich, Mademoiselle, mache Träume wahr. Der Menschenhandel, die Sklaverei, oder wie Sie es auch nennen wollen, war schon immer ein notwendiges Übel in der Geschichte der Menschheit, die uns dorthin gebracht hat, wo wir heute stehen. Zum Beispiel, was wäre das Römische Reich, das der afrikanischen Welt schließlich die Kultur geschenkt hat, ohne die Versklavung der minderwertigen Völker? Und was wäre die Industrielle Revolution gewesen, ohne die Sklaven, die die Baumwolle für die Textilindustrie bereitgestellt haben?"

„Das ist ungeheuerlich, was Sie da sagen."

„Es ist real." Lautray verzieht seine Lippen zu einem Lächeln. „Auf dieser Welt werden viele Dinge benötigt. Zum Beispiel Arbeitskräfte auf den Feldern, im Betrieb und im Haushalt. Zärtlichkeit für einsame Männer. Tüchtige Organe für Kranke. Und Erkenntnisse über den menschlichen Organismus, das menschliche Gehirn. Ich befriedige diese Bedürfnisse und die Welt dankt mir, ohne mir dabei viele Fragen zu stellen. So einfach ist das." Er lehnt sich vor. „Ihnen fehlt einfach die lange Sicht. Ohne Menschen wie mich, wäre die Welt schon vor Jahrtausenden zum Erliegen gekommen."

„Lassen Sie die beiden Jungs frei", sage ich.

Lautrays Lächeln verschwindet. „Gerade diese humanitäre Geste kann ich mir nicht leisten, Jenny. Jedenfalls nicht ohne einen Tausch. Denn leider ist es so, dass Sie etwas haben, das mir gehört. Das mir sehr viel wert ist. Und ich kann nicht von hier weggehen, ohne es wieder zu bekommen."

„Wieso ‚von hier weggehen'?", frage ich.

„Leider haben Sie mit ihrer ach so mutigen Rettungsaktion an unserem Internat großen Schaden angerichtet. Sie haben nicht nur meine Einrichtung demoliert und unwillkommene Aufmerksamkeit auf uns gezogen, sondern auch Joseph Tajomba aus meinem Gewahrsam entfernt. Ich habe ihn nämlich schon einen äußerst zahlungskräftigen Kunden versprochen und ich muss jetzt auf seine Rückgabe bestehen."

Ich schüttle den Kopf. „Sie sind wahnsinnig, Herr Lautray. Sie halten sich für einen Gott. Dafür sind Sie nichts anderes als ein gemeiner Verbrecher."

Lautray seufzt und schaut zu Charpentier. „Ich glaube nicht, dass sie dich versteht", sagt sie ihm.

„Ich verstehe, was für mich auf das Spiel steht", sage ich. „Ich will die Freiheit von Hakim und Sayyid. Und die ‚Rückgabe' von Joseph, wie Sie es nennen, kommt nicht in Frage."

„Dann haben wir ein Problem", sagt Delautray. „Eine unüberwindliche Kraft trifft auf ein unbewegliches Objekt. Was schlagen Sie als Lösung vor?"

Scheich Bashirs Worte sprechen sich in meinem Kopf. *Du musst den Sprung vollenden ...*

„Sehr einfach", sage ich. „Nehmen Sie mich. Nehmen Sie mich, lassen Sie die beiden Jungs frei, und lassen Sie Joseph in Frieden."

Charpentier schmunzelt. „Da hast du es, Jacques", sagt sie. „Eine Märtyrerin. Was habe ich neulich gesagt? Sie ist wie eine verrückte Sufi-Heilige. Das Leben als Selbstopferung für eine gute Sache. Nun haben sie eben eine Weitere für ihre Märchenstunden am Lagerfeuer. Wer weiß, vielleicht dichtet jemand so ein Taarab-Lied über die Heilige Jenny von

Sansibar. Wenn wir der Menschheit wirklich helfen wollen, dann, fürchte ich, haben wir jetzt gewaltige Konkurrenz bekommen."

Lautray lacht nicht. „Jenny, ich sehe, dass Sie ein großes Herz haben. Aber Sie verstehen mich immer noch nicht. Ich bin kein Kidnapper. Ich habe kein Interesse an Ihrem Leben. Ich will Ihnen auch nichts zuleide tun. Sicherlich würde eine junge Frau wie Sie bei bestimmten Kunden gut ankommen, auch wenn Ihre Persönlichkeit sehr zu wünschen übrig lässt. Die beiden Jungen erzielen schon einen höheren Preis als Sie jemals auf die Waage bringen könnten. Insofern ist Ihr Opfer bedeutungslos. Und ich will Tajomba und nur Tajomba. Wenn ich ihn bekomme, können Sie Ihre beiden Gören zurück haben. Aber keinen Augenblick eher."

Die beiden starren mich an und schweigen. Ich höre nur noch ein seltsames Schwirren im Hintergrund. Erst jetzt merke ich, dass die Akten aus den Regalen verschwunden sind. Die Möbel sind verrückt worden. Irgendetwas geht hier vor, aber was?

„Was werden Sie mit mir machen?", frage ich, so mutig wie ich kann.

Lautray zuckt die Schultern. „Was möchten Sie denn, Jenny? Eine warme Mahlzeit? Eine heiße Dusche? Ein Schläfchen? Oder vielleicht einen Checkup in unserer Klinik? Entschuldigen Sie, wenn ich so direkt bin, aber Sie sehen so aus, als ob Sie das alles gut gebrauchen könnten. Vor allem den Checkup."

„Ich verstehe nicht", sage ich.

„Ganz einfach", sagt Charpentier. „Da siehst du die Tür, Jenny. Du bist frei. Geh wohin, du willst." Nun verschränkt sie die Arme. „Aber wenn du uns bis morgen früh Tajomba nicht bringst, siehst du die beiden Kleinen nie wieder. Hörst du? *Nie wieder.*"

Ich schwanke. Ich fühle mich heiß und kalt auf einmal. Schweißperlen quellen auf meiner Stirn und fließen in meine Augen. „Was Sie da verlangen, ist unmöglich", sage ich.

„Sie werden ihn aber nicht hierher bringen", sagt Lautray. „Ich weiß nämlich, dass Sie draußen nicht allein sind, dass sich Ihre Verbündeten bewaffnet haben. Sie rüsten sich zu einer Schlacht, die schon längst entschieden ist. Sobald wir weg sind, gehört das Lager ihnen. Aber an der Nordspitze der Insel steht ein Leuchtturm. Jeder auf der Insel kennt ihn. Bringen Sie Tajomba dorthin. Um zehn Uhr spätestens. Sobald die Übergabe erfolgt ist, ist diese Geschichte für Sie zu Ende. Und für uns auch."

„Sie spinnen!", sage ich. Lautray zuckt einfach wieder mit den Schultern. Dann nimmt er sein Handy heraus und drückt auf eine Taste. Die Tür geht auf und Josh kommt wieder herein.

„Bis morgen früh, Jenny", sagt Charpentier. „Ich weiß, dass ich auf dich zählen kann."

Josh winkt mich zu sich. Ich gehorche ihm, ohne nachzudenken. Dieses Mal führt er mich nicht geradewegs durch die Vordertür, sondern wir biegen nach links ab, wieder an Kisten und Tonnen vorbei. Als wir an eine Tür kommen, füllt das Wirren und Schwirren, das ich im Büro gehört habe, den ganzen Flur. Und dann sehe ich es endlich:

Auf einem Tisch neben der Tür liegt ein riesiger Stapel Aktenordner. Davor steht eine Afrikanerin und heftet die Seiten aus den Ordnern heraus. Eine zweite jagt sie durch einen elektrischen Reißwolf. Die Papierstreifen fließen aus der Maschine wie Spaghetti und häufen sich auf dem kahlen Betonboden.

38

Eine halbe Stunde lang suche ich im Dunkeln nach der Hütte. Ich spüre, wie mir mit jedem Schritt die Lebensenergie entweicht. Endlich setze ich mich hin. Ich will mich nur noch zu einem Ball zusammenrollen und schlafen. Aber die Worte des Scheich Bashir gehen mir durch den Sinn. *Auch dies geht vorüber.* Ich reiße meine schwindenden Kräfte zusammen und mache mich wieder auf den Weg.

Endlich taucht die Hütte wie ein Gespenst aus den Schatten heraus. Jean-Luc hält eine Kerosinlampe hoch und schaut mich wie eine Verbrecherin an. Joseph legt seine Arme um mich und fragt: „Was ist passiert, Jenny? Du siehst furchtbar aus. Erzähl mal."

Ich erzähle ihm zunächst von meiner Entscheidung, den Angriff zu verhindern und das Gespräch zu suchen. Als Joseph für Jean-Luc übersetzt, schnaubt der Kongolese und verschränkt die Arme. Ich lasse mich aber nicht von ihm aus der Fassung bringen und erzähle weiter von den Gesprächen und von meinem Versuch, Steve McElroy zu benachrichtigen. Joseph hört mir aufmerksam zu. „Die Presse ist genau das, was wir brauchen", sagt er. „Glaubst du, er konnte unseren Standort bestimmen?"

Ich schüttle den Kopf. „Das Handy war sofort tot. Aber ich weiß nicht, ob es etwas nützt. Denn sie ziehen ab, Joseph." Ich erzähle vom Reißwolf, von den vernichteten Akten. Von Lautrays Bemerkung, dass die Schlacht längst entschieden sei. „Es sieht wirklich so aus, als ob sie morgen früh verschwinden – mit Hakim und Sayyid." Und ich erzähle ihm von Lautrays Forderung.

„Am Leuchtturm?", fragt Joseph. „Natürlich kenne ich ihn. Er ist uralt und steht an der Nordspitze der Insel am Ras Kigomasha. Jenny, wir müssen hin."

„Aber du kannst dich nicht aufopfern!", rufe ich. „Du weißt doch, was sie mit dir vorhatten."

„Ich habe nicht die Absicht, mich aufzuopfern", sagt Joseph. „Es geht zunächst darum, zu einer Entscheidung zu kommen."

Wir setzen uns alle im Kreis um eine Kerosinlampe. Die Lampe macht ein saugendes Geräusch, wie ein Dampfrohr in einer alten Heizungsanlage, und wirft groteske Schatten auf die grauen Holzwände der Hütte. Joseph leitet die Sitzung, die sich wieder – und geradezu endlos – abwechselnd auf

Französisch, Kiswahili und Portugiesisch hinschleppt. Da alles in die jeweilige Sprache übersetzt werden muss, kommt es mir so vor, als würden die einfachsten Fragen und Antworten Stunden dauern. Ich habe mich inzwischen in eine Decke gewickelt und in die Ecke verkrochen, wo ich die Verhandlungen aus halbgeschlossenen Augen verfolge.

„Dann wissen wir, was zu tun ist", sagt Joseph zum Schluss auf Kiswahili. Ich reiße die Augen auf. Wie lange habe ich geschlafen? Ich schaue auf meine Armbanduhr und sehe, dass es schon lange nach Mitternacht ist. Die anderen stehen auf und legen sich auf ihre Matten. Joseph kniet zu mir nieder.
„Wie geht es dir jetzt?", fragt er.

„Mittelprächtig", antworte ich. Nein, mir geht's ganz schön dreckig. Ich friere. Aber das kann ich ihm jetzt nicht sagen.
„Was werdet ihr machen?"

„Die anderen interessieren sich nur für die Befreiung ihrer Kameraden", erklärt mir Joseph. „Wenn Lautray und Charpentier tatsächlich morgen früh von hier verschwinden, dann wollen sie das Lager sofort auflösen – hoffentlich ohne Gewalt. Was Hakim und Sayyid betrifft, das ist unsere Sache. Wir können auf keine Unterstützung hoffen."

„Und was machen wir?", frage ich.

„Wir werden kurz vor Tagesanbruch zum Leuchtturm fahren", antwortet Joseph. „Aber mache dir keine Sorgen, Jenny. Lautray hat eine schlechte Wahl getroffen. In der Nähe befindet sich nämlich eine Garnison mit Grenztruppen, die ihre Befehle direkt aus Dar erhalten und nicht aus Stone Town. Wenn wir sie einschalten, sitzen Lautray und Charpentier in der Falle."

Ich nicke. Mein Kopf explodiert. Draußen singen die Grillen und Frösche. Affen schreien von den Bäumen. Joseph legt sich neben mir hin und schließt mich in seinen Armen. Gewärmt von seinem Körper unter meiner Wolldecke tauche ich in einen traumlosen Schlaf hinein.

Kaum zwei Stunden später sind wir wieder alle auf den Beinen. „Jenny, du brennst vor Fieber. Kannst du gehen?"

Joseph steht über mir, mit Schuhen und Jacke. „Wir brauchen ein paar Stunden, bis wir oben sind."

Ich nicke und erhebe mich. Ich fühle mich noch schlechter als gestern. Aber Joseph hilft mir auf die Beine. Die anderen sind schon in Bewegung. Jean-Luc gibt Joseph die Hand und dankt ihm auf Französisch. Mir schenkt er keine Beachtung, sondern nimmt seine Machete in die Hand und gesellt sich zu seinen Kameraden.

Schon setzt sich die Gruppe in Bewegung. Es ist immer noch tiefe Nacht. Der Mond ist fast voll und schenkt uns ein gleißendes weißes Licht, das uns den Weg durch den Wald beleuchtet. Als wir uns gerade der Gegend um das Tor nähern, höre ich Motoren. Vier Landrover und ein Lastwagen rasen durch das Tor hindurch und sausen auf die Sandpiste hinaus. Ihre Scheinwerfer springen und schaukeln. Hinter dem Tor höre ich Stimmen. Ein Rufen, ein Schreien. Eine Taschenlampe leuchtet auf, dann eine Kerosinlampe und eine Handvoll Fackeln. Die Selbstbefreiung ist im Gang! Ich höre keine Schüsse, sondern nur noch Schreie und Stimmen der Freude.

Wir bleiben aber nicht stehen, sondern folgen ebenfalls der Sandpiste durch den Wald hindurch. Joseph stützt mich und wir gehen schweigend. Als wir etwa zwanzig Minuten später die Hauptstraße erreichen, ist es immer noch tiefste Nacht. Wie wollen wir jetzt um diese Zeit zur Küste kommen?

Die Straße zieht sich schnurgerade zwischen hohen Bäumen hindurch, so als hätte ein zürnender Gott in einem Anflug schlechter Laune den Wald mit einem Donnerkeil gespalten. Wir beziehen Stellung am Straßenrand. Grillen zirpen um die Wette, ansonsten herrscht absolute Ruhe. Nun weiß ich, was Joseph vorhat. Trampen will er. Ausgerechnet auf Pemba, mitten in der Nacht!

„Das kann nichts werden, Joseph", sage ich. Nun sitze ich im Schneidersitz und wickele mein Gewand eng um mich. „Es wird wohl nicht mehr als zwei Dutzend Autos auf der ganzen Insel geben." Aber Joseph antwortet nicht, sondern richtet seine Augen auf die Straße.

Der Himmel erhellt sich von Osten her. Die Bäume sehen wieder wie Bäume aus und nicht mehr wie schlummernde Waldriesen. Das sollte mich ermutigen, aber es sagt mir nur, dass die Zeit verstreicht. So werden wir es nie bis in den Norden schaffen. Wir können es nicht einmal mit Laufen versuchen. Ich glaube nicht, dass ich überhaupt zehn Schritte weit kommen würde.

Endlich tauchen Scheinwerfer auf. Joseph, der die ganze Zeit mit seinen Armen um meine Schultern hinter mir gekniet ist, erhebt sich und stellt sich auf die Fahrbahn. Als der Wagen sich nähert, knipst er die Taschenlampe an und winkt mit den Händen. Der Wagen – offenbar ein altes Toyota-Taxi – hupt und weicht zur Seite aus, fährt dann aber mit Vollgas weiter.

Joseph versucht zu lächeln und setzt sich wieder zu mir. „Es kommt bestimmt jemand", sagt er mir. „Du wirst sehen."

Ich nicke und schließe meine Augen. Ich sage mir, dass wir nicht so weit hätten kommen können, um jetzt im letzten Augenblick wegen einer verpatzten Tramptour zu scheitern. Fast als Antwort auf meine Gedanken taucht ein Paar Scheinwerfer auf. Joseph stellt sich erneut auf die Fahrbahn und winkt mit Händen und Taschenlampe. Der Kleinlaster verlangsamt und ein Kopf mit Strohhut guckt aus dem Seitenfenster. „Bitte, wir müssen nach Norden, zum Leuchtturm", erklärt ihm Joseph. „Es ist ein Notfall."

Der Farmer schaut ihn an, als wäre er ein Verrückter und schüttelt den Kopf. „Ich fahre nur bis Wete", sagt er. Dann gibt auch er Gas und rattert über die Schlaglöcher davon.

Wieder setzt sich Joseph zu mir. „Es wird schon", sagt er mir. „Ich weiß es."

Ich nicke nicht mehr. Ein Gefühl von absoluter Hoffnungslosigkeit macht sich in mir breit. Nein, Scheich Bashir, ich springe nicht mehr. Ich falle, stürze, finde keinen Boden mehr unter den Füßen. Schon wieder denke ich über die vielen Schritte nach, die mich an diesen Ort geführt haben. Warum musste ich überhaupt nach Sansibar kommen?

Warum habe ich meine Nase überall reingesteckt, wo sie nicht hingehört? Und nun kauere ich hier am Straßenrand auf Pemba und sehe dem Scheitern alle meiner Hoffnungen entgegen.

Du musst springen ...

Das will ich ja, verdammt noch mal. Bloß wie, wo ich kaum noch stehen kann?

Die Morgendämmerung kündigt sich an. Der Himmel über uns färbt sich rosa und türkisblau. Orangenfarbene Finger erstrecken sich von hinter den Bäumen und kitzeln mein Gesicht. Je höher die Sonne steigt, umso mehr spüre ich meine Kräfte schwinden. Meine Augen fallen zu. Wie gern würde ich jetzt einfach aufgeben und mich nie wieder vom Fleck rühren.

Nun döse ich ein bisschen, sodass ich die Motorengeräusche nicht höre, bis der Lastwagen direkt vor uns steht. „Bitte", sagt Joseph noch einmal. „Wir müssen zum Leuchtturm."

„Na, dann seid ihr bei mir gerade richtig", antwortet eine kräftige Männerstimme auf Englisch. „Schön, dass man sich so wieder trifft."

Die Stimme kenne ich. Ich öffne die Augen und sehe Sabrina und Tony vor mir stehen. „Ihr ...", sage ich.

„Jenny, du siehst gar nicht gut aus", sagt mir Sabrina. Sie hilft mir auf die Beine. „Wir müssen dich endlich zu einem Arzt bringen."

„Ja, schon", antworte ich. „Aber nicht bevor wir Hakim und Sayyid wieder haben."

„Darum sind wir auch da", sagt Tony. „Komm, du kannst so lange auf der Ladefläche hinten schlafen. Glaub mir, wenn wir ankommen, wirst du alle deine Kräfte beisammen haben müssen."

39 „Wie konntet ihr uns finden?", frage ich Sabrina.
„Wir sind doch ..."
„... jenseits von richtig und falsch, ich weiß."
Sabrina lacht. Ich liege auf rauen Stoffsäcken mit Nelken im Lastwagen hinter einer schützenden Plane, während wir über die Betonstraße sausen. Die Nelken verbreiten einen würzigen Duft, der mich für einen Augenblick wieder wach macht. Sabrina sitzt auf einem der Stoffsäcke. Ihr Gewand sieht verstaubt und zerknittert aus, aber ihr Lächeln ist so frisch wie der Ozean.

„Das ist nicht unser Verdienst", erklärt mir Sabrina. Die silberne Hand der Fatima baumelt von der Kette um ihren Hals. „Du kannst deinem Freund Billy Wonder danken. Als wir ohne dich in Chake Chake eintrafen, hatte ich die Gelegenheit, im Internetcafe in mein E-Mailkonto zu schauen. Obwohl er mich gar nicht kennt, hat Billy die Leute im Internetcafe in Stone Town nach meinem Namen gefragt, dann meine E-Mail-Adresse herausgefunden und mir geschrieben. Er hat nämlich das Handy vom Livingstone Institute in dieser Gegend geortet. Er vermutete, dass dort etwas Wichtiges passieren wird. Und dann haben wir gestern Abend diesen Lastwagen organisiert."

„Was meinst du mit ‚organisiert'?", frage ich.

Sabrina lacht. „Das musst du Tony fragen. Sag, was du willst über ihn, aber er ist tatsächlich ein Meister im Organisieren. Er hat mir jedenfalls versichert, dass der Besitzer den Verlust gar nicht bemerken wird, bis er ihn wieder zurückbringt – mit euch und meinen beiden Brüdern. *Inschallah*", fügt sie hinzu.

„*Inschallah*", sage ich. Sabrina nimmt meine zitternde Hand und hält sie zwischen ihren kühlen Fingern. Ich lächle und mache die Augen zu.

Als ich sie wieder öffne, ist die Plane beiseite geschoben. Die Sonne steht schon hoch über den Bäumen. Palmen wehen in einer frischen Salzbrise.

40

Der Leuchtturm ist mit weiß gestrichenen Eisenplatten verkleidet. Die Streben, die ihn aufrecht halten, erinnern an lange Spinnenbeine, als ob er jederzeit davongehen und auf Nimmerwiedersehen in den Wald verschwinden könnte. Sonnenlicht funkelt in den Scheiben an seiner Spitze. Neben dem Turm stehen verfallene Baracken aus Wellblech. Zu hören ist nur das Rauschen des Windes in den spärlichen Palmen und das ewige Brausen der Brandung am leeren Ozeanstrand.

Mein Kopf brummt vor Fieber und Joseph stützt mich beim Laufen. Nun sehe ich, dass ein Lastwagen und vier Geländewagen vor den Wellblechbaracken geparkt sind. Eine kleine Schar von Menschen steht herum – Schwarze und Weiße – aber sie beachten uns nicht. Dennoch spüre ich so ein Kribbeln im Nacken, auf der Kopfhaut. Ja, wir werden beobachtet.

Bloß gut, dass Joseph einen Plan hat.

Eine Garnison sehe ich aber nicht.

„Joseph, wo sind denn die Grenzsoldaten?", frage ich. „Beeil dich und hole sie, bevor wir entdeckt werden."

Josephs Augen schauen mich ohne Ausdruck an. Und jetzt weiß ich es: Es gibt keinen Plan. Jedenfalls keinen, dem ich jemals in diesem Leben zugestimmt hätte.

„Bleibt stehen!" Die Stimme kommt von oben. Dort oben, am Geländer des Leuchtturms, steht Charpentier mit einem Megafon in der Hand und schaut wie eine Burgherrin auf uns herab. „Kein Schritt weiter." Jetzt merke ich, wie die anderen Mitarbeiter auf uns aufmerksam werden. Es sind sechs Afrikaner in Jeans und weißen Hemden. Etwa ein Dutzend Weiße schauen zu. Einige der Männer tragen Maschinenpistolen über der Schulter, die sie jetzt auf uns richten. Mittendrin steht Josh.

„Schön", sage ich zu ihm. „Nun habt ihr doch das erreicht, was ihr wolltet."

Josh trägt keine Waffe, sondern öffnet seine Hände im Zeichen des Friedens. Seine rotblonden Haare wehen in der

Ozeanbrise. Er macht einen Schritt auf mich zu. „Hi, Jenny", sagt er. Er lächelt – zunächst zaghaft, dann zuversichtlicher. „Ich wollte nicht, dass das so endet."

Joseph schaut Josh einen Augenblick an und dreht sich dann zu mir. „Den kenne ich doch", sagt er. „Traue ihm nicht, Jenny! Der hat mir immer die Spritzen gegeben. Ansonsten war er für die kleinen Kinder zuständig."

„Du spinnst", sage ich zu Josh. „Ihr spinnt alle."

„Jenny, die Zeit drängt!", ruft Charpentiers Stimme wieder von oben. „Hör mir gut zu: Wir machen die Übergabe hier oben. Deine beiden Freunde müssen zwanzig Schritte nach hinten machen, damit ich sie im Blick behalten kann. Vergiss nicht: Unsere Männer sind bewaffnet. Wenn irgendetwas passiert, sind deine Freunde dran. Verstanden?"

„Verstanden", flüstere ich.

„Ich höre nichts!", ruft Charpentier.

„Ich habe Sie verstanden!", brülle ich so laut ich kann. Ich muss mich jetzt voll auf Joseph stützen, um nicht gleich hinzufallen.

„Ihr dürft nicht alleine gehen", flüstert mir Sabrina zu.

„Wir müssen es", sage ich. „Tut, was sie von euch verlangt."

Tony schaut zu mir und dann zu Joseph. Er kocht vor ohnmächtiger Wut. Aber was kann er gegen bewaffnete Männer ausrichten? Endlich nickt er mir zu. Dann nimmt er Sabrina an der Hand und zieht sie dorthin zurück, wo zwei bewaffnete Weiße auf sie warten.

„Sehr vernünftig", ertönt Charpentiers Stimme. „Und nun, Jenny, wirst du mit Joseph durch die Tür gehen und die Treppe hochsteigen. Ich warte hier oben auf euch."

Oben? Wie soll ich das bewerkstelligen? Ich kann mich kaum aufrecht halten, geschweige denn eine Wendeltreppe hoch steigen. Mein Körper fühlt sich wie gegossenes Blei an. Wie hoch ist der Turm überhaupt? Dreißig Meter? Fünfzig? Von mir aus könnte er tausend Meter oder sonst was sein.

„Komm", sagt mir Joseph. „Ich helfe dir."

„Du darfst nicht", sage ich ihm. „Das war nicht der Plan."
Joseph schweigt.

Die rostige Eisentür steht offen. Joseph führt mich an der Hand und wir gehen hinein. Dieser Leuchtturm ist lediglich ein Eisenrohr mit einer Wendeltreppe innen drin. Es riecht nach Schimmel und Fäulnis. „Es geht schon", sagt Joseph, „du wirst gleich sehen." Unglaublich – er tröstet mich, während er derjenige ist, der alles opfert! Nun geht er vor. Er setzt seinen rechten Fuß auf die unterste Stufe und fängt an zu steigen.

Ich tue es ihm gleich.

Der erste Schritt.

Soweit hat mich also meine Reise geführt! Bis zu diesem Punkt, wo ich Joseph aufgeben muss, wo ich das Wichtigste in der Welt opfern muss, um meine eigene Dummheit wieder gut zu machen! Warum bin ich an dem Tag überhaupt aufgestanden?

Du musst springen, hat Scheich Bashir gesagt. *Und immer weiter springen.*

„Es geht", sage ich zu Joseph. Er steht ein paar Stufen über mir und reicht mir die Hand. Ich ergreife sie, und gemeinsam steigen, kriechen wir die Wendeltreppe nach oben.

Wahrscheinlich dauert es nicht länger als fünf Minuten, aber als wir oben ankommen, kommt es mir so vor, als hätten wir gerade den Kilimanjaro bezwungen.

„Na endlich." Charpentier empfängt mich mit ihrem eisigen Lächeln. „Willkommen, Joseph", sagt sie, als wir auf die Außenplattform treten. „Es freut mich, dass du es dir anders überlegt hast."

Nach dem dunklen Treppenhaus erschlägt mich das Sonnenlicht geradezu. Der Himmel wölbt sich leichtblau und wolkenfrei über uns. Zwei Meter höher befinden sich das Lichthaus und der Scheinwerfer des Leuchtturms, die mit einer fest eingebauten Leiter erreichbar sind. Unter uns breitet sich eine flache, karge Landschaft mit unzähligen Palmen aus. Direkt unter mir sehe ich die verrosteten Dächer der Holzbaracken und davor Sabrina und Tony, die aus dieser Höhe wie hilflose Spielfiguren wirken. Darüber hinaus erstreckt sich der endlose Ozean. Wenige hundert Meter vom Ufer entfernt liegt eine Jacht vor Anker und lässt ein Schlauchboot zu Wasser. Ich weiß, wo ich diese Jacht schon gesehen habe – im Hafen von Dar, als ich nichts ahnend dort eintraf. Einige der Männer in Charpentiers Mannschaft stehen schon am Ufer und winken ihr zu.

Ein schwarzer Wächter tritt hervor und durchsucht Josephs Taschen. Dann bin ich dran. Seine rauen Hände grapschen und zwicken mich, dass ich laut aufschreien könnte. Er findet aber nichts und lässt mich dann in Ruhe.

„Wo sind Hakim und Sayyid?", fragt Joseph.

„Das hat noch Zeit", antwortet Charpentier. Sie steht breitbeinig vor uns in Jeans und einer schwarzen Lederjacke. Ihre offenen Haare wehen im Wind, der hier oben kühl und böig bläst. „Bist du jetzt bereit, mit uns zu kommen? Ohne Schwierigkeiten?"

„Erst nachdem ich die beiden Jungen gesehen habe", antwortet er.

Charpentier lächelt. „Na klar", sagt sie. Sie steigt die eisernen Sprossen am Leuchtturm hoch und öffnet eine Tür auf der Seite. „Ihr könnt raus, ihr Beiden!", ruft sie hinein.

Der Wind pfeift um die Turmkuppel. Ich höre zwei piepsige Stimmen miteinander diskutieren. Dann steckt Hakim seinen Kopf aus der Tür heraus. „Jenny!", ruft er. „Du bist es!" Nun steckt auch Sayyid seinen Kopf heraus. „Können wir jetzt nach Hause gehen?", fragt er Charpentier.

„Das hängt nun von Joseph und Jenny ab", sagt sie. Dann wendet sie sich wieder an mich. „Wenn ihr so weit seid, können wir die Übergabe machen. Jenny, wenn ich bitten darf?"

Joseph dreht sich zu mir und schlingt die Arme um meine Schultern. Ich lege meine Arme um seinen Hals und drücke ihn, so fest wie ich kann. „Das reicht!", sagt Charpentier. „Jenny, du steigst jetzt ins Lichthaus zu den beiden Jungs.

Sobald ich mit Joseph unten stehe, wird mein Mitarbeiter die Tür wieder aufschließen und ihr seid frei."

„Tu es!", sagt mir Joseph. „Ich komme schon klar."

Ich wische mir die Tränen von den Augen und wende mich an die Leiter. Dann sehe ich, wie der Wächter Joseph an den Schultern fasst. Schon greift er nach seinen Händen, und mit seiner freien Pranke zieht er Handschellen aus seiner Tasche.

„Jenny, was macht der da mit Joseph?", fragt Hakim.

„Bleibt da", rufe ich den beiden zu. „Ich komme zu euch hoch."

„Er nimmt ihn fest!", ruft Hakim. „Jenny, das darf er nicht machen! Das sind böse Menschen!"

„Seid ruhig", sage ich. „Wir tun alles, was wir können."

„Nein, tut ihr nicht!", ruft Hakim. Er springt aus der Tür und zieht Sayyid hinter sich her. „Lass ihn los!", brüllt er.

Der Wächter zögert mit den Handschellen. „Jenny, du musst die Bengel unter Kontrolle halten", sagt Charpentier. „Wenn die Übergabe schief läuft, dann trägst du die volle Verantwortung. Aber ich denke, du weißt das."

Diese beiden Jungs unter Kontrolle halten? Aber wie denn? Schon krabbelt Hakim auf die Leiter. Er klettert immer höher, eine Sprosse nach der anderen, bis er auf der Kuppel des Leuchtturms steht. „Hilfe!", ruft Hakim. Er hält sich mit einer Hand an der Antenne fest und winkt mit der anderen. „Helft uns!" Nun steht auch Sayyid auf der Leiter und heult.

Ich friere in der Ozeanbrise. Mein Kopf platzt geradezu und ich kann kaum die Glieder heben. Dennoch beiße ich die Zähne zusammen und klettere nun selber die Leiter hoch. „Kommt doch", flehe ich sie an. „Es passiert sonst noch ein Unglück."

„Nein, nicht, solange sie Joseph nicht loslassen!", ruft Hakim. Er reicht Sayyid die Hand und zieht ihn hinter sich her.

Ich schlucke hart. Mit meinem letzten bisschen Kraft klettere ich hoch. Ich hieve mich ebenfalls auf die Kuppel und greife nach der Antenne.

Eine Windböe packt mich. Sie greift nach meinem Gewand und reißt es in einem durch. Ich halte seine Teile gerade noch zusammen, als eine zweite Böe sie in ihre Krallen bekommt und sie mir ganz und gar vom Leib reißt. Nun stehe ich da in meiner zerrissenen Jeans und meinem speckigen T-Shirt und zittere, während das Gewand wie ein bunter Fallschirm im Winde davon schwebt.

„Na schön, Jenny!", ruft Charpentier ironisch. „Das gibt ein wunderschönes Bild. Wie eine Leuchtrakete! Bloß schade, dass ich kein Fotoapparat dabei habe."

„Sie können uns nicht hier oben lassen!", rufe ich.

„Wer hat jemals gesagt, dass du mit den beiden Schreihälsen aufs Dach klettern solltest?", sagt Charpentier. „Sie sind schließlich unter deiner Verantwortung."

„Das können Sie nicht!", sage ich.

„Jenny, du wirst noch sehen, was wir alles können", sagt Charpentier.

Ich höre ein Brummen und Sausen hinter mir. Ich drehe den Kopf und erblicke vor mir einen weißen Hubschrauber, der kurz vor dem Leuchtturm Halt macht und nun wie eine riesige, bösartige Wespe vor uns schwebt. Ein Fenster steht auf und eine große Videokamera, wie die Art, die für Fernsehproduktionen verwendet wird, ist auf uns gerichtet. „Achtung!", spricht eine Lautsprecherstimme. „Wir haben Sie im Blick! Legen Sie die Waffen weg und es passiert Ihnen nichts."

Charpentier wirbelt herum, als ob sie von einem Skorpion gestochen worden wäre. „Wer sind Sie?" Ihre Frage geht im Rauschen der Motoren unter. Aber ich weiß schon die Antwort. Steve McElroy und sein Filmteam. „Verschwinden Sie hier!", brüllt Charpentier. „Verschwinden Sie, oder meine Männer schießen Sie ab!"

„Die Polizei wird gleich da sein, um Sie zu entwaffnen", sagt McElroys Stimme wieder durch den Lautsprecher. „Legen Sie die Waffen weg und kommen Sie herunter."

Eine Bewegung unten fängt meinen Blick. Sechs Polizeiwagen fahren mit Vollgas die Sandpiste zu uns her.

Der Wächter zieht seine Automatic aus der Halterung und zielt damit auf Joseph. Ich sehe, wie Charpentier nachdenkt, wie ihr schlaues Gehirn alle Möglichkeiten kombiniert, prüft und wieder verwirft. Sie schaut zu mir, zum Hubschrauber und zu den Polizeiwagen unten. „Legen Sie die Waffe weg und lassen Sie ihn frei", sagt Charpentier zum Wächter. „Das hilft uns alles nicht weiter."

Der Wächter schaut zu Charpentier und dann wieder zu Joseph. Erst nach einigen Sekunden legt er die Waffe auf die Eisenplanken und hält seine Hände hoch.

„Nun ist es vorbei", sagt Joseph. Er hebt die Automatik hoch und steckt sie in seinen Gürtel. „Sie sind besiegt."

„Vorbei?", sagt Charpentier. Sie verzieht ihr Gesicht zu einem bitteren Lächeln. „Vorbei? Für dich vielleicht, Joseph. Aber für Jacques und mich ist es noch lange nicht zu Ende."

„Nun runter mit euch", sage ich zu den Jungs. Ich stelle meine Füße auf die Sprossen und taste mich nach unten. Hakim und Sayyid klettern mir hinterher. Als wir auf der Plattform ankommen, schließe ich sie in meine Arme. „Danke, Jenny!", ruft Hakim. „Die böse Tante wollte uns von hier wegbringen. Du hast uns gerettet!"

Unter uns halten die Polizeiwagen unter dem Leuchtturm. Die Türen öffnen sich und bewaffnete Polizisten springen hinaus und richten Ihre Maschinenpistolen auf Charpentiers und Lautrays Männer. Sie werfen ihre Waffen kampflos hin und heben die Hände. Nun steigt auch Ibrahim aus einem der Wagen. Er läuft auf Sabrina zu und nimmt sie in seine Arme, während Tony die Waffen einsammelt. Dann schaut Ibrahim zu mir hoch und schreit: „Bleib da, Jenny. Wir holen euch gleich herunter!"

Die Jungs umarmen mich und küssen mich am Hals und auf den Wangen. „Euer Papa ist da", sage ich ihnen. „Gleich geht's nach Hause." Plötzlich fühle ich die Kraft gänzlich von meinem Körper weichen. Mir wird schwarz vor Augen, aber Joseph federt meinen Sturz ab und lässt mich langsam zu Boden sinken.

Joseph und Tony tragen mich vorsichtig die Wendeltreppe hinunter. Soviel weiß ich noch. Sicher träume ich, aber als wir unten ankommen sehe ich, wie Charpentier und Lautray die Traube von Polizisten verlassen, ins Schlauchboot steigen und sich dem Wind und den Wellen anvertrauen.

Ich schließe die Augen und spüre dann gar nichts mehr.

41

Die Malaria wirft mich zu Boden, zerknüllt und zerreißt mich, bis nichts von mir übrigbleibt als ein Knäuel von Schmerz, Kälte und Unglück. Ich wälze mich in meinem Krankenhausbett. Durch das offene Fenster dringt der Straßenlärm Stone Towns, der in meinen fiebrigen Ohren wie eine Autorennbahn klingt, zu mir herein. Umsonst erzählt mir die Schwester, dass die Lufttemperatur sowohl innen als auch außen fünfunddreißig Grad beträgt. Ich zittere wie eine Wespe, die ungewollt auf einem Eiswürfel gelandet ist.

An die ersten drei Tage kann ich mich kaum noch erinnern. Erst nach und nach greifen die Medikamente. Der Gliederschmerz verschwindet, die Kälte lässt nach, sodass ich bald nur noch eine einfache Wolldecke benötige und keine siedend heißen Wärmflaschen auf meinem Bauch und unter meinen Füßen. Was sind mir alles für Fieberträume in diesen Tagen gekommen? Vor allem träume ich immer wieder davon, wie Charpentier und Lautray ins Schlauchboot steigen und mir nichts, dir nichts abfahren. Das ist das schlimmste von allen. Zum Glück handelt es sich nur um einen Alptraum!

Mein Krankenraum ist ein Doppelzimmer. In den ersten Tagen lag ein junges Mädchen drin, die wohl ebenfalls an Malaria litt und im Schlaf immer um sich geschlagen hat. In meinem eigenen Fieber habe ich sie nachts als Hexe wahrgenommen, als eine junge Schwester der Bi Kirembwe, die nur darauf wartete, mich im Schlaf anzugreifen und mir das Genick zu brechen. Man hat sie gestern verlegt. Die Medikamente haben offenbar keine Wirkung gezeigt und man hat sie auf die Intensivstation gebracht. Ich schäme mich fast dafür, dass es mir wieder besser geht.

Auch dies geht vorüber. Ich setze mich auf. Ich spüre, wie das Fieber von mir gewichen ist. Anstatt des mauen Gefühls, das ich die ganze Zeit im Bauch gespürt habe, empfinde ich jetzt einen richtigen Heißhunger.

Ich will gerade aufstehen, als die Tür aufgeht. Mama und Daniel kommen zu mir herein. „Aufstehen darfst du noch nicht, Jenny", sagt sie mit ihrer ernsten Ärztinnenstimme. „Du bist noch lange nicht aus dem Schneider."

„Aber es geht mir gut", protestiere ich. Das müsste ihnen beiden klar sein, oder? Schließlich haben sie in den letzten Tagen lange genug an meiner Bettkante gesessen und mir beim Zittern und Bibbern zugesehen. Jetzt will ich nur noch weg von hier. Zu Joseph und Sabrina. An die frische Luft!

„Befehl des Chefarztes", sagt sie. „Das Krankenhaus ist sein Reich. Ich habe hier nichts zu melden." Dennoch wirft sie einen Blick über ihre Schulter und steckt mir ein Thermometer unter die Zunge. „Fieber messen darf ich aber bestimmt noch", sagt sie.

Während ich an dem bitteren Glasrohr lutsche, erzählen mir Mama und Daniel von den Ereignissen der letzten Tage. „Fatima ist mit dem Baby heimgekommen", sagt Mama. „Es ist ein wunderschöner Junge!"

„Ibrahims neue Maschine ist geliefert worden." Daniel setzt sich auf eine Ecke von der Kleiderkommode und verschränkt die Arme. „Eine nagelneue Cessna Grand Caravan. Ich bin gestern mitgeflogen. Swahili Air wird klasse sein!"

„Und wie geht's Joseph?", frage ich. „Und Sabrina? Wie haben sie alles überstanden?"

Die Tür geht wieder auf und Joseph kommt zur Tür herein. „Überraschung", sagt er und setzt sich zu mir aufs Bett. „Hast du mich in den letzten Tagen gar nicht wahrgenommen?"

Habe ich das? Ja, natürlich ... Aber seine Berührungen, seine Worte haben sich wie ein zartes Gewürz mit meinen bitteren Fieberträumen vermengt, sodass ich gar nicht mehr weiß, was verworrene Fantasie und was Wirklichkeit war. Ich lege meine Arme um seinen Hals, und steche ihm mit dem Thermometer beinahe ein Auge heraus.

Mama lacht, während Joseph sich die Nase reibt. „Es war lange genug drin." Sie nimmt das Thermometer aus meinem Mund und hält es gegen das Licht. „So, das Fieber ist tatsächlich ganz weg", sagt sie, während sie es schüttelt. „Ich muss mich noch mit dem Chefarzt kurz schließen, aber wenn er einverstanden ist, kommst du schon morgen früh nach Hause."

„Nach Hause?", frage ich. „Wo ist jetzt zu Hause?"

„Ibrahims Haus, natürlich", sagt Joseph. „Das ist doch dein Zuhause, solange du auf Sansibar bist, oder? Dort, wo deine Freunde sind."

„Ja, natürlich", sage ich. „Wo denn sonst?"

Am nächsten Morgen fühle ich mich schon stark genug, und will zu Ibrahims Haus laufen. Dennoch besteht er darauf, mich mit dem Taxi zu holen. Als ich vor der Tür stehe, empfängt mich Joseph mit einem Kuss. Mama und Daniel, Will, Joseph und seine Mutter Anita, Hakim und Sayyid, Sabrina und Tony sowie Billy Wonder haben sich alle im Innenhof versammelt. Tari springt mich an und wedelt mit dem Schwanz. In der Luft atme ich den Duft eines würzigen Swahili-Essens ein und mein Magen knurrt. Alle begrüßen und umarmen mich, als ich hereinkomme, aber bald spüre ich, dass ihre Aufmerksamkeit nicht in erster Linie mir gilt, sondern einer wunderschönen schokoladenschwarzen Frau, die auf einem ausladenden Rattansessel an einem Ende des großen Innenhofs thront. Natürlich! Es ist Fatima, Ibrahims Frau, die wie eine echte sansibarische Prinzessin Hof hält. Sie trägt ein elegantes goldschwarzes Kleid mit Rüschen und einen Hut aus demselben Stoff auf dem Kopf. Auf ihrem Schoß hält sie einen winzigen schwarzen Säugling, das in ein kobaltblaues Tuch gewickelt ist. Sie winkt mich zu sich und reicht mir die Hand.

„*Hujambo*, Jenny", sagt sie mir. „Ich habe schon so viel über dich gehört. Meine Familie und ich haben dir alles zu verdanken. Wir bleiben für immer in deiner Schuld."

„*Sijambo*", antworte ich. „Nein, ihr schuldet mir gar nichts. Als Hakim und Sayyid verschwunden sind, hatte ich keine Wahl, außer zu handeln. Und als ich auf Pemba war ..."

„... musstest du richtig handeln, und dabei weder deinen Freunden noch deinen Feinden Unrechtes tun. Und du hast gut gehandelt." Mir ist der Augenblick peinlich und schaue von ihrem lächelnden Gesicht weg und zu dem winzigen Baby, das sich in ihren Armen windet. „Hier, nimm ihn in deine Arme", sagt sie mir.

Ich nehme das Kind und sehe in sein winziges stupsnasiges Gesicht. „Er ist wunderschön!", sage ich. „Wie heißt es?"

„Ahmadou", antwortet sie. Ich finde, der Name passt besser als jeder andere, den ich jemals gehört habe.

„Du wolltest bestimmt eine Schwester, oder?", flüstere ich Sabrina zu.

„Macht nichts." Sie strahlt mich an. „Denn schließlich habe ich längst eine."

„Alle herhören", sagt Will. Er steht in der Mitte des Raumes, wie immer in seinem Khakihemd und Jeans, und winkt uns alle zu sich hin. Ich hake mich bei Joseph unter und wir gehen auf ihn zu. „Ich habe heute eine DVD zugeschickt bekommen, wo die Fernsehreportage von diesem Steve McElroy aufgezeichnet ist. Wollen wir sie uns nicht anschauen?" Er geht auf einen riesigen Flachbildschirm-Fernseher zu, der auf einem dunklen Mahagonischrank steht, und schiebt die Scheibe ein. Der Bildschirm flackert und zeigt das Logo von GST – Global Satellite Television.

„Endlich!", sage ich zu Joseph. „Jetzt wird die ganze Welt sehen, wie wir dieser Bande das Handwerk gelegt haben!"

Der Film läuft und zeigt Bäume und Wiesen. Ich bin fast verrückt vor Spannung. Was für ein tolles Ende für meine zwei Jahre in Afrika! Aber dann springt der Titel auf den Bildschirm. „'Der Methusalem-Faktor.'" „Was?", rufe ich.

Aber mein Protest hilft nicht. Schon sehe ich McElroy und seine Mannschaft an ihrem zweimotorigen Flugzeug auf der Landepiste in Zimmermann's Bend stehen. Dann schwenkt die Kamera und ich sehe das Missionshaus. Dann sehe ich mich selber – schmal und blond und mit Sonnenbrand, wie ich vor der Hütte der Bibi Sabulana stehe und irgendwas vor mir herplappere. Ich wusste gar nicht, dass sie mich schon gefilmt haben! Mann, wie kann man so blöd aussehen? Und dann sehe ich mich in der Hütte mit Bibi Sabulana, die auf ihrem Häuptlingsstuhl sitzt und mit den Beinen baumelt. *„Und nun geben Sie uns vielleicht ein paar Tipps, wie unsere Zuschauer auch so alt werden können. Was essen Sie zum Mittag, Frau Sabulana?"*

„Ich fasse es nicht", sage ich. „Er hat den Dreh doch abgebrochen! Und was ist mit der Geschichte am Leuchtturm?"

Abspann. Will zieht die DVD aus dem Player heraus. „Manchmal kommt es anders im Leben, als man erwartet", erklärt er. „Als Ibrahim euch dort am Leuchtturm in Sicherheit brachte, waren Regierungsvertreter dabei. Natürlich wussten sie alles über Lautray und sein Geschäft. Sie haben ihre eigenen Interessen und sie haben die Geschichte mit McElroy und seine Firma geglättet. Sie sollten keine Reportage über Lautray senden, dafür hat sie die Regierung entsprechend entschädigt. Zum Schluss haben sie die Sendung mit Bibi Sabulana dann doch zusammengeschnitten, um ihrer Firma zu zeigen, dass sie ihre Spesen nicht umsonst ausgegeben haben."

„Aber sie haben hoffentlich Lautray und Charpentier ins Gefängnis gesteckt?" Ich denke schon wieder an den entsetzlichen Fiebertraum, wo die beiden ins Boot gestiegen sind.

Will schaut mich traurig an, dann steckt er eine zweite Scheibe in den Player. Schon sehen wir laufende Bilder von Lautray und Charpentier, wie sie sich irgendwo in Asien frei bewegen und ein Interview geben. Die Wörter „neues Waisenheim" werden eingeblendet. „Das kann nicht wahr sein!"

„Es ist leider wahr", erklärt Ibrahim. „Als ich nach meiner Freilassung mit der Polizei am Leuchtturm eintraf, hat sie schon Vorkehrungen getroffen, Lautray, Charpentier und ihre Leute freies Geleit zu ihrer Jacht zu geben. Das war die Abmachung. Strafffreiheit für sie, und Strafffreiheit für euch wegen der Geschichte mit dem Internat."

„Meinst du im Ernst, sie sind wieder auf freiem Fuß?"

„Der Regierung stehen viele Mittel zur Verfügung, wenn es um die Durchsetzung der eigenen Interessen geht", erklärt Ibrahim. „Und nicht nur dieser Regierung. Du wirst es kaum glauben, aber Lautray und Charpentier sind gern gesehene Gäste, egal wo sie sich gerade aufhalten. Die LifeSource Industries lebt weiter. Ihre Stützpunkte hier auf Sansibar und Pemba waren eine Niederlassung unter vielen. Ob in Asien, Südamerika oder sonst wo, überall sind ‚menschliche Ressourcen', wie die beiden es nennen, eine Wachstumsbranche."

„Aber sie müssen doch verhaftet werden", sage ich.

„Von wem?", fragt Will. „Du hattest schon die richtige Idee, die Presse zu informieren. Licht ist das beste Infektionsmittel, wie man so schön sagt, und eines Tages wird die Weltöffentlichkeit hoffentlich die Augen aufmachen und sehen, wie man sich auf Kosten der Ärmsten der Armen bereichert. Aber bis dahin ist es noch ein langer Kampf."

Ein Kampf, den irgendjemand aufnehmen muss. Und nun weiß ich: Ich bin bei meinem Sprung immer noch nicht gelandet. Noch lange nicht.

„Irgendjemand müsste dieser ganzen Geschichte auf den Grund gehen", sage ich. „Und darüber schreiben."

Will nickt mir zu und lächelt. „Und ich kann mir schon vorstellen, wer für eine solche Aufgabe geeignet sein könnte."

„Und die Wahl?", frage ich. „Ich meine, ist alles vorbei? Und überhaupt, Ibrahim. Warum dürft du und Fatima hier sein? Du wurdest doch verhaftet, oder?"

Ibrahim lacht. „Das bringt die Wahl immer mit sich. Es ist immer ein großes Theater – und ein gefährliches obendrein, keine Frage – aber wenn sie endlich vorbei ist, ist alles vergessen."

Ein Spruch taucht aus meinem Unterbewusstsein auf. Sabrina hatte es mir bei meiner Ankunft in Stone Town gesagt. „*Watoto wangu wawili kutwa wagombana bali usiku hulala salama salimini – Mlango*", sage ich.

Sabrina lacht. „Meine beiden Kinder streiten den ganzen Tag, aber nachts schlafen sie ruhig beieinander. Eigentlich sind damit die beiden Flügel einer Tür gemeint, aber ich glaube, du hast das Sprichwort endlich verstanden, Jenny. Die Menschen hier streiten sich seit tausend Jahren, aber das Leben geht weiter."

„Ich verstehe schon", sage ich, „aber es gefällt mir nicht."

Beim Essen sitze ich zwischen Joseph und Mama. „Den Flug habe ich jetzt bis auf nächsten Freitag verschoben", sagt sie mir. „So hast du zehn ganze Tage, um dich richtig zu erholen." Und bei Joseph zu sein, denke ich. Ich lächle ihn an und er drückt meine Hand.

Am Tischende sitzt Billy Wonder. Er stochert in seinem Reis, dann legt er seine Gabel beiseite und spielt unentwegt mit seinem Handy. Als ich wieder zu ihm schaue, hat er sich längst aus dem Staub gemacht. Ich werde aber sicherlich wieder von ihm hören. Schließlich gehöre ich zu seinen dreißigtausend „Freunden".

Gegenüber sitzen Sabrina und Tony. Sabrina würdigt ihn keines Blickes. Schade eigentlich, denn ich gebe zu, dass ich in letzter Zeit oft gedacht habe, dass die beiden ein schönes Paar abgeben würden. Aber das ist schließlich nicht meine Entscheidung.

„Hast du gehört, Jenny?", sagt Sabrina. „Mein Vater will jetzt Tonys Ausländerstatus mit den Behörden klären. Außerdem hat er ihm eine Stelle bei Swahili Air in Aussicht gestellt."

„Logistik", sagt mir Tony. „Ich soll ein Konzept entwickeln und es dann umsetzen. Er denkt, dass ich Talent dazu besitze."

„Das bezweifle ich nicht", antworte ich.

Zwar fühle ich mich heute sehr viel besser, aber nach einem langen Tag mit Essen und Teetrinken, Teetrinken und Essen, dazwischen langen Gesprächen und endlosen Wiederholungen der Ereignisse der letzten Wochen, bin ich völlig ausgelaugt. Schon bei Sonnenuntergang kann ich kaum noch die Augen offen halten. Wir sitzen wieder im Innenhof und Joseph nickt mir zu, als ich das dritte Mal hintereinander gähne. „Ich bringe deine Sachen hoch", sagt er.

Eigentlich liegt mein großer Rucksack schon oben im Teehaus, aber es ist trotzdem eine Erleichterung, als Joseph meinen neuen kleinen Rucksack über die Schulter schwingt und mich beim beschwerlichen Weg aufs Dach abstützt. Vor wenigen Tagen war er derjenige, dem geholfen werden musste, und nun bin ich dran. Wie schnell sich alles ändern kann!

Als wir oben ankommen, stellt er den Rucksack auf einen Sessel und führt mich an den Bettrand. „Du darfst das Moskitonetz nicht vergessen", sagt er mir, während er die Kerze auf meinem Nachttisch mit einem Streichholz anzündet. „So wie neulich möchte ich dich nicht wieder erleben."

„Keine Sorge", sage ich ihm. Ich setze mich ans Bett und drapiere das Netz um mich, weiß und luftig, sodass es wie ein Hochzeitsschleier wirkt. „Von nun an passe ich auf mich auf."

Joseph lächelt, aber er wirkt wieder ernst, als ich gänzlich hinter das Netz verschwinde. Schon wieder liegt eine Trennwand zwischen uns – die dieses Mal nicht aus Kultur oder Missverständnissen oder Entfernung liegt, sondern aus einer hauchdünnen Schicht Baumwolle. Schon wieder sehe ich Trauer in seinem Gesicht. Ich spüre plötzlich Mitleid mit ihm – und Mitleid mit mir selber – und ziehe ihn zu mir hinters Netz.

Was darauf folgt, ist zärtlich und schön und selbstverständlich und geht im Rausch an mir vorbei. Irgendwann merke ich das Flackern der Kerze und merke, dass sie schon um gut drei Zentimeter heruntergebrannt ist.

Der Vollmond ist schon längst aufgegangen, als ich mich

plötzlich aufrichte. Ich greife nach meinem großen Rucksack, der gegen den Nachttisch lehnt. Die Packung müsste immer noch obendrauf sein, in der oberen Tasche. Aber meine Finger greifen ins Leere.

Dann sehe ich, dass Joseph den blauen Streifen schon in den Händen hält. Er reißt ein Stück davon ab.

42

Von den letzten Tagen auf Sansibar will ich nicht viel berichten. Schon am nächsten Morgen stand Mama am Frühstückstisch und hielt einen Gegenstand hinter ihrem Rücken versteckt, als würde sie den Nikolaus spielen. „Es hat eine halbe Ewigkeit gedauert, aber ich weiß jetzt, wo wir als nächstes hinziehen werden."

„Gibt's da Eisbären?", frage ich zwischen zwei Bissen.

„Nein, aber dafür jede Menge Lamas", antwortet sie und reicht mir ein Buch. „Lernt Spanisch!" prangt auf dem Deckel. Nach Bolivien! Mein Gott, was wird mir die Zukunft jetzt alles bescheren?

Aber daran will ich noch nicht denken. Ich habe zehn Tage Sansibar vor mir, und das will ich jetzt mit allen Sinnen auskosten, ohne an das zu denken, was später kommen wird. Denn nun gilt es endlich, Sansibar zu erobern. Gemeinsam erschließen Joseph und ich eine zauberhafte Insel, an deren Schönheit ich nach den Hässlichkeiten der letzten Tage nicht mehr geglaubt habe. Endlich kann ich mir jeden Tag meinen saphirblauen Schwimmanzug anziehen. Wir schwimmen, tauchen, sonnen uns und lachen. Das Leben kann sehr, sehr schön sein.

Auch dies geht vorüber, hatte Scheich Bashir gesagt, aber auf den berühmten Zauberring des Sultans könnte ich jetzt verzichten. Noch zehnmal geht die Sonne auf und unter, und schon ist der Tag gekommen. Daniel und ich stehen zusammen mit Mama vollbepackt am Flughafen. Joseph und ich halten uns fest. Er fliegt bis Dar mit, aber ich spüre jetzt schon, wie er nach und nach von mir weggezerrt wird. Wir sind im Begriff, in die neue einmotorige Passagiermaschine von Ibrahims neuer Fluggesellschaft, „Swahili Air", einzusteigen. Heute feiern wir den Jungfernflug der neuen Linie. Alle zwölf Plätze sind ausverkauft und besetzt, mit prominenten Bürgern und Journalisten. Unser Stiefvater Will, der jahrelang Ibrahims Partner im gemeinschaftlichen Flugdienst in Zimmermann's Bend war, fliegt nur noch als Passagier mit. Die Maschine wird uns nach Dar bringen, von wo aus wir mit British Airways nach London und von dort nach Berlin weiterfliegen werden.

„Pass gut auf dich auf, Jenny", sagt Tony und drückt meine Hand. „Und danke für alles. Ohne dich würde ich immer noch am Ufer sitzen und die Touristen anquatschen. Aber jetzt habe ich das Gefühl, irgendwo angekommen zu sein."

„Und ohne dich würde ich immer noch im Livingstone Institute festsitzen", sage ich.

Sabrina umarmt mich und drückt mich fest. Dann nimmt sie die silberne Kette mit dem Anhänger, der die Hand Fatimas darstellt, von ihrem Hals und hängt sie um meinen. Darauf zieht sie einen weißen Briefumschlag aus ihrem Gewand hervor und steckt ihn in meine Umhängetasche.

„Eine gute Reise wünsche ich dir, Schwester", sagt sie.

„Das wünsche ich dir auch", sage ich zu ihr. Ich drücke sie fest. „Wohin dich der Weg auch führt – und bis wir uns wiedersehen."

Minuten später erhebt sich die Maschine in die Luft. Die kleine Maschine kommt ohne Flugbegleiterin aus, dennoch bekommt jeder Fluggast einen kleinen Plastikbecher und eine Flasche mit alkoholfreiem Sekt wird von Hand zu Hand gereicht. Joseph, Daniel und ich füllen unsere Becher und stoßen an. Wozu? Zur Begrüßung von der Swahili Air oder zum Abschied von Sansibar? So oder so ist mir nicht nach Feiern zumute.

Wir verabschieden uns von Ibrahim am Flughafen von Dar. Heute ist er in voller Pilotenmontur, mit einem blauen

Jackett und einer goldbestickten Offiziersmütze. Er umarmt uns beide kräftig und spricht ein Segensgebet für uns, bevor er auch in die Menge verschwindet.

Und nun ist Joseph dran. Das ist der Augenblick, den ich in den letzten Tagen am meisten gefürchtet habe.

„Du hast das Stipendium wirklich beantragt?", frage ich.

Joseph nickt und küsst mich auf die Stirn. „Mein Vater ist zuversichtlich, dass die Uni in La Paz mich haben will, und zwar ab dem ersten September. Wenn ich's genau weiß, dann bist du die Erste, die es erfährt. Und vielleicht schaffe ich es vorher nach Berlin."

„Das will ich hoffen", sage ich.

Und im Nu ist alles vorbei: eine kurze Umarmung, ein letzter Kuss, und Joseph ist nicht mehr bei mir.

Schon sitzen wir an Bord des Jumbos der British Airways. Die Flugbegleiter gehen durch die Reihen und sprühen aus Spraydosen, um unwillkommene Fluggäste – sprich: Malariamücken – zu töten. Das ist mir nur Recht. Wir schnallen uns an, der Pilot gibt Gas und wir erheben uns über die rote Erde Afrikas.

Ich ziehe mein Tagebuch aus der Tasche und versuche, meine Gedanken, die jetzt in alle Richtungen von mir wegrennen, aufzuschreiben. Je höher wir in die Atmosphäre steigen, umso trockener wird die Luft in der Kabine. Erst jetzt merke ich, wie sehr ich in den letzten Jahren in einer Sauna gelebt habe. Die klimatisierte Luft quetscht jeden letzten Tropfen Feuchtigkeit aus meinem Tagebuch heraus, sodass nach wenigen Minuten die Seiten so hutzelig und zerknittert wie die Scheiben eines ausgedorrten Schinkens daliegen.

Ich schlage ein frisches Blatt auf und schreibe „Menschenhandel auf Sansibar" oben drauf. Nein – davon weiß ich noch zu wenig. Ich schreibe lieber das auf, was ich selber erfahren habe. Ich streiche die Wörter durch und schreibe stattdessen „Treffpunkt Sansibar".

Schon fliegen wir über den weißen Krater des Kilimanjaro. Ich begrüße ihn wie einen alten Freund. Erst jetzt fällt mein

Auge auf den Brief, den mir Sabrina zugesteckt hat. Ich mache ihn auf.

Liebe Schwester,

Die Worte unseres Lehrers Scheich Bashir gehen mir nicht aus dem Sinn. Du musst springen, hat er gesagt. Und du bist gesprungen und hast die Perle gefunden. Nun bin ich auch dabei, zu springen. Ich will nun doch die Schule beenden und eine Arztkarriere anstreben. Ich möchte auch in die Welt hinaus – nach Europa, nach Amerika. Vielleicht komme ich Dich sogar eines Tages besuchen. Die Grundsätze meiner Religion werden dabei keine Hemmnis, sondern eine Stütze sein. Und etwas anderes, was mir widerfährt, bedeutet ebenfalls einen Sprung ins Ungewisse. Was habe ich nur für Vorteile gegen Tony gehabt? Er war doch arm, ein Ausländer, vielleicht drogenabhängig und ein Christ obendrein. Nun zählt das alles nicht mehr für mich. Meine Ablehnung hatte nichts mit ihm zu tun und alles mit mir. Dein Glauben an das Gute in ihm hat auch mich überzeugt. Und ich erinnerte mich, wie unser Dichter Rumi einmal schrieb: ‚In Allah gibt es weder Muslim, noch Christ, noch Jude'.

Nun möchte er mich mit seinem ersten Gehalt ins Kino ausführen. Ob ich zusage? Möge Allah mir helfen, die Antwort zu finden. Ich lasse Dich auf jeden Fall wissen, wie ich mich entscheide.

Obwohl du kein Sufi bist, hast du die Grundlagen unserer Religion besser als viele unserer verehrtesten Meister begriffen. Und nun sieht meine Zukunft ganz anders aus, mit Reisen, Studium – und vielleicht auch Tony.

Gott behüte dich, Schwester. Wir werden uns wiedersehen, Inschallah!

„Inschallah", sage ich. Ich lege den Brief in mein Reisejournal. Mensch, denke ich. Das hat ihr Vater ihr alles schon gesagt! Aber was nützt es, nur deswegen etwas zu glauben, nur weil man es erzählt bekommen hat?

Dann versuche ich zu schlafen. Irgendwo über dem Sudan gelingt es mir endlich. Nach verworrenen Träumen wache ich auf und sehe die Küste Englands unter mir.

Vier Stunden später bringen wir den letzten Teil unserer Reise hinter uns. Die Maschine beginnt ihren Landeanflug und taucht in die bleierne Wolkendecke, die Berlin umhüllt, wie ein U-Boot hinein. Die Reifen des Airbus schlagen gegen die Startbahn – einmal, zweimal – und wir sind da. Der Regen peitscht gegen die Scheiben, und ich erinnere mich, dass wir an einem genauso grauen Regentag abgeflogen sind, sodass es mir für einen Augenblick so vorkommt, als wäre ich nie von zu Hause weg gewesen. Ich schließe meine Augen und heule.

Wir steigen aus der Maschine und ein eisiger Wind peitscht mir ins Gesicht. Aber ich kann nicht frieren, denn nach meinen zwei Jahren in Afrika trage ich ein Feuer in meinem Herzen, das niemals erlöschen wird.

***

Der Roman „Treffpunkt Sansibar" erinnert an die Zeiten, als diese sagenumwobene Gewürzinsel noch als Dreh- und Angelpunkt des ostafrikanischen Sklavenhandels diente. Aber obwohl die Sklaverei in Afrika sowie in anderen Regionen der Erde seit dem frühen 19. Jahrhundert nach und nach per Gesetz verboten worden ist, geht man heute davon aus, dass mehr als zwölf Millionen Kinder und Erwachsene weiterhin verschleppt, versklavt, zu Zwangsarbeit und in die Prostitution gezwungen werden – nicht nur auf Sansibar und an der Swahili-Küste, sondern in fast allen Ländern dieser Welt. In Asien sind sogar drei von tausend Menschen Opfer der Sklaverei in der einen oder anderen Form. Nicht mitgezählt sind illegale Adoptionen, Zwangsehen, Kindersoldaten, der Organhandel sowie unzählige weitere Auswüchse des schier unersättlichen Handels an „menschlichen Ressourcen". Obwohl die Handlung des Romans frei erfunden ist, bleibt das Problem des modernen Menschenhandels eine traurige Wirklichkeit. Die Webseiten des Kinderhilfswerks Terre des Hommes (www.tdh.de) sowie des Berliner Bündnisses gegen Menschenhandel (www.gegen-menschenhandel.de) bieten einen guten Einstieg in dieses Thema.

Mein Dank gilt meinem Freund Hassan Ali aus Daressalam für seine geduldigen Auskünfte zum Islam und zu islamischen Gebeten, sowie Leonard Boniface Magumba für seine Hinweise auf Sprache und Kultur. Vor allem danke ich den vielen Menschen auf Sansibar und Pemba, die dieses Buch ermöglichten, darunter Tony und Mohammed, die mir das Leben der Strandmenschen auf Sansibar erklärt haben, meiner Wirtin Sabrina auf Pemba, den Piloten von Precision Air, sowie meinen Fahrern auf beiden Inseln, die mir nicht nur die harten Realitäten der sansibarischen Politik beschrieben, sondern auch ihre eigenen leidvollen Erfahrungen als moderne Sklaven am Persischen Golf geschildert haben. Ohne die praktische und moralische Unterstützung meines Verlegers, Dieter Frieß, meiner Lektorin, Claudia Baier, sowie meiner vielen FreundInnen, KollegInnen, TestleserInnen, GesprächspartnerInnen und GastgeberInnen weltweit wäre „Treffpunkt Sansibar" nie entstanden.

Von A. Wallis Lloyd sind im Dieter Frieß Verlag bereits
erschienen und überall im Buchhandel erhältlich

Nachtflug zum Kilimanjaro
Korongo Bd. 1
ISBN 978-3-9810928-4-4

Im Reich Ngassas
Korongo Bd. 2
ISBN 978-3-9810928-6-8

Auf dem Rücken des Nordwinds
Korongo Bd. 3
ISBN 978-3-941472-00-6